谋杀夏天

赵小赵 ◎ 著

人民文学出版社

图书在版编目(CIP)数据

谋杀夏天/赵小赵著.—北京:人民文学出版社,
2024(2025.1 重印)
ISBN 978-7-02-018302-9

Ⅰ.①谋… Ⅱ.①赵… Ⅲ.①长篇小说-中国-当代
Ⅳ.①I247.5

中国国家版本馆 CIP 数据核字(2023)第 195909 号

责任编辑	卜艳冰　张玉贞
封面设计	钱　珺
出版发行	人民文学出版社
社　　址	北京市朝内大街 166 号
邮政编码	100705
印　　刷	山东新华印务有限公司
经　　销	全国新华书店等
字　　数	202 千字
开　　本	890 毫米×1240 毫米　1/32
印　　张	8.375
版　　次	2024 年 1 月北京第 1 版
印　　次	2025 年 1 月第 3 次印刷
书　　号	978-7-02-018302-9
定　　价	59.00 元

如有印装质量问题,请与本社图书销售中心调换。电话:010-65233595

目 录

楔　子 1

消失的萤火虫 9

流浪歌手的情人 38

与春天有关的秘密 75

青春密码 124

绝　响 179

第十三双眼睛 225

后记：完美谋杀背后的残酷青春 259

理想主义者是不可救药的,如果他被扔出了天堂,他会再制造出一个理想的地狱。

——［德］尼采

楔 子

十八岁那年夏天，顾小白没考上大学，成了社会闲散人员。说得好听点，是待业青年。这种身份很容易被盯上，成为重点防控对象。那个阳光白得像羊奶一样的下午，孟海老师死了，是在防空洞里被人开枪打死的。去看热闹的人很多，湘江造纸厂每年夏天都会多出几十个像顾小白这样的街溜子，跟久治不愈的痤疮一样，呈现出扩散之势，他们碰到这种刺激场面，自然趋之若鹜。等警察赶到时，现场已经被破坏，气得县刑侦队的副队长梁斌大声骂娘，还朝防空洞顶部开了两枪，驱散了法制观念淡薄的群众。很不幸，顾小白成了杀害孟海的嫌疑人之一。不过，他并不害怕，而是习以为常。他享受这种待遇已经不是第一次了，五天前厂里丢了两辆自行车，他就是嫌疑人。半个月前有人偷窥女澡堂，他也是嫌疑人。但高考前，厂食堂被偷了一桶猪油和三条七八斤重的草鱼，他就没有被保卫科列为嫌疑对象，因为那时候他还不是社会闲散人员，而是学生。

一旦成为嫌疑人，顾小白每天出门前必定会把头发梳得油光水亮，再戴上父亲那块破旧的梅花牌手表，走路昂首挺胸，到哪里都是万众瞩目的焦点。在孟海老师被害前，顾小白恨不得厂里天天发生案子，他甚至觉得自己去年就应该辍学，好多享受几次这种荣耀。但这次成为嫌疑人，顾小白没有丝毫激动，心里反而充满了意外和悲伤，因为被害人是他在湘江造纸厂子弟学校念书时的班主任。

顾小白之所以跟这桩命案扯上关系，是因为孟海老师遇害那天，他跟踪了一个女孩。顾小白孩提时代就养成一个坏毛病，喜欢躲在别人背后走路。他热爱秘密，偷窥让他充满了快感。发小胡浩说他不去当间谍，简直是隐蔽战线的一大损失。厂里漂亮点的女人都被顾小白跟踪过，所以他那时名声不太好，有人管他叫"花痴"，还有人说他是《玉楼春》之类的书看多了。造纸厂会收购很多废书、旧报打成纸浆，其中有很多线装书，如今看来都是古董书，但那时候就是破烂儿，一文不值。顾小白经常去偷书，其实胡浩比他偷得更多，家里藏了满满一箱子。顾小白对这种见不得光的行为丝毫不以为耻，他认为自己偷书是变废为宝，是出于强烈的探索精神和求知欲，是渴望把这个模糊不清的世界看明白。好奇心是发明创造的原动力，谁鄙视他偷书，谁就是阻碍人类社会的发展进步。

湘江造纸厂地下有一条防空洞，跟附近几家工厂的防空洞相连接，纵横交错，密如蛛网，其复杂性堪比抗战时期偷袭小鬼子的地道。厂里有一半的流言来自防空洞，超八成的社会闲散人员在里面从少年变成男人，它就像一张血盆大口，吞噬了许多不堪入目的秘密。这个幽暗的地方顾小白来过无数次，有时是一个人，有时是跟踪别人。洞内除了浓重的霉味，还有一股荷尔蒙的气味，能刺激他的想象力。画面则来自他看过的港台录像和线装书，以及他偷窥到的秘密。总而言之，置身其中，他的每个细胞都会发出兴奋的呐喊。怪不得蝙蝠喜欢躲在里面，这真是一种冰雪聪明的动物！

顾小白对偷窥如此感兴趣，是因为他想知道大人不让孩子知道的那些秘密，想知道漂亮女人背地里都在干些什么。他对解密有种与生俱来的执拗，所以，他数理化成绩不错，文科成绩一塌糊涂。

造纸厂那些人的秘密顾小白比谁都清楚，他看见制浆车间的严主任出差后，人事科的曹科长上半夜溜进了他家，下半夜才走；他知道许国巍的老爸便秘，每次上大号，至少要一个小时才能从厕所出来；他知道每个月都有几个人去厂长马金龙家送礼，有一次送的是一箱茅台；他知道会计郑红英和厂医杨树民钻过防空洞，在那里她发出痛苦的呻吟，就好像突然被杨厂医用注射器扎了一下；他还知道彭大年家的金毛生了一窝野种，狗崽子的爹不是保卫科的那条狼犬，而是一条跛了腿的流浪狗……顾小白沉浸在解密的快乐中，这个世界根本不是大家看到的那个样子，这让他兴致盎然。顾小白经常跟胡浩分享秘密，胡浩却从来没有跟他分享过一次。有一天下午，顾小白趴在水塔上，看厂里的花鼓戏剧团排演《刘海砍樵》，他发现唱胡秀英的那个花旦屁股很翘，还是水蛇腰。胡浩突然激动地跑来告诉他，说班里的劳动委员马小燕今天没戴乳罩。顾小白翻了胡浩一个大白眼，说马小燕三天都没戴了。

顾小白羡慕有秘密的人，他们走在路上都闪闪发光，但他从小就缺乏秘密，透明得像个玻璃瓶子。这么说吧，顾小白就是个为秘密而生的怪胎，他经常随身携带一个自制的单筒望远镜，时不时拿出来窥视，有时窥视天空飞鸟的轨迹，有时窥视江面上漂浮的避孕套，胡浩说他这个样子像极了独眼海盗。

对于顾小白这种社会闲散人员来说，每天怎么杀时间是个烦恼的问题。几年前，父亲因为工伤病退，和母亲在南门口开了家皮鞋店，生意做得很不错，不需要顾小白再出去打工贴补家用。顾小白无所事事，经常在厂区东游西荡。他记得案发那天是个星期日，旷野里刮着滚烫的风，江边寂静得像座坟包。他坐在水塔上看了一本让自己浑身燥热的书，事实上他整个十八岁的夏天都躁动不安。

顾小白突然看见围墙后面出现了一个女孩，远看不是很清楚，他举起单筒望远镜，发现是江蓝，她提着一个锌皮桶，看样子是去厂里洗澡。江蓝跟顾小白以前是同班同学，她父母死于氯气中毒，那次生产事故也导致顾小白的父亲患上了严重的哮喘和肺炎。江蓝还是校广播室的播音员，她播音字正腔圆，每个声调都很性感。胡浩曾恬不知耻地说，他这辈子最大的梦想就是跟江蓝钻一次防空洞。顾小白说等到地球上的雄性动物都灭绝了，他才有可能梦想成真。

看见江蓝，顾小白迅速爬下水塔，钻进防空洞里守株待兔。江蓝没有住在厂区，她家在造纸厂后面的漕溪港，如果从造纸厂大门进来，至少要多走十分钟。从防空洞里走就不必绕弯子，能节省一大半的路，关键还防暑。平时江蓝上学放学都是走大门，骑着一辆老掉链条的凤凰牌自行车。顾小白隐藏在防空洞的黑暗中，像只壁虎紧贴在墙上。江蓝果然走了进来，顾小白尾随其后。他看不清楚她的脸，但能闻到她身上已经变得很淡的猫尿味。这种跟踪看似毫无意义，其实意义就在于过程本身。一路上的小心、紧张、期待能促进多巴胺的分泌，能让顾小白身心愉悦，这就够了。后来顾小白把这种感受奉为人生信条——享受过程远比得到结果更重要。但胡浩说他就是得阿Q亲传的关门弟子。

对了，高一上学期，顾小白跟踪江蓝时被抓过现行。那天上完晚自习，顾小白骑车悄悄跟在江蓝后面。在乌龙宝塔前，她突然停下自行车，转过身来，把顾小白堵了个正着，她柳眉倒竖，你跟着我干吗？顾小白捏住刹车，在夜色中无声地笑了，觉得她训人像在念播音稿。如果记忆没出错，那是江蓝第一次主动跟他交谈。当时顾小白灵机一动，指着路边的一条野狗说，我是跟着它来的，我想收养它。他的解释无懈可击，她狠狠地瞪了他一眼，一言不发地骑车走了。

顾小白就是从那时开始，明白了证据的重要性。

顾小白和胡浩的话题有很多次是围绕江蓝展开的，他们讨论班上哪个男生喜欢江蓝，猜测江蓝和那个唱胡秀英的花旦，谁的屁股更圆、胸更大、腰更细……讨论来讨论去总是不得要领，胡浩就怂恿顾小白去扒花旦或者江蓝的澡堂子。顾小白大骂胡浩寡廉鲜耻。胡浩反呛顾小白是伪君子，说他是有贼心没贼胆。不得不承认，胡浩的恶评并非造谣中伤。在顾小白最纯真的少年时代，他对异性有过许多非分之想。但在他最油腻不堪的中年，脑袋里却很少有杂念。

顾小白曾经给校广播室投过稿，是一首诗，他从偷来的书里抄袭的，只改动了几个字，内容他早已忘了。有一天早晨，江蓝在广播里朗诵了这首诗。顾小白毫无思想准备，激动得差点尿了裤子。这以后他更加勤奋地偷书，专挑那些几十年前出版的外国诗集，上面有很多虫眼，擦屁股都嫌脏。他把抄下来的诗歌掐头去尾，重新排列组合，再塞到广播室前面的邮箱里。他还取了个笔名叫海风。那时候，顾小白连海都没见过。

直到有天下午，顾小白往邮箱里塞稿子时被江蓝当场发现。看到信封上的字，她认出了顾小白就是那个神秘的海风。她惊疑地望着他，那些诗都是你写的？他说是啊，我以后想当普希金。她又问，你知道普希金是哪国人吗？他想了想说，是法国人吧，这老头儿好像还写过一本《巴黎圣母院》。江蓝啪的一声把广播室的窗户关上，从此，再也没有朗诵过顾小白投的稿子。

尽管江蓝一度把顾小白当臭狗屎嫌，顾小白人生中做的第一个关于春天的梦却跟她有关。他梦见和江蓝赤身裸体地躺在一个瓶子里，从湘江漂向洞庭湖，再漂向长江。瓶子在漩涡中不停翻滚，他们渐渐地融为一体，他体验到了一种前所未有的快感。在江蓝尖叫的瞬间瓶子炸裂，他们都掉进了水里……然后他就醒了，裤子和床单都湿了，全都是香椿炒鸡蛋的味道。顾小白对香椿的气味非常敏感，也倍觉亲切，它充斥了他的整个少年时代。每次从香椿树下走过，他都会想起那些梦，想起江蓝。经过了漫长的时间，梦里的细节依然是如此真实而生动。他记得江蓝的汗毛有如蕨类上的细茸，在阳光下清晰可见。他甚至记得她乳房的尺寸，还有臀部的弹性。

顾小白也跟踪过马小燕，还不止一次。她走路时屁股扭来扭去，像根麻花。她也进入过顾小白那些关于春天的梦中，但次数要比江蓝少很多。而且顾小白醒来时，身上不是香椿的气息，而是桑葚的气息。不同的女人在梦里带来的气息是不同的，有的是槐树的气息，有的是石榴的气息，还有的是羊膻味和奶腥味。

江蓝的高颜值和文艺特长都来自她母亲的遗传，她母亲叫刘素梅，以前是厂工会的宣传干事，能歌善舞，还是厂花鼓戏剧团的键盘手。那次氯气泄漏事故本来不会殃及她，是她去车间给丈夫送饭时正好碰上了。顾小白听父亲说，刘素梅年轻时迷倒了半个县城，连县委书记的公子都给她写过情书。老实说，顾小白的父亲是个浅薄之徒，从不看书报，喜欢打牌下棋吹牛皮。工伤前，他偶尔会从车间摸点废铜烂铁拿去换点烟酒钱。但只要提起刘素梅，顾小白的父亲就会两眼放光，语气也变得特别深沉，让顾小白觉得十分陌生。很显然，他父亲年轻时也是被刘素梅迷倒的众人之一。

顾小白去过校广播室一次，是午休时分撬窗进去的。墙面挂着油画，地上有盆水仙，还有很多书在架子上码得整整齐齐。房间收拾得很干净，连透过窗玻璃射进来的阳光也是干净的，而顾小白家的阳光里都是灰尘。空气中暗香浮动，顾小白在麦克风前坐了一会儿，那肯定是江蓝播音时坐的椅子，他在上面感觉到了她的体温。顾小白想象着她播音的样子，抑扬顿挫，声情并茂，他身体的某个部位竟然有了些许反应。

顾小白从小就知道，人在不同的时间段长相是不同的。他跟踪过江蓝多次，最喜欢看她在早晨的样子，那时候的她面容洁净，容光焕发，像个瓷娃娃，而且，身上还有股猫尿味。跟男人晨勃一样，其实大部分女人都是早晨最性感，晚上次之，下午最丑。一天中最糟糕的事情也大都发生在下午，至少对顾小白来说是如此——高考下午揭榜，他名落孙山；多年以后，他祖母下午离世；他和最好的战友一清早去抓逃犯，战友中枪，下午在他怀里咽下了最后一口气。

孟海老师被杀，同样在下午。

那天蝉撕心裂肺地叫着，像在哭丧。听着从女澡堂里传出的水声，顾小白的身体又有了一种异样的反应。他再也没有心思看书，抽起了从父亲那里偷来的白沙烟。大概过了四十多分钟，他看见江蓝扎着一个湿漉漉的马尾辫，拎着锌皮桶，朝防空洞方向走去。他一个狸猫翻身，再次爬下水塔，跟在了她后面。隔着老远，他都闻到她身上散发出的洗发香波的味道。

江蓝走得很慢，阳光蒸发掉了她辫子上的水分，冒出一股白气。回想起来，顾小白觉得那个夏天的时间好像被人为拉长了，一切都要比现在慢上半拍。绕过一排法国梧桐树，她进入了防空洞。顾小白正要跟上去，突然想起自己把刚才看的书忘在水塔上了。他担心书被人偷走，于是转身回去拿。因为手忙脚乱，他不慎踩到青苔滑了一跤，膝盖都摔破了，他只好放弃继续尾随江蓝的念头。大约过了二十分钟，正在水龙头下冲洗伤口的他又看见了江蓝，她从防空洞里跑出来，冲他大叫，小白，孟老师出事了！

在顾小白还没反应过来时，江蓝就拽着他的胳膊往防空洞里跑。他问她，孟老师出什么事了？她没回答，只说要他先去看看，她担心是自己眼睛看花了。顾小白有点云里雾里，只好跟着江蓝往前跑。在防空洞深处，江蓝停下了脚步，顾小白摁亮打火机，发现一只锌皮桶掉在地上，里面有毛巾、香皂、洗发水，还有江蓝洗澡换下的衣服，乳罩是黑的，内裤是白的。这时，顾小白闻到了血腥味、火药味和香水味。他顺着这股混合味朝前看，只见他高中时的班主任孟海老师倒在地上，胸口被打成了筛子，全是血！

得到顾小白的确认，江蓝顿时状如鬼魅，撒腿就跑，一路尖叫着，杀人了！顾小白也跑开了，一口气跑到白色的水塔边，在香樟树下撒了泡尿压惊。不一会儿，他看见很多人朝防空洞跑去，大部分是他这样的社会闲散人员，其中就有胡浩、许国巍和彭大年，他们从厂里各个隐秘的角落里窜出来，跑得比黄鼠狼还快。直到今天，顾小白脑海里还储存着孟海老师被杀时的画面——他身体蜷缩，脸色如锡纸，鲜血把白色的衬衣染红了，像雪地上开了一大丛妖艳的玫瑰花。对了，他身边还有一支枪。

孟海老师被杀不仅轰动了湘江造纸厂，也震惊了这座县城。一时间，小道消息满天飞。孟海老师死时明明衣衫完整，到第二天清晨，已经传成了一丝不挂。流言有很多版本，有的说他跟有夫之妇在防空洞里偷情，被绿帽男捉奸抓了现行，不仅要了他的命，还割掉了他的祸根。有的说他诱奸自己的女学生，女生父亲一怒之下将他打死。版本的内容虽然不同，但死因都是情杀。作案过程也被传得活灵活现，就好像有人在现场亲眼目睹一样。

顾小白十八岁那年夏天，阳光破碎，异象频生。他无缘无故地流了两次鼻血；他大腿上突然多了个飞碟状的胎记；他在女厕所后面差点踩到一条粉红色的蛇；他还看见教堂的白色十字架上落满乌鸦，当晚的新闻联播说，有位大人物逝世。

顾小白那时隐隐有种预感，这个夏天注定不凡。

消失的萤火虫

一

顾小白上警校那年，父母把家搬到了长沙，在小吴门开了家皮鞋店，生意比以前更火爆。警校毕业后，顾小白混得风生水起，从三级警司一路升到一级警督，其间立了两次个人二等功、一次三等功，都是用命换来的。二〇一八年初夏，梅雨将至，顾小白从市刑侦支队调回老家，担任县刑侦队的队长，可谓衣锦还乡。此时，距离孟海老师被杀已经过去了整整十三年。

老家的变化太大了，城区面积扩大了两倍不止，走在街头，顾小白有一种强烈的陌生感，连东南西北都分不清。他跳上一辆环城公交车，隔着玻璃，重新熟悉这座在记忆中已经模糊的小城。文星塔、大成殿、状元桥、日杂大楼，幸好这些地标性的建筑都还在，让他尘封的记忆慢慢清晰。车到城北学校门口，上来一个穿花衬衣的男青年，扫视一圈后，把目光盯在没穿警服的顾小白身上——顾小白正看着窗外出神。花衬衣挨着顾小白坐下，悄悄把贼手插进他的裤兜。但钱包还没掏出来，就被顾小白一个别臂锁喉按倒在车厢地板上，并且戴上了手铐，整个过程不到五秒。这种手段对顾小白来说太小儿科了，没有任何危险系数。从警以来，顾小白多次死里逃生。最惊险的一次，是在贩毒组织卧底时被熟人认出，他谎称对方认错人了，才打消毒枭对他的怀疑。后来警方割掉了这个毒瘤，他被漏网的毒枭报复，往他车内扔了一颗手雷，在他跳车的瞬间手雷爆炸。

在顾小白制服花衬衣的过程中，全车人都静静地看着，没有人上前帮忙，也没人报警。顾小白很清楚，这是小老百姓的心态，谁都不想多管闲事，害怕小偷出来后报复。他让司机靠边停车，然后掏出手机打了110。两名巡警驾车赶来，他们还不认识新上任的刑侦队长，看到小偷被铐，巡警大吃一惊。顾小白掏出证件，巡警连忙举手敬礼。他们要送顾小白去公安局，但被他谢绝，他想一个人走走。他并没有新官上任的兴奋，内心反而有一种隐痛。就好像他不是荣归故里，而是被放逐到了一块满地玻璃碴子的平原上，他的脚要慢慢适应这种被切割的疼。

顾小白用手机刷了辆小黄车，晃晃悠悠地骑行。相比高楼大厦林立的长沙，这座县城更具人间烟火味。到处都是旧房子和老巷子，空气里飘浮着爆米花香，还隐约能听见花鼓戏的唱腔。街道两旁的法国梧桐树枝叶茂密，阳光透射进来，在路面形成一道道几何形状的斑影，看上去有些奇幻。顾小白骑行了半小时，前面是时代国际影城，这里以前叫红星电影院——他更喜欢这个名字，虽然土气了点，但笔画里都是故事。门口贴着大幅海报，今晚八点，雪狼乐队将在这里举行演唱会。这个乐队在省内颇有知名度，最近在全省巡回演出。顾小白停下小黄车，在海报前驻足良久，一股久违的气息扑面而来。

二〇〇三年春天，也就是高一下学期，他和胡浩、许国巍、彭大年组织了一支乐队，叫萤火虫。他担任吉他手，胡浩是鼓手，许国巍担任主唱，彭大年是贝斯手，后来又多了江蓝这个键盘手。江蓝对顾小白的看法发生转变，就是从她加盟乐队开始的。其实顾小白并非音乐发烧友，他会弹吉他完全是因为一个女孩。读初中时，他暗恋班上的学习委员。一个很偶然的机会，他听到学习委员说她喜欢弹吉他的男生，觉得很酷。于是他就用积攒了两年的零花钱买了把吉他，然后去县文化宫报名参加了吉他培训班。等他学得有模有样，准备在学习委员面前一展身手时，她却跟父母举家迁到了岳阳，从此杳无音信。顾小白的初恋还没开始就夭折了，那段时间，他经常弹奏吉他来排遣伤感。久而久之，他弹奏的技艺越来越娴熟。后来学校成立萤火虫乐队时，他被胡浩硬拉进去凑了数。

江蓝的电子琴是跟母亲学的，本来她只想自娱自乐，在胡浩的极力游说下才加入乐队。在这个五人组合中，只有胡浩、许国巍和彭大年是真正的音乐发烧友，他们三个梦想以后出唱片、开演唱会，收获亿万粉丝。坦率地说，当年在湘江边的这座小县城，萤火虫乐队还是小有名气的。风头最盛时，上过县里的报纸和电视台。甚至有些人家操办红白喜事，还会邀请乐队去演出。演出一次的报酬，顶得上顾小白父母卖一天皮鞋的毛利润。如今萤火虫乐队早就解散了。顾小白也有十几年没见过真正的萤火虫。但在他的少年时代，这种美丽的小精灵无处不在。夏天的夜晚，他经常把萤火虫装进玻璃瓶子内，做成小灯笼，提在手里照明。不知道是不是顾小白的错觉，他发现萤火虫就是在他十八岁那年夏天突然消失不见的。

一支车队从顾小白身边呼啸而过，打头的是三辆消防车，后面是一溜警车和救护车。顾小白知道出大事了，他蹬着小黄车尾随而去。车队很快就跑得没影了，但风吹来草木灰的气息，顾小白顺着这股气息一路骑行。路过东湖时，他看见湖畔有栋老式阁楼，被改造成了咖啡屋。墙面爬满了青藤。屋檐上有几个兽头龇牙咧嘴，似乎朝天空呐喊着什么。窗玻璃是彩色的，看不清里面的布局。咖啡屋门口有一座绿漆斑驳的邮筒，贴满了小广告，应该早就弃用了。顾小白有点怀念纸质书信，白纸黑字是永远的证明，不像手机里的信息可以随时删除。

阁楼晦暗地矗立在初夏的微凉中，充满了性感。顾小白对性感的定义不是高耸的乳房、浑圆的臀部、纤细的腰肢，而是从骨子里散发出来的一种风情，既可以指人，也可以指物。比如，他会觉得门德尔松的《仲夏夜之梦》序曲很性感，每个音符都如同女人的手指温柔至极，不断挑逗他的神经。

顾小白想象了一下咖啡屋的主人是什么模样，应该是个肌肤如雪的女人，穿着一袭曳地长裙，要么是紫罗兰或石榴红，要么是雏菊黄或桔梗绿。她端坐在咖啡的氤氲中，曼妙的身姿像极了一幅欧洲文艺复兴时期的油画。顾小白对这家咖啡屋如此关注，并不是因为它的情调，而是因为它的名字——萤火虫。如果不是急着去出事现场，他肯定会走进咖啡屋喝上一杯。在那种甜甜的苦涩中，回忆自己像萤火虫一样消失的少年时代。

骑行了半个多小时，顾小白到了洋杉湖，这里有一眼望不到边的芦苇，是造纸厂的重要原料。滩涂上有一片芦苇丛起火，过火面积大概有七八亩地，不过已基本被扑灭。消防员正在清除火场隐患，防止死灰复燃。湖岸有很多人在围观，一些警察和医护人员聚集在火场中央，周围拉起了警戒线，似乎那里有什么发现。顾小白把小黄车停在警车旁，快走到火场中央时，他发现地上躺着一名男子，身材微胖，被烧得面目全非。附近有一支猎枪，还有几只烧成了焦炭的野鸭。不一会儿，医护人员就带着空担架离开了现场，倒地的男子应该已经没有了生命体征。

洋杉湖距离以前的湘江造纸厂不远，最多三公里，是顾小白少年时代的乐园。他经常和胡浩、许国巍、彭大年到这里来捡鸟蛋。一到秋天，湖边白茫茫一片，芦絮漫天飞舞，宛如下了一场大雪。现在这里成了湿地保护区，禁止捡拾鸟蛋和捕猎野生禽类。但湖域面积太大，人一钻进茂密的芦苇丛就难觅其踪，要想完全杜绝盗猎行为不太现实。顾小白看见一个约莫二十六七岁的女孩从他身后快步走来，她手里拿着单反相机，脖子上吊着工作牌，肩上斜挎着采访包，看样子是个记者。她直接钻进警戒线以内，对准尸体咔嚓咔嚓拍照，没有任何警察上前阻止，她应该跟刑侦队的人很熟。

这位女记者长得很漂亮，身材高挑，如果时光回到十三年前，她肯定是顾小白跟踪的对象。上警校后，顾小白研读了心理学，才明白他从小跟踪异性的嗜好是因为母爱的缺失。在他的整个童年和少年时代，母亲都忙于生意，一个月有大部分时间都住在皮鞋店里，几乎任由他野蛮生长。在跟踪对象的身上，他体验到了女性的美好和神秘。从警后，顾小白依然热衷于跟踪，但跟踪对象变成了犯罪嫌疑人。他热爱解密，善于观察细节，然后通过细节推理出真相。这也是一个跟踪高手应该具备的素质，必须成为细节控，于无声处听惊雷。这些年，被顾小白跟踪抓获的嫌犯近百人，有几名还是上了A级通缉令的逃犯。

看到那名女记者在现场四处走动，顾小白微微蹙眉。但他没有立即上前将其劝离，一是因为现场已经在救火中被破坏；二是他想看看县刑侦队的警员是如何办案的。但看了不到两分钟，就有一名单眼皮的年轻刑警注意到了他，走过来呵斥，谁让你到这儿来的？赶紧走！顾小白指了指女记者，问道，她为什么能在这儿？单眼皮刑警说，她是《岳州晨报》的记者，你是哪个？再不离开就是妨碍公务，当心把你铐起来！

顾小白亮出证件，单眼皮刑警一看就傻眼了。旁边几名刑警被吸引过来，看到顾小白手中的证件后，立马齐刷刷地举手敬礼，大声说，顾队好！在旁边拍照的女记者新闻嗅觉很灵敏，立即把镜头对准了顾小白，不断按下快门。顾小白瞟了一眼她的胸牌，上面有名字，叫黎乐乐。

刚履新的刑侦队长微服私访，令在场的警员全都诚惶诚恐。特别是那名出言不逊的单眼皮刑警，全身冷汗淋漓。顾小白没有发飙，他要大家该干吗就干吗。法医姚伟明向顾小白报告，说男子已经死亡。尸体烧伤严重，具体死因要解剖后才能确定。顾小白近距离查看尸体，发现死者有些眼熟。但因为面部烧焦变形，他一时想不起来是谁。

姚伟明说，死者原本处于俯卧状态，是医护人员赶到后，为了确认有无抢救价值，才把尸体翻转过来，但尸体的原始位置和朝向并没有移动过。顾小白观察了一下，死者头部朝西，而西边的过火面积有上千米；死者东边的过火面积则少得多，只有两百米左右；死者南边是湖岸，过火面积大概四五百米；死者北边是湖水，过火面积最少，只有不到一百米。

顾小白蹲下来，摸了摸死者的口袋，发现手机还在，但已经被烧毁，不能再用了。他起身再次打量现场，猎枪和被烧死的野鸭距离死者不到二十米，野鸭身上有明显的枪伤。他的神色变得凝重，目光穿透虚空，似乎要看清一些什么。呵斥过他的单眼皮刑警叫段宏，此时屁颠屁颠地跑过来，递给他一瓶矿泉水，说，顾队，八成是失火。这种事故以前也发生过好几次，盗猎分子开枪捕杀禽鸟时，火药不慎点燃了芦苇。哦，也不排除另外一种可能——有人在芦苇丛里聚众赌博，抽烟引发了火灾。每次事故都有人被烧伤，但闹出人命这是第一次。要我说啊，这家伙活该！政府三令五申禁止捕杀野禽，总有些人为了满足自己的口腹之欲，把禁令当耳边风。现在死了人，应该消停一阵了。顾小白没有马上开口，他看了一眼现场的警员，勘查时都有些漫不经心，估计跟段宏的想法差不多。

刑侦队的副队长杜耀文领着一个少妇走过来，说，顾队，就是她报的警。顾小白要少妇把当时的场景描述了一遍，她说下午两点一刻，她骑着电瓶车从县城回娘家茶山村，路过这里看到芦苇起火，有个男子被困在火里大喊救命，她就连忙打电话报警。报警不到十分钟，那个男子就倒在了火场里，再也没有起来。顾小白问，那个男子当时什么状态？少妇说，他不断用手揉眼睛，好像被烟熏坏了。

她叫他赶紧往湖里跳，但他的眼睛似乎完全看不见了，搞不清楚方向，在火场里瞎跑。顾小白问，男子哪个方向的着火面积最大？少妇回忆了一下，手往西边一指，那边，全是火！顾小白最后问道，当时现场还有其他人吗？少妇摇头说，没有。

顾小白吩咐段宏带少妇去做笔录，然后问杜耀文是否知道死者的身份。杜耀文说，是豪森纸业集团的董事长周云鹏。顾小白大吃一惊。杜耀文连忙问道，顾队，您认识这个人？顾小白点头说，以前一个厂的。接着，他又补充了一句，我以前是湘江造纸厂的子弟。周边的警员面面相觑，没想到新来的队长老家是本地的。

二十世纪八十年代，周云鹏和顾小白的父亲是同一批进造纸厂的。因为能说会道、心思活络，进厂不到五年，周云鹏就得到厂长马金龙的器重，当了供销科科长，而顾父一直到病退都是个普通钳工。造纸厂虽然有几千职工，但对野心勃勃的周云鹏来说，也是座小庙。供销科长没当几年，他就辞职下海，开了家纸业公司。后来生意越做越大。湘江造纸厂改制时，他斥资一千多万收购，成立了豪森纸业集团，产品远销欧美，拥有亿万身家。他是县、市两级的政协委员，获得过"省十佳企业家"的荣誉称号。他还热衷做慈善，捐建了学校、福利院和精神康复医院。在湘江边的这座县城，可能有人不知道县长是谁，但没人不知道周云鹏的大名。

这个下午的阳光有点像旧年的银器，闪烁着一种阴冷的色泽。顾小白问道，确定死者就是周云鹏吗？杜耀文说，确定，他的大奔就停在湖边。从尸体下方的淤泥里找到一把车钥匙，还能打开车门。这时，黎乐乐走过来问，顾队，周云鹏盗猎时引火烧身，当场死亡，警方是否不予立案？顾小白说，不，必须立案，这是谋杀。在场所有人都震惊了，几只水鸟似乎也受到了惊吓，呼啦啦，从尚未被烧毁的芦苇丛里振翅飞向天空。

二

　　回老家的车上,顾小白就给当年的几个发小打了电话,胡浩当即表示,今晚要在自己开的金蔷薇火锅店给他接风洗尘。胡浩现在已经是身家千万的老板了,在县城开了三家火锅店,长沙和岳阳各有两家,赚得盆满钵满。当年的萤火虫乐队中,就他脑子烧得最厉害,一心想当猫王第二,还夸下海口,二十七岁前要到红馆开演唱会。造化弄人,这小子至今没去过红馆,倒是开了好几家餐馆。四年前,顾小白在长沙麓山路的金蔷薇跟胡浩吃饭,他发现火锅店的装修色调以红色为主,就问胡浩是不是还有红馆情结?胡浩剔着牙缝说,屁!这寓意着红红火火、鸿运当头,跟红馆没有半毛钱关系。跟顾小白一样,三十一岁的胡浩还没结婚,但女朋友走马灯地换,顾小白见过的就不下八个,环肥燕瘦。也难怪,当年那种带颜色的线装书就这小子看得最多,中毒最深。

　　许国巍如今也是大老板,经营一家砂石厂,有五条挖沙船,日进斗金。当年他这个乐队主唱会唱会跳,台风潇洒,有点像吴奇隆。他没胡浩这么花心,二十八岁结婚成家,妻子是县花鼓戏剧团的当家花旦,叫辛晓茹——顾小白见过一次,省戏曲学校毕业的,鹅蛋脸,丹凤眼,D罩杯,蜜桃臀。当年纸厂剧团里那个唱胡大姐的花旦跟她一比,颜值和身材都弱爆了。许国巍娶她的时候,彩礼就给了三百万,还送给老丈人一辆悍马。两个人的婚礼很有特色,没讲那些肉麻的情话,而是联袂唱了一台《刘海戏金蟾》,惊艳了全场宾朋。

　　彭大年的职业倒是跟文艺沾了点边,他在县里开了家婚庆公司,叫花好月圆。这位当年的贝斯手有时也会客串司仪或主持人,登台高歌一曲,给现场助助兴。因为这厮长相俊朗,风度翩翩,在婚庆现场，他经常被误认为是新郎。中学时代，彭大年帅甲湘江造纸厂，一副忧郁王子的派头，他不仅是很多女生暗恋的对象，在学校里还以叛逆著称。他曾经为了捍卫一头飘逸的长发，扬言要从三楼跳下去，迫使孙校长让步。二〇一四年劳动节，彭大年和当年班上的劳动委员马小燕结了婚。马小燕是银行信贷科的科长，彭大年是她少女时代的梦中情人。两个人举行婚礼时，顾小白正在贵州凯里追逃，他托胡浩送了个红包。顾小白看过婚礼现场视频，彭大年不再长发飘飘，而是剃了个板寸，曾经一头短发的马小燕却是黑发如瀑。彭大年身上的桀骜之气也完全消失不见，看上去成熟稳重了许多。

傍晚六点半，顾小白来到旭东南路的金蔷薇火锅城，在包厢里见到了三位发小。酒杯已倒满，红汤沸腾，就等下菜了。

这些年，四个人也聚过，但都是在长沙，在老家齐聚还是头一次。几杯啤酒下肚，肾上腺素飙升，大家就开始互相调侃。许国巍说胡浩头发日渐稀疏，都快成了不毛之地，是因为水土流失严重，要他注意环保，节约水资源。胡浩笑骂，不毛之地总比头顶一片绿色的大草原要好，辛晓茹那么漂亮，你小子当心成为草原上忠实的牧羊人。顾小白问彭大年，家里供着一尊财神菩萨，钱是不是多得花不完？他可以发扬为人民服务的精神，帮他花掉。彭大年一本正经地说，不麻烦警察同志，这点小困难自己可以解决。他反问顾小白，你小子不结婚也不交女朋友，是不是性取向发生了改变？许国巍哈哈一笑，替顾小白回答，大年你说反了，小白是不忘初心，还惦记着……在胡浩和彭大年强烈的注视中，许国巍把后面的话连同一根鸭肠咽下了肚。顾小白转移了话题，哥几个，跟你们爆个料，周云鹏死了。大家纷纷表示下午就听到消息了，说周云鹏是去洋杉湖偷猎时，不慎引燃芦苇被烧死的。

胡浩问，小白，消息是不是真的？

顾小白下午离开洋杉湖时，特意交代案发现场的所有人，周云鹏被谋杀，只是他的推理，暂时不能外传，具体死因等尸检结果出来后再下结论。顾小白敷衍胡浩，现在只能证实周云鹏被烧死了，但他是死于谋杀还是意外，需要进一步调查。许国巍神神叨叨地说，洋杉湖几年前翻过一条船，死了不少人，后来就传出那里闹鬼，大白天都不太平，周云鹏可能是被鬼找替身了。彭大年感叹，周云鹏四次结婚，有两次是他当司仪。现任老婆邓雯是县电视台的主持人，三十二岁，比周云鹏的大儿子还小半个月。顾小白担心自己喝多了，会泄露需要保密的案件细节，于是再次转移了话题，说今天路过东湖发现一家叫"萤火虫"的咖啡屋，看上去不错，哥几个下次就在那里聚会，他请客。

顾小白的话音一落，刚才还胡吹海侃的许国巍等人就不吭声了，全都埋头吃喝起来，包厢里一片吧唧吧唧的声音。顾小白觉得奇怪，就问，怎么啦，都不喜欢喝咖啡？我说你们能不能别这么庸俗，一天到晚只知道赚钱，有点文艺情怀好不好？那家咖啡屋跟咱们以前的乐队名字一样，看着亲切。哥几个进去怀怀旧，洗洗身上的铜臭味，陶冶一下情操，多正能量啊。胡浩点着了一根和天下，他的脸在火锅的蒸汽中显得越发油腻，小白，知道那家咖啡屋是谁开的吗？

在酒精的刺激下，顾小白的脑袋里起了一层雾，他问，谁开的？胡浩吐着烟圈说，是江蓝开的。彭大年放下筷子，往嘴里塞了块槟榔说，开业庆典还是我策划的。许国巍说，我们三个每个礼拜都会去几次，照顾她的生意。胡浩打着酒嗝说，小白，你要去，哥几个不拦你，但我劝你最好别去，也别再惦记着狗屁萤火虫，那都是猴年马月的事了，幼稚！可笑！可能是真的喝高了，胡浩等人再说什么他已经听不清楚了，趴在餐桌上呼呼大睡。

第二天早晨醒来，顾小白发现自己躺在维也纳酒店的席梦思上。他知道是胡浩开的房——床头放着金蔷薇火锅城的贵宾卡，持卡消费可以打八折。顾小白匆匆洗漱了一番，下到二楼餐厅吃了早点，然后徒步朝县公安局走去。这次上任他是借调，任期可能是一年，也可能是两年。前任刑侦队长梁斌得了肝癌，住进了湘雅医院。顾小白是刑侦高手，办案经验丰富，又是本地人，熟悉情况，所以被市局派来补老梁的缺。

从维也纳酒店到县公安局并不远，步行二十来分钟。一路上都是豆浆、油条和烧卖的气息，很家常也很温暖。昨天下午，顾小白已经跟县局的几位主要领导见过面，办好了交接手续。谭局抱歉地说，局里实在没有多余的住房，只能安排他住湘江宾馆。顾小白没成家，住哪里无所谓。这些年他五湖四海到处跑，在招待所住习惯了，有人打扫卫生，水电费也不用自己操心，挺好的。而且，他只是借调，迟早要回市里，要县局的房子干吗，有个落脚的窝就可以了。

顾小白直接来到刑侦队在三楼的办公区。新官上任三把火，大家还摸不准顾小白的脾气，怕触霉头，因此都来得比平时早。见到他走进来，全都起立，在杜耀文的带领下鼓掌欢迎。段宏还给他泡好了一杯铁观音，努力弥补昨天的过失。县里比市里的条件差了不少，顾小白没有单独的办公室，他跟二十多个下属挤在一个区域内办公，只是桌子比其他人要大，椅子也高级一些，旁边还有一盆绿萝，长得很茂盛。办公桌左右两侧有隔板，是个半封闭的空间。顾小白没有讲废话和套话，他用最短的时间熟悉了一下大家的名字，然后吩咐开会，讨论周云鹏的案子。法医的尸检报告还没出来，他要杜耀文先谈谈现场勘查和后续调查的情况。

杜耀文说，昨天下午他带人赶到现场时，已经有不少群众自发在那里灭火。后来消防人员又用高压水枪灭火，再加上医护人员的介入，现场破坏严重，基本丧失了刑事勘查的条件。至于起火原因，消防部门还在调查。现场遗留的那支猎枪是雷明顿 M700，上面提取到了几枚指纹，都是周云鹏的。周云鹏遇害时，手机和钱包都在身上，钱包里有五张银行卡和一叠被烧得残缺不全的现金，经过拼对，不少于两千块。周云鹏价值八十多万的百达翡丽腕表和一枚价值六十多万的蓝宝石戒指都还戴在手上，肯定不是劫财杀人。我再三询问了那个报案的女人，她肯定地说，周云鹏被困在火场时，周围没看见其他人。周云鹏留在湖岸上的那辆大奔也检查过了，上面有行车记录仪，可以确定他是一个人去的洋杉湖。后备厢里有枪套，跟现场遗留的猎枪完全匹配。哦，后备厢里还有两盒子弹，上面也提取到了周云鹏的指纹。周云鹏并没有办理持枪证，他属于非法持有枪支，狩猎更是非法。他的财务状况我们连夜查了一下，他个人和公司都没有债务，也没发现他和谁有过经济纠纷。他虽然有钱，但平时为人还比较低调，没发现和谁结仇。他的生活作风倒是有点乱，但和现任老婆邓雯结婚后收敛了很多。他跟前三任老婆都是和平分手，被报复的可能性不大。周云鹏住在东湖丽景小区，是四百多平方米的独栋别墅。据邓雯说，昨天中午周云鹏出门前，说要去跟几个朋友打麻将。但实际上，他从自己家里开车出来，一路上没有停留，直接去了洋杉湖。从沿路监控来看，没有发现他的车被人跟踪。对了，邓雯还说，因为她特别讨厌烟味儿，周云鹏跟她结婚后，就戒了烟。在火灾现场和周云鹏的车上，确实没找到香烟和打火机，吸烟导致火灾的可能性可以排除。杜耀文最后谨慎地补充了一句，顾队，时间有限，这都是初查，仅供参考。

　　从杜耀文的话里透出三个信息，情杀、仇杀和劫财杀人都不成立。很显然，他并不认可周云鹏是死于谋杀的推断，但又不好当面反驳顾小白，只能隐晦地提出质疑。其实他的质疑也是刑侦队所有人的疑惑，大家都在猜测，新来的队长是不是好大喜功，喜欢搞有罪推定？顾小白问，出事时，周云鹏有没有跟谁通过电话？杜耀文回答，查过他的手机通讯记录了，出事前两个小时，他没有任何通话记录，也没收发过信息。

顾小白喝了口铁观音，慢悠悠地说，周云鹏死亡时，整个身体朝西，说明他当时是往西边逃跑。昨天刮的是东风，案发现场的火势是往西蔓延，报案人的话也证实了这一点——周云鹏被困火场时，他西边的火势更猛，着火面积也最大。但周云鹏没有选择从着火面积相对较小的东、南、北三个方向逃跑，偏偏选择了最危险的西边，这很不合情理。报案人说，周云鹏当时在不断地揉眼睛，好像看不清方向。如果是在密闭的火灾现场，眼睛被烟熏坏很常见，但在露天，这种情况很罕见。就算暂时丧失视力，也是渐进式的，不会突然看不见。在周云鹏失明之前，他完全可以选择正确的逃生路线。据我所知，他会游泳，往北边跑不到一百米就能跳进湖里，这是最安全也最快捷的逃生方式。即使被烧伤，也不会致命。

顾小白点了根烟，继续说，一个正常人，发生危险时，如果无法逃跑，通常会在第一时间报警，或者跟家人联系。但事发时，周云鹏并没有掏出手机。这说明他的视力是突然丧失的，他根本就没有办法打电话。所以，他的眼睛绝对不是浓烟熏坏的。只有一种可能，当时他的眼睛遭到了外来袭击。芦苇丛里有很多鸟类，受惊后，理论上有可能袭击周云鹏，但概率比较小，我更相信是人为的。还有一个细节，不知道大家注意到没有——周云鹏猎杀的几只野鸭，就在他死亡现场，你们想一想，这说明什么？

大家面面相觑，段宏挠了挠头，说明周云鹏的眼睛是在起火前就丧失了视力，所以没有及时发现火情。后来又因为行动不便，丧失了方向感，一直到被烧死，他都没有离开过狩猎现场。顾小白点点头，没错，袭击在前，火灾在后！如果我猜得没错，凶手应该是用石灰或者腐蚀性液体偷袭了周云鹏的眼睛，还有可能使用了汽油之类的助燃剂。在场的人大眼瞪小眼，个个面红耳赤，一个丧失了刑事勘查条件的现场，居然被顾小白看出那么多问题，他们都感到羞愧。

会议开到一半时，姚伟明拿着尸检报告走进来，他眼睛里布满血丝，显然一夜未睡。他说，周云鹏是死于吸入性损伤，也就是热力和烟雾中的有害物质引起的呼吸道、肺部损伤。除了烧伤，周云鹏的身体上没有其他外伤，可以排除他生前和人搏斗过的可能性。周云鹏的体内也没有检验出酒精和毒品的成分，但在他的衣服和皮肤上检测到了开枪留下的硝烟反应。姚伟明还说，据报案人反映，周云鹏在火灾现场好像什么都看不清楚，所以他特意检查了周云鹏的眼睛，发现眼角膜被严重烧伤，是碱烧伤，眼睑内残存着石灰颗粒。如果是风偶然把一些石灰颗粒吹入到周云鹏的眼里，不至于造成这么严重的后果。姚伟明怀疑，周云鹏生前可能遭到有预谋的石灰袭击，而且石灰的量不少，瞬间就导致他丧失了视力。

尸检报告印证了顾小白的猜测，周云鹏生前的确遭到了偷袭，但凶手的动机还不能确定。杜耀文说，如果排除了情杀、仇杀和劫财杀人，那有可能是泄愤杀人。比如，极端的动物保护主义者，看见周云鹏猎杀鸟类，为了惩罚他，就投掷石灰弄瞎了他的眼睛。在慌乱中，周云鹏的猎枪走火，引燃了芦苇，酿成了惨祸。但顾小白认为这种可能性只是理论上存在，试想，一个连鸟类都想保护的人，心地必然比常人更慈悲，更有爱心，怎么可能用如此残忍的手段弄瞎周云鹏的眼睛？如果他想惩罚周云鹏，报警是最好的手段。

顾小白弹了弹烟灰，下达命令，查查周云鹏昨天的活动轨迹，要精确到分钟！段宏连忙说，已经查过了，昨天上午，周云鹏起床后，在家里待到九点四十五分，他跟妻子邓雯说，要去一家咖啡屋跟客户谈生意。那个客户我找到了，叫黄辉，前天从湘潭过来的，跟豪森纸业集团有业务往来，目前住在维也纳酒店。黄辉说，昨天没发现周云鹏有任何异常，也不知道他下午要去洋杉湖狩猎。

顾小白问，周云鹏去的是哪家咖啡屋？

萤火虫，就在东湖边上。段宏边给顾小白的茶杯续水边说，老板叫江蓝，是个女的。

顾小白的脑袋里嗡的一声，像是炸开了一个巨大的马蜂窝。

三

午后，顾小白开着局里配给他的专车来到东湖边，是辆国产猎豹，跟了前任队长梁斌七八年，底盘重，耗油，但皮实，劲也大。他把猎豹停在离萤火虫咖啡屋只有几米远的地方，但并没有马上下车，而是点了根芙蓉王，慢慢地抽着。阳光凶猛，风从泛着银光的湖面吹过来，带着一股鱼腥味，就像他咸涩的少年时代。

每个人心里都有一个隐秘的角落，顾小白也不例外，那里门扉紧锁，尘埃满地，是回忆的禁区。十三年来，顾小白总是很小心，避免踏入禁区一步。然而，回老家上任伊始，这个隐秘的角落就被掀开了一条缝，那些休眠的往事好像瞬间苏醒，全都朝顾小白眨巴着亮晶晶的眼睛。他知道，自己不能再视而不见了。很多东西不是忽视就不存在的，它们一直藏在生命的褶皱中，层层叠叠，无法摊平，他终究需要面对。

一个年轻女人从咖啡屋里出来，顾小白觉得有点面熟，定睛一看，是昨天在洋杉湖见到的女记者黎乐乐。她径直走向猎豹，自来熟地坐进副驾驶，说看见这辆车还以为是梁队回来了。顾小白找了个借口，说自己是临时靠边停车，准备打个电话。黎乐乐神秘地笑道，顾队，我知道你和江蓝是高中同学。《岳州晨报》报社就在旁边，我经常到这里来喝咖啡，跟江蓝姐很熟，你们的那些事我都知道。仿佛在伸手不见五指的防空洞里待久了，突然有群萤火虫飞过来，点亮了黑暗，顾小白的眼睛一下子不能适应，感觉有些眩晕。

顾小白的整个学生时代，都在湘江造纸厂的子弟学校就读。尽管江蓝也是纸厂子弟,但她家住在厂外,她又是在漕溪港上的小学和初中,所以上高中前,她跟顾小白并不认识。高一开学没多久,江蓝从乌龙中学转到了纸厂子弟学校。转学的理由是,乌龙中学离她家太远。顾小白还记得她第一次出现在自己眼前时的样子——穿着一条有蓝色马蹄莲花样的裙子,扎着马尾辫,头发上别着一个粉红色的蝴蝶结。她不是那种漂亮得让人惊艳的女孩,但很耐看。五官和身材不管从什么角度审视,都很符合黄金分割比例,至少对顾小白来说是如此。特别是她那双眼睛,如同幽深的水潭,扑通一声,他一下子就陷进去了,不能自拔。

班主任孟海老师安排江蓝和顾小白同桌,其他男生全都对他羡慕嫉妒恨。在江蓝没来之前,男生都觉得,漂亮女生应该是劳动委员马小燕那个样子,五官精致,或者是学习委员张迎春那个样子,身段窈窕。但江蓝一来,让男生发现女生原来还可以有另外一个样子。至于用什么美好词汇来形容她的样子,谁都不知道,语文经常不及格的顾小白更是不知道。反正,她就是跟别的女生不一样。比如,她从不说湖南话,只说普通话,糯糯的,像顾小白母亲蒸的八宝饭。因为普通话讲得好,江蓝担任了校广播室的播音员。只要她一播音,全校男生都会竖起耳朵,生怕漏过一个字。她的成绩也很好,一个年级两个班,每次考试,她都是全年级第一。奇怪的是,顾小白发现她上课并不是那么认真,老偷偷地看小说,她应该属于天资聪颖的类型。课堂上,顾小白经常不关注老师在讲什么,而是关注江蓝在做什么。他至今认为,当初他成绩不好,跟江蓝有莫大的关系。

在加入萤火虫乐队之前,江蓝从没关注过顾小白,连话都很少跟他说。偶尔交谈,也是顾小白死皮赖脸地搭讪。她说话时眼睛并不看顾小白,而是望着别处。不过,这并非顾小白的特殊待遇,她跟其他男生说话时也这样。但她越是高冷,越是令男生着迷。这就像多年后顾小白破案一样，让他兴奋的，不是大案、要案，而是那些看似毫无头绪的悬案，它们都是一个个难以破解的秘密，充满了诱惑，江蓝也是秘密。

关于江蓝的很多信息，大都是顾小白从父亲那里旁敲侧击打听来的。小学六年级那年夏天，江蓝的父母在氯气泄漏事故中遇难后，她就和外婆相依为命。她外婆在漕溪港开了家南杂店，是自家的门面，上面住人，下面开店。每天放学后，江蓝都要在店里帮忙，有时还要做饭。为了关照这老少二人，厂里很多人都会去她家的南杂店买东西；江蓝的父母从小是邻居，也算青梅竹马，她母亲刘素梅师范毕业后，本来有机会留在长沙当老师，但为了跟她父亲在一起，选择了进造纸厂。提起刘素梅时，顾小白的父亲多次愤愤不平，言下之意就是，他怎么看都比江蓝的父亲强，刘素梅要是跟了他，生活会幸福很多，至少不会早死。父亲说，刘素梅的电子琴弹得相当好，有一年春节，厂里开联欢会，刘素梅边弹电子琴边唱《执迷不悔》，很有王菲的风范。那时顾小白还小，他没有看过这个联欢会。父亲还说，江蓝跟她母亲是一个模子里刻出来的。顾小白跟踪过很多人，按理说，像刘素梅这样的风云人物，应该会成为他的跟踪对象。但他在记忆里搜索了很久，始终想不起来何时何地见过这个女人。顾小白曾经问过胡浩，是否对厂工会那个叫刘素梅的女宣传干事有印象？胡浩也说没有。就好像磁带中的某一段声音被清洗掉了，顾小白和胡浩的记忆中，都出现了一段诡异的空白。

不仅男生喜欢江蓝，男老师对她也很关照。她是孟老师指定的文娱委员和英语课代表，她担任校广播室的播音员也是孟老师推荐的。孟老师只比江蓝早来学校几个月，刚刚大学毕业，教英语。他跟子弟学校的其他老师都不一样，他只说普通话，不说方言。他平时用手帕，身上有股淡淡的香水味，而且人长得帅，有点像张国荣，很多女生都暗恋他。男生对他印象也很好，因为他从不发脾气，比女老师还温和。顾小白总觉得英语课是孟老师为江蓝一个人上的，除了背过身去在黑板上写字，孟老师的目光大都落在江蓝的脸上，提问也是第一个叫她。顾小白特别讨厌体育老师，他不像孟老师，看的是江蓝的脸，他看的是她的胸，目光跟只苍蝇似的，赶都赶不走。在当体育老师之前，他是厂里的仓库保管员，只有初中文凭，但孙校长是他亲姐夫。

在遇见江蓝之前，也曾有女人闯入顾小白那些关于春天的梦中，但那些女人的形象都是模糊不清的，完全认不出是谁。直到认识江蓝，梦中女人的形象才清晰起来。有时候，顾小白会带着梦的气息坐在江蓝身边，这让他感觉梦境无比真实。顾小白还经常趁江蓝帮外婆照看南杂店时，去她那里买东西，为了多看她几眼，他甚至半路又折回南杂店，谎称她多找了一块钱。高中三年，顾小白至少给江蓝外婆的南杂店"捐献"了一百块。

江蓝不待见顾小白的情况，直到高二那年春天才改善。上警校前，顾小白觉得胡浩有生以来做得最牛的一件事，就是说服江蓝加入萤火虫乐队。据胡浩自己说，他为此准备了一个多达三千字的文案，把嘴皮磨薄了整整一寸。在文案中，胡浩忽悠说，萤火虫乐队以后将冲出亚洲，走向世界。乐队成员个个都会成为家喻户晓的大明星，有游艇和私人飞机，环球旅行跟去长沙一样简单。顾小白后来从江蓝那里得知，她对胡浩画的大饼嗤之以鼻，她之所以加入乐队，只因为胡浩说的一句话：你妈喜欢音乐，你加入乐队，可以跟我们一起唱很多好听的歌。你妈在天堂听到，一定会非常开心的。

胡浩的架子鼓是跟他舅舅学的，他舅舅没有正式工作，专门跑场子唱夜歌。所谓唱夜歌，说通俗点，就是在葬礼上唱歌，超度亡魂。许国巍是乐队主唱，也是吉他手，他哥教他弹的。他哥以前在县城的一家夜总会里当驻唱歌手，夜总会涉黑关闭后，就在街上蹬三轮卖馒头，声音高亢，极富韵律。彭大年的贝斯则是照着电视上的教学视频学的,半生不熟。只有顾小白上过正规的吉他培训班,但比起江蓝,他的乐器演奏技巧还是要差一些。江蓝娘胎里就带着音乐天赋,会盲弹,会飙海豚音。尽管她不是主唱,是键盘手,但其实她是整个乐队的灵魂。这么说吧,没有她,就等于萤火虫不会发光,只是一种平淡无奇的小昆虫。

同在一个乐队,江蓝看顾小白的脸色就好了不少,两个人的交流也多了起来。为了取悦江蓝,顾小白曾经昙花一现地展露过自己的音乐才华,他创作了很多歌词。胡浩说,他至今还记得顾小白写的一句歌词:这个夏天,我想全世界轻而易举,我想你无能为力。胡浩对这句歌词赞不绝口,说即使以现在的眼光来看也非常牛。顾小白经常以探讨歌词的名义接近江蓝,一开始,江蓝怀疑他是抄袭的,就跟他抄袭大师的诗歌给校广播站投稿一样。但经过反复验证,确认是原创无疑。从此,江蓝对顾小白刮目相看,甚至有了一些欣赏。但十八岁那个夏天以后,顾小白再也没有写出过一句像样的歌词,他的音乐才华好像萤火虫一样突然消失了。

校内出名后,萤火虫乐队在红白喜事上演出过很多次,都是在周末或假期,瞒着家长去的。相对而言,顾小白更喜欢在白事上演出,不仅仅是因为演出费更高,更因为刺激,恐惧带来的刺激。这种刺激让肾上腺素飙升,他演出时就会发挥更好。后来顾小白发现,自己天生就是块当刑警的料。在普通案件面前,他表现平平。但到了命案现场,他就像打了鸡血,破案的灵感勃发。在他眼里,尸体是会说话的,那是一种无声的密码,让他有破译的强烈冲动。在白事上演出还有一个好处,江蓝会害怕,顾小白就可以名正言顺地送她回家,而平时她总是独来独往。不过这种机会很快就丧失了。有一次,乐队在一个老人的葬礼上演出。老人当过兵,乐队唱的全是革命歌曲。恰好许国巍的父亲跟老人认识,过来吊孝,发现了正在唱《浏阳河》的许国巍。许父怒不可遏,一脚将儿子踹倒,还碰翻了两个花圈。许父把状告到学校,孟老师批评乐队不该参加商演。在顾小白的记忆中,那是孟老师第一次如此严肃地批评学生。从那以后,大家就老实了,只是纯粹地玩音乐。

当时一个抓教育的副县长爱好文艺,思想比较开明,他在二〇〇三年教师节搞过一次全县规模的文艺会演。湘江造纸厂子弟学校选送了两个节目,一个是诗朗诵,好像是歌颂教师的,名字顾小白已经忘记了。还有一个节目就是萤火虫乐队的。本来这次会演没有乐队的份儿,是孟老师极力争取来的,说乐队展现了中学生的青春活力。孙校长犹豫再三就同意了,他钦点《园丁之歌》让乐队排练。但乐队排练了几天,都找不到感觉。最后是江蓝发现了问题,她向孟老师报告,这首歌不适合乐队演唱,能不能换一首歌?孟老师没有请示孙校长,私自答应了。

会演那天,县电视台现场直播。因为过于紧张,纸厂子弟学校负责诗朗诵的学生中场忘词,气得孙校长差点心梗。轮到萤火虫乐队上台时,五人配合默契,唱了一首《我的未来不是梦》。乐队临场换歌,孙校长本来要大发雷霆,但看到全场欢呼,效果出奇地好,连副县长也在热烈鼓掌,他立马转变了态度,大夸孟老师培养出了几个音乐人才。萤火虫乐队在会演中大出风头,最终获得了第一名,这是纸厂子弟学校从没有过的荣誉。

很多人看不惯别人风光,跟仇富心理是一个德行。出了名的萤火虫乐队自然遭人嫉恨,被校外的小混混堵过好几次。挨打次数最多的是彭大年,因为他长得帅。顾小白从小就知道,混混偏爱揍比自己长得帅的人。江蓝也屡屡遭小混混调戏,往她身上扔橘子皮和烟头。有一次顾小白和胡浩忍无可忍,从地上捡起板砖冲了上去。混战的结果是,两个人头上都缝了好几针,但混混再没有堵过乐队。

萤火虫乐队最浪漫的一次演出是在湘江边,乌龙宝塔下。沙滩上散落着许多岳州窑的碎陶片,很有历史的诗意。那是二〇〇四年夏末秋初的一个晚上，有很多人围观。演出进行到一半时，江边突然聚集了一大片萤火虫，铺天盖地。这些小精灵似乎是受到音乐的感召，相约前来看演出的。它们有的在人群中翩翩飞舞，有的吸附在草尖和树叶上，一闪一闪的，像无数绿色的小灯笼。现场的人都惊呼起来，都说从来没见过这么多的萤火虫。多年后，胡浩告诉顾小白，他去过江边好几次，在同样的时间段和同样的地点，却一只萤火虫都没有看见。

顾小白记得那天晚上是他送江蓝回家的。路上江蓝问他，以后你想做什么？他当时使劲想了想，还是回答不出来，他从没想过这个问题。江蓝很奇怪，你怎么会不知道呢？你难道没有梦想吗？顾小白很想说，我的梦想就是天天跟你在一起。但他说不出口，就敷衍道，我的梦想是当歌手。其实，顾小白对当歌手没有什么兴趣，他更愿意在厂里找份清闲点的工作，不下车间就好。江蓝说，她要考医学院，以后当一名白衣天使。当时有一句话在顾小白的喉咙里吞咽了很久，却始终不好意思说出来：还考什么考，在我心里，你已经是天使了！

对顾小白来说，玩乐队是他一生中最幸福的时光，他觉得自己为数不多的浪漫就是那时候挥霍掉的。但好景不长，高三下学期，乐队就基本停止活动了。孟老师要求大家抓紧时间学习迎接高考，江蓝是尖子生，自然要做出表率。她每天都泡在题海里，脸色苍白，好像真的被海水长时间浸泡过。许国巍、彭大年和胡浩都知道自己再怎么努力也考不上大学，他们梦想做出一批原创好音乐，实现人生逆袭。顾小白也知道自己考不上，他不愿意跟着胡浩等人发高烧，经常找借口脱离乐队，独自趴在水塔上，拿着那支单筒望远镜发呆。他想要写一首歌，只属于江蓝一个人的歌，送给她当毕业礼物。

纸厂子弟学校的高考录取率是非常低的，曾经有过连续五年剃光头的纪录。顾小白那一届，按照孟老师的摸底，有希望考上大学的不会超过六个人，江蓝就是其中之一，而且是最有把握的一个。因此，孟老师给她开的小灶最多。每天下了晚自习，基本上都是孟老师送江蓝回家。顾小白跟踪过他们好几次，发现两个人一路上谈的都是学习。有一次孟老师告诉江蓝一个连校长都还不知道的秘密，他已经考上了湖南师范大学外国语学院的研究生，过完夏天就要去上学了。顾小白偷听到这个秘密后，很是失落。江蓝要走了，孟老师也要走了，那湘江造纸厂还有什么值得留恋的呢？高考前，许国巍、彭大年和胡浩经常聚在一起搞原创，有时是在江边那条废弃的驳船上，有时是在防空洞里。顾小白听过他们三个创作的几首歌曲，平平淡淡，毫无特色，听得他直打哈欠。那时候他就知道，这三个发烧友将来在音乐上不可能有什么建树，只能自嗨。

马小燕的成绩仅次于江蓝，每次考试都是年级前三。她爸马金龙是厂长，自然也是各科老师的重点关照对象。马小燕是萤火虫乐队的忠实粉丝，确切地说，是帅哥彭大年的粉丝。彭大年私下里跟乐队成员炫耀，马小燕每周都会给他写一封情书。那一届的纸厂子弟学校，有个很不好的名声，叫婚姻介绍所，早恋的学生相当多。但据胡浩调查，马小燕和彭大年是唯一修成正果的。他们怎么好上的没人知道，顾小白只知道，至少高中三年，彭大年没喜欢过马小燕。萤火虫乐队的人都听彭大年吹过牛，他会看相。他说马小燕是桃花眼，招祸，千万不能娶回来做老婆，不然会败家。彭大年到底会不会看相，顾小白不敢打包票，但他见这厮从纸厂收购的废纸里偷过书，都是些麻衣相术之类的封建糟粕。在彭大年和马小燕的婚礼上，许国巍喝多了口无遮拦，把彭大年的这句差评当面告诉了马小燕。结果，彭大年在新婚之夜跪了半小时的搓衣板。

跟顾小白和胡浩一样，那时候彭大年喜欢的是江蓝，当然，许国巍也是。但谁都知道，江蓝不属于他们之中的任何一个，所以彼此都没有竞争意识。江蓝属于远方，属于情歌，属于梦幻。她是坠落天使，在人间只是路过。随着高考日期越来越近，顾小白等人也越来越伤感。不是伤感马上就要成为待业青年了，而是伤感江蓝就要成为回忆了。

顾小白原以为，命运的列车会按照他预想的那样前行，方向和速度都是固定不变的。后来他才发现大错特错，超速、晚点、临时停车，甚至出轨、翻车，都是常有的事。就跟侦破一样，越是大案要案，真凶往往不在嫌疑人名单之列，反而是最出乎意料的那一个。十八岁那年夏天，顾小白送给江蓝的歌一直没有写好，不知为什么，他似乎突然江郎才尽，丧失了创作的灵感。当时他就隐隐觉得不妙，仿佛有什么不寻常的事情要发生。

高考成绩揭晓，纸厂子弟学校只有两个人考上了大学，江蓝不在其中，而是马小燕和另外一个男生。学校里所有人都大吃一惊，但不包括孟老师，他那时已经死了。在孟老师的追悼会上，萤火虫乐队大放悲声，唱了赵传的一首《我终于失去了你》，在场的许多女生听了当即哭成一团。那是萤火虫乐队最后一次满员聚集，把一个阳光灿烂的日子唱成了愁云惨雾，到黄昏时分竟然下起了暴雨。而且电闪雷鸣，跟有人渡劫似的。

落榜和孟老师的死对江蓝是双重打击，顾小白一度害怕她想不开，每天都偷偷地跟踪她。有一天傍晚，江蓝独自去了乌龙宝塔下，望着翻腾的江水出神。暮霭从江心弥漫过来，把她笼罩其中，像一个淡青色的秘密。跟踪而至的顾小白吓了一大跳，以为江蓝要轻生，连忙从暗处闪身出来，要她想开些，说塞翁失马焉知非福，今年她没考上医学院，明年肯定能考上北大清华。江蓝苦涩一笑，从身上掏出一叠冥币，说今天是孟老师的头七，她是来烧纸的。

坦率地说，江蓝没考上大学让顾小白暗自庆幸，不是幸灾乐祸，而是心想可以多看见她一段时间了。她成绩那么好，肯定会复读的。那时候顾小白还没有料到，十八岁那年夏天，孟老师的死，会改变他和江蓝的命运。

不，是许多人的命运。

四

孟老师被杀是江蓝报的警，她跑到厂里的传达室，拿起电话，结结巴巴地把自己的发现告诉了110接警员，这个时候是下午三点半。门卫肖师傅在旁边听到后，马上通知了保卫科科长丁保国。很快，警察和保卫人员都赶到了防空洞。命案现场有孟老师的遗体、江蓝丢弃的锌皮桶，以及从桶内掉落出来的私人物品。另外还有一支哮天犬牌五连发猎枪，一枚弹壳，若干弹丸。孟老师遇害地点并不在防空洞的主干道上，而是在比较偏僻的一个岔洞内，那里平时很少有人去。江蓝说，她从主干道经过时，无意中瞥了一眼岔洞，发现一个白色的东西。她以为有人故意躲在那里装鬼吓唬女生——这种恶作剧平常那些小青年没少干，她就没理会，径直往前走。但走了一段路后，发现岔洞内并没有任何动静，她就有些好奇，于是折返回来想看个明白，走到跟前，才发现是身穿白衬衣的孟海老师倒在血泊中。当时她怀疑自己产生了幻觉，就跑出去把同学顾小白叫进来确认。

在如此隐蔽的地方杀人，凶手肯定非常熟悉防空洞的地形，造纸厂内部人员作案的可能性非常大。但由于现场已经被看热闹的人破坏，基本失去了刑事勘查的价值，警方只得让熟悉厂内情况的保卫科列出一个嫌疑人名单，挨个排查。顾小白就在这个名单上，而且排在首位，是头号嫌疑人！原因有三，第一，案发时，他距离现场不远，跑过去也就十来分钟，而且他是最早到达现场的人之一；第二，他腿上有伤，有可能是跟孟老师搏斗造成的；第三，他是社会闲散人员，经常跟踪别人，口碑不好。

顾小白既然是头号嫌疑人，肯定会被重点调查。当时还是县刑侦队副队长的梁斌负责此案，他询问报案人江蓝，为什么中午去厂里洗澡？江蓝红着脸说自己来了例假，弄脏了衣服。在厂里的澡堂用水不要钱，她想在那里把衣服洗了。如果去晚了，洗澡的人多，就不方便洗衣服了。梁斌又问她，那个叫顾小白的是否有作案的可能？江蓝说，从她来厂里洗澡时，就发现顾小白趴在水塔上看书。洗澡期间，她担心自己被偷窥，就不断透过澡堂气窗查看顾小白的一举一动，发现他并没有离开水塔一步。不知是真的不知情，还是故意替顾小白开脱，江蓝隐瞒了自己在防空洞里被顾小白尾随的细节。与此同时，尸检表明孟海老师生前并没有跟凶手发生过搏斗，这就否定了顾小白腿上的伤跟孟老师有关。因此，顾小白这个头号嫌疑人，第一个被排除嫌疑。

梁斌并没有就此放过这个不良小青年，凶案发生五天后，他找到了正坐在废弃驳船上钓鱼的顾小白，很严肃地问他，为什么老跟踪别人，是不是有不可告人的目的？顾小白抽着从父亲那里偷来的白沙烟，一副吊儿郎当的样子，他说自己好奇心重，想知道别人背地里都在干些什么，这种行为并没造成任何不良后果，不算违法吧？梁斌听了心中一动，孟海被害案目前毫无头绪，凶手很可能就潜伏在湘江造纸厂。警方和保卫科的调查容易打草惊蛇，但顾小白是厂里的子弟，一个社会闲散人员，他去摸排线索不引人注意，也许会取得意想不到的效果。梁斌故意说，他不相信顾小白的解释。为了自证清白，顾小白情急之下，就把他最近窥探到的几个秘密和盘托出，都是偷鸡摸狗、男盗女娼之类的。梁斌不动声色，继续问平时他都是怎么跟踪别人的。顾小白侃侃而谈，说了他跟踪的一些套路。梁斌听了大喜，没想到一个少年居然无师自通，掌握了很多只有民警才知道的跟踪技巧。让他当这个线人，真是再合适不过了！

听了梁斌的请求，顾小白暗暗兴奋。美剧他没少看，那些卧底英雄都是神一样的存在。尽管线人没有正式编制，但多少跟卧底沾了点边，足够让他自豪了。再说了，孟海是他的老师，以前对他还算不错，他也想找出凶手。为了提高顾小白的积极性，梁斌许诺，如果警方根据他提供的线索破了案，会给他发奖金，还会跟厂保卫科的丁科长说说，让他进保卫科工作。顾小白压抑住内心的狂喜，一口答应，白干他都愿意。梁斌当即写了一份嫌疑人名单，叮嘱顾小白守口如瓶。顾小白看完名单，一声不响地用打火机烧毁。风一吹，纸灰全飘到了江里。多年后，梁斌笑着对顾小白说，他这个烧名单的动作特别帅，像大片里的镜头。

顾小白就这样开始了他短暂而刺激的线人生涯。

梁斌给顾小白透露了案件的一些基本信息——杀害孟海的那支哮天犬牌猎枪被很多围观群众接触过，上面无法提取到有效指纹；子弹是霰弹，杀伤面积大，但现场只发现了一个弹壳，凶手应该只开了一枪。部分弹丸击中孟海，另外一部分弹丸在地面形成密集的弹坑。弹壳被围观群众踩踏，上面同样无法提取到有效指纹；孟海身上的手机和钱包不翼而飞；孟海是枪伤引起的失血性休克死亡，除了枪伤，他全身没有其他外伤；死亡时间在下午两点半左右；孟海为什么会出现在防空洞，暂时还是一个谜。警方初步判定，凶手是劫财杀人。而且凶手应该跟孟海认识，很可能是凶手把孟海骗进防空洞的。

许国巍、彭大年和胡浩都在嫌疑人名单上，这并不奇怪，上面囊括了湘江造纸厂所有男性社会闲散人员。警方当时的思路是，女性不太可能持枪杀人，至少在侦破的第一阶段没必要排查，以免浪费有限的警力。顾小白在暗处查，梁斌在明处查，然后两个人秘密碰头，看看嫌疑人的说法是否一致。顾小白跟梁斌是单线接头，为了方便沟通，梁斌把自己淘汰的一部旧手机送给了顾小白，还给他充了两百块钱话费。船上、江边、乌龙宝塔内、芦苇丛里、防空洞中、废弃的厂房、坍塌的砖窑，这些接头地点都是由顾小白指定的，非常隐蔽，这让梁斌对他高看了几分。

顾小白的线人身份隐藏得很好，自始至终都没有露出任何破绽。当然，梁斌也没有对任何人透露这个秘密，连纸厂保卫科的科长丁保国都没告诉。直到案件告破时，湘江造纸厂的所有人，包括顾小白的父母和萤火虫乐队的成员，才知道顾小白在暗中替警方做事。

梁斌交代顾小白，排查嫌疑人时，主要盯住两点，一，是否有不在场证明；二，是否私藏猎枪。名单上的嫌疑人顾小白都认识，有一些关系还不错。他套取到的信息，跟警方从嫌疑人口里盘问出的信息出入较大。比如，一个叫李凯的，案发时在尚书路的一个发廊嫖娼，他跟警方说是在家里看英超。还有一个叫邓龙华的，案发时在乌龙咀的芦苇荡里聚众吸毒，他骗警察，说案发时自己在江边游泳。县城有湘江、资江和汨罗江三条大河，还有洞庭湖、洋杉湖和鹤龙湖等几十个大小湖泊，湿地众多，是禽鸟的重要栖息地。在湿地没有保护前，很多人私购猎枪打鸟。湿地划为自然保护区后，警方搞过一次缉枪行动，收缴了许多枪支。一个叫韩家兴的说，自己的猎枪早就上缴了。但据顾小白了解，案发半个月前，他还在青山岛用猎枪打过白琵鹭。顾小白的秘密调查卓有成效，虽然没有马上揪出杀害孟海的凶手，但帮助警方顺藤摸瓜，抓获了不少吸毒、赌博、嫖娼和盗猎等违法犯罪分子。

嫌疑人名单上，只有三个人顾小白没有认真调查，那就是许国巍、彭大年和胡浩。三人在保卫科说的话，跟在顾小白面前说的话完全一样——案发时，他们在彭大年家听枪炮与玫瑰乐队的CD，听到江蓝的尖叫声才跑出来看热闹。而且，三人跟孟老师的关系都不错，萤火虫乐队就是孟老师一手扶持起来的，他们没有行凶动机。高考放榜了，顾小白等人毫无悬念地名落孙山，江蓝落榜却让顾小白感觉不可思议。那段时间，顾小白每天早出晚归，既要暗查嫌疑人，又要跟踪江蓝，以防她出意外。

父母看见儿子整天神神秘秘的，又发现他突然有了一部旧手机，怀疑他在外面干什么不正经的事，就琢磨着给他找一份工作。母亲还动了给儿子介绍对象的念头，说有个熟人的女儿，在好又多超市当收银员，长得乖，嘴巴也甜。母亲怂恿顾小白去那家超市买了包盐，让他一睹芳容。顾小白对那个女孩具体长什么样已经没有印象了，他只记得，买盐回来后，发现她找零时给了自己一张假钞。

如果没有那段做线人的经历，顾小白可能到现在还在干着父母给他找的工作，娶了一个喜欢占小便宜的女人，整天为柴米油盐算计。顾小白很有自知之明，他没有商业头脑，也没有雄心壮志，再怎么奋斗，都成不了许国巍、彭大年和胡浩那样的土豪。父母对他的期望值也不高，只要他不走邪路就烧高香了。他那个喜欢跟踪别人的臭毛病一直让父母提心吊胆，总害怕他一个不留神滑入犯罪的泥潭。至于能不能找到工作都在其次，大不了到皮鞋店当帮工。

谁曾想，当初父母眼中的不良少年日后会成为罪犯克星，堂堂的刑侦队长！母亲不止一次地感叹，幸亏儿子没有跟那个熟人的女儿好上，听说她后来做传销骗了亲朋好友许多钱。父母全然忘了曾经是怎样贬低儿子的，说他整天流里流气，名字迟早要上人民法院的布告。母亲甚至有过给顾小白外婆改坟的心思，按照老家的风俗，改坟能给后辈改命。顾小白上警校后，母亲却大言不惭地跟街坊邻居说，是她家的祖坟冒青烟了。

十八岁那年夏天，顾小白身上的轻狂和青涩正悄悄地褪去，好像就是从他做线人开始的，只是他自己都没有意识到。

接连几天的黄昏，顾小白都抱着吉他坐在驳船甲板上，低声吟唱，很像个失恋的流浪歌手。名单上一共有三十七个嫌疑人，他用了半个月，全部查了个遍，却没有找到跟孟老师被害案有关的一丁点儿线索。警方那边也没有突破，梁斌压力很大，他把嫌疑人的笔录看了又看，琢磨着问题出在哪里。顾小白却怀疑凶手并不在嫌疑人名单上，调查方向一开始就发生了根本性的错误。

乌龙宝塔倒映在江面上，像一个虚妄的寓言。梁斌扔给顾小白一根芙蓉王，问他怀疑的依据是什么，他已经有了打算，这次见面后就让顾小白停止调查，他不好意思让这个孩子继续做无用功，耽误了前程。

顾小白说，凶手有时间搜刮孟老师身上的钱物，却没时间带走作案工具，这不符合正常逻辑，劫财应该是假象，行凶另有原因，必须扩大排查范围。梁斌吐着烟圈说，这一点他也想到了。但他认为，凶手有可能故意反其道而行，让警方误判其并非杀人劫财。而且，凶手作案时很可能戴了手套，没有在猎枪上留下指纹，根本不担心警方以枪找人。在前期的侦查中，梁斌发现孟海从没与人结仇，没有经济和情感纠纷，连女朋友都没有。除了劫财，梁斌想不出凶手杀害孟海还有什么别的动机。

顾小白对梁斌的看法不以为然，他觉得动机是个很奇妙很复杂的东西。有时候他用吉他弹奏一首悲伤的歌曲，不是因为心情不好，只是因为风恰好把歌谱吹到了那一页。风再大一点或者小一点，换成另外一页，歌曲的风格可能就迥然不同。躺在白色水塔上，看着澄蓝的天空，偶尔他会流泪，但为什么流泪，他自己也不知道。他唯一确信无误的是，那个夏天，暗黑中有许多不可思议的秘密，像一头头小兽，伸长了好奇的脑袋，打量着这个光怪陆离的世界。

流浪歌手的情人

一

杜耀文的电话打断了顾小白的回忆，他说消防部门的初步勘查结果出来了，洋杉湖火灾现场发现了助燃剂，是汽油。而且，尸体的东南西北方向各有一个起火点。也就是说，火是从周云鹏的身体四面烧起来的，把他围困在中央，封锁了他逃生的通道。杜耀文还说，他带人去案发现场补充侦查，在距离尸体现场一百多米的湖水里，打捞出了一只疑似凶手装过汽油的可乐瓶，2.5升的那种。瓶子上沾满淤泥，丧失了提取指纹的条件。顾小白说声"知道了"就挂了电话，这些情况在他的意料之中。坐在旁边的黎乐乐听到了电话内容，一脸惊疑地问，顾队，难道是有人蓄意纵火？顾小白点点头，说周云鹏的案子可以正式定性为谋杀。黎乐乐说这可是重大新闻，她要赶紧回报社写稿子。顾小白要开车送她，被婉拒了。她莞尔一笑说，就几步路，街角拐个弯就到，你还是去看看老同学吧。

黎乐乐下车后，顾小白拿出电动剃须刀，把下巴刮得寸草不生，尽量让自己显得年轻一些。又对着抬头镜反复整理仪容，来之前他还特意换了身便服。深呼吸了几下，他锁上车门朝萤火虫咖啡屋走去。还没到门口，他就闻到一股淡淡的咖啡香，同时听到一段熟悉的旋律，是电子琴弹奏的《后来》，那是江蓝最喜欢的歌。顾小白停下脚步，静静地听了一会儿，有种很不真实的感觉。昨天晚上吃火锅时，胡浩警告过他，最好不要去找江蓝。有些记忆，冷藏起来会更好。就像伤口，冰敷会减轻疼痛。但顾小白还是来了，为了查案。原本他可以派别的刑警来的，犹豫再三，他还是决定亲自来。江蓝已经伤痕累累，他担心别人问话时，会有意无意伤害到她，那是他不希望看到的。

  顾小白推开门的瞬间，琴声戛然而止。果然是江蓝在弹，咖啡屋里除了她，没有别人。两个人四目相对，顾小白惊讶地发现，跟十三年前相比，无论外表还是气质，江蓝都没有什么变化。对她来说，似乎这段岁月并没有流逝，而是凝固了，她好像还生活在那个阳光破碎的夏天里。顾小白突然感觉喉咙被棉花塞住了，说不出话来。迟疑了几秒钟，江蓝先开口，欢迎光临。顾小白轻咳了一下，气管通畅了一些，他问江蓝，你还好吧？她说，下午生意一般，晚上好点。顾小白说，我问的是你。江蓝淡淡一笑，还过得去，想喝点什么？她看他的眼神就像看一名普通顾客，没有一句多余的话。他有点尴尬地说，来杯卡布奇诺。

  顾小白在一个临窗的卡座上呆坐了几分钟，江蓝端着一杯咖啡过来了，说请慢用，然后转身就要走。顾小白叫住她，等等，周云鹏的案子，我想问你点情况，听说他昨天上午来过你这里。江蓝撩了一下刘海，在他对面坐下来，平静地问，你想知道什么？顾小白例行公事地问了几个问题，周云鹏和那个叫黄辉的客户谈了些什么？两个人举止有没有什么异常？除了黄辉，周云鹏在这里还有没有见过别人？江蓝说自己当时在收银台看书，村上春树的《1973年的弹子球》，没注意两个人的谈话。但她可以肯定，周云鹏从进店到离开，只见过一个人，也就是顾小白说的黄辉。

  征得江蓝同意后，顾小白起身到收银台调取了监控。从画面来看，周云鹏和黄辉谈笑风生，没有任何冲突。喝完咖啡，是黄辉先行离开。周云鹏买单时跟江蓝说了几句，不超过三分钟。顾小白问江蓝，周云鹏跟她说了什么？江蓝说，就是家常，生意如何，家人怎么样之类的话。都是从湘江造纸厂走出去的，两个人自然认识，聊聊家常在情理当中。整个监控视频看完，顾小白没有发现任何问题。他注视着江蓝，我们也能聊聊家常吗？江蓝犹豫片刻，点点头。顾小白重新回到窗前坐下，江蓝端来一壶水果茶和一碟爆米花，说是免费送的。顾小白掏出一根芙蓉王，正要点着，但看了看这个清雅的环境，又把烟放了回去。江蓝给他斟了一杯茶，说，抽吧，这个点没顾客。

顾小白没有客气，他把窗户打开一条缝，点着了芙蓉王。他觉得隔着一层烟雾，跟江蓝说话坦然一些。他问，小军呢？江蓝没有看他，而是望着窗外，一片法国梧桐树叶在风中旋转着飘落，她说，平时他都不来店里。顾小白说的小军，全名叫马小军，是马小燕的亲哥，当年兄妹俩一个班。马小军两岁时得过脑膜炎，脑子不好使，但生活基本能自理。他之所以能进子弟学校，一直读到高中，完全是因为那个厂长老爸。毕业会考，他各门功课加起来不到一百分。不过马小军从不闹事，他很安静，上课时总是傻傻地坐着，盯着黑板，比任何人都聚精会神，谁也不知道他在想什么。如果不上课，大部分时间，马小军都在厂区游荡，跟只猫一样，无声无息。他在厂里没有任何朋友，连马小燕都很少跟他说话。因为他是马厂长的儿子，也没人敢欺负他。很多次，顾小白看见马小军盘腿坐在江边一个脸盆大的树墩上，目光深邃地看着大浪淘沙，像个哲人。

在纸厂所有人的印象中，马小军是个傻子，人畜无害。他也是个大胖子，两个胡浩捆一起都没他重。在教室里，马小军的座位必须靠墙，或者坐在最后排，否则他的背影会把后面同学的视线全部遮挡。据马小燕说，她哥一顿能吃十个大肉包。在顾小白的印象中，马小军还有一重身份，他是萤火虫乐队的铁杆粉丝。他似乎把乐队成员视为了自己的偶像，经常把家里好吃的东西偷出来跟顾小白等人分享。有一次，顾小白发现书包里多了一本带颜色的线装书。他一愣，然后看见坐在旁边的马小军冲他傻笑，他立即明白是这个傻子送的。顾小白在厂里偷书的时候，被马小军撞见过好几次，估计这点小爱好被他记住了。萤火虫乐队每次演出，无论多远，无论是什么场合，哪怕是在乡间葬礼上，只要马小军知道，他都会跑过去围观。而且音乐一响，他就会跟着节拍手舞足蹈。死忠粉居然是一个傻子，这让萤火虫乐队的成员都有点尴尬。看到马小军在人群中傻乎乎地又跳又叫，胡浩觉得他不是来给乐队捧场的，而是来捣乱的，一度想把他悄悄骗到防空洞胖揍一顿，威胁他不能再出现在乐队演出现场。但这个计划还没实施就流产了，是被顾小白阻止的。顾小白要胡浩换个角度看问题——连傻子都喜欢，说明萤火虫乐队的演出有治愈性，不粉岂不是连傻子都不如？胡浩认真想了想，觉得顾小白言之有理，从此放任马小军捧乐队的臭脚。许国巍更是鸡贼，经常让马小军帮乐队搬麦克风、抬音响。马小军对此毫无怨言，每次做义工他都是乐呵呵的。马小燕虽然对许国巍使唤自己的哥哥不满，但为了讨好彭大年，她只能睁一只眼闭一只眼。

很多傻子都邋里邋遢，马小军却不一样，他每天穿戴整齐，干干净净。最开始，顾小白以为是马小燕或者她父母帮着收拾的，后来听马小燕说，她哥每天都要在镜子前站半个小时，头发梳得一丝不苟，皮鞋擦得一尘不染。他洗脸必须用洗面奶，无论寒暑，一天一个澡，比班上任何男生都要讲卫生。高中开始，马小军还会往自己的身上喷香水，跟孟老师身上的香水一个味儿。胡浩说，马小军在模仿孟老师。顾小白留意观察了一下，确实如此，除了香水的味道相同之外，从发型到着装风格，马小军都跟孟老师相差无几。偶尔从马小军嘴里冒出来的一句英语，也带着孟老师的口音。他甚至有一条跟孟老师完全一样的花格子手帕，经常拿出来揩鼻子，其实他从不流鼻涕。每次在路上遇见孟老师，他会恭敬地让到一边，给孟老师举手敬礼，不过是少先队员的那种敬礼。

顾小白很纳闷，马小军为什么如此喜爱萤火虫乐队？

顾小白听马小军跟着乐队唱过几句，五音不全，毫无音乐天分。难道他是奔着江蓝去的？但并不像，他看演出时，目光在每个乐队成员身上停留的时间是差不多的。平常他对江蓝也没有表现出特别的关注，漂亮女生似乎不会刺激他的多巴胺分泌。城南中学也有一支乐队，叫知更鸟。一个很偶然的机会，在知更鸟演出现场，顾小白发现了马小军，他拿着一根荧光棒欢呼雀跃，跟看萤火虫乐队演出一样疯魔。顾小白这才明白，马小军应该是喜欢演出这种气氛，而非音乐本身。

有一次，顾小白和胡浩坐在水塔上吹牛皮，犯了烟瘾。正好马小军从下面经过，胡浩叫住他，小军，把你爸的好烟弄包出来抽抽。马小军嘿嘿傻笑说，我爸的烟都锁柜子里了。胡浩怂恿说，那就把锁撬开。马小军歪着头问，那你们可以带我看演出吗？胡浩说，当然可以。马小军闻言大喜，当即跑回家撬开了他爸的烟酒柜，偷了一条软中华，分给了胡浩和顾小白。当晚，胡浩以排练为名，召集萤火虫乐队成员去江边，背地里却通知马小军，说是专门为他演出。马小军丝毫不以为诈，兴奋得给每个乐队成员买了支巧克力冰激凌。胡浩和顾小白一度担心马厂长会因为丢烟的事报案，但几天过去后风平浪静。可能给马厂长送礼的人太多了，他不敢声张，也不在乎丢一条中华烟。

有了这次经历，胡浩和顾小白就时不时以带马小军看演出为名，唆使他偷厂长老爸的烟酒出来，次次如愿以偿。顾小白原本还有些犯罪感，但胡浩义正词严地说，这本来就是不义之财，来之于民用之于民，没什么不好意思的。有了这种理论支撑，顾小白享用马厂长的好烟好酒就心安理得了。不久，许国巍和彭大年知道了这个秘密，也热血沸腾，强烈要求加入打土豪的统一战线。马小燕发现，每次家里的烟酒失窃，马小军就会跑去看萤火虫乐队的演出，她怀疑烟酒是被她哥偷去孝敬乐队成员了，顾小白等人当然抵死不承认。但自始至终，大家都没有拉江蓝下水，甚至羞于向她透露这个秘密。在她面前，四个桀骜不驯的少年都成了腼腆小男生，尽力维护着自己的美好形象。

顾小白后来研究犯罪心理学时发现，一个罪犯的诞生，通常跟身边的偶像破裂有关。没有人愿意在偶像的眼中扮演恶徒，做出不堪的事情。然而，一旦偶像消失，这种顾虑也就不存在了，很多暗黑的本性就会不加掩饰地暴露出来。顾小白很怀念那种带着柠檬味的青涩，但十八岁那年夏天过后，他脸上的腼腆就彻底不见了。许国巍、彭大年和胡浩也是如此，他们的脸上的油腻越来越厚，从每个角度看都闪闪发光，跟任何女人打情骂俏都面色如常。

顾小白等人没有把江蓝吸收进统一战线，还有一个原因，她平时对马小军很友善。班上女生几乎都不搭理马小军，江蓝是个例外。她会给他读英语的诗歌，会给他讲解几何题，尽管他从没听懂过。顾小白甚至觉得，江蓝看马小军的眼神比看其他男生更温柔。每次萤火虫乐队演出，江蓝目光落在马小军身上的时间，比马小军看她的时间还长。班上有女生窃窃私语，说江蓝如此关照马小军，是因为他爸是厂长，但顾小白从没相信过。

萤火虫乐队解散后，打土豪的统一战线随之土崩瓦解。让顾小白意想不到的是，彭大年跟马小燕竟然好上了。据胡浩爆料，彭大年和马小燕在巴厘岛度蜜月时，主动坦白了当年利用大舅子做卧底，劫富济贫的秘密，气得马小燕大骂他交友不慎。有很长一段时间，马小燕看见顾小白、胡浩和许国巍三人就翻白眼，跟来了大姨妈似的。胡浩不止一次咒骂彭大年，真没想到啊，你这个衣冠楚楚浓眉大眼的家伙也会当叛徒！

二

窗户半开半关，顾小白坐在开窗的这一头，橘黄色的阳光从窗外投射进来，斜斜地落在他身上，而江蓝坐在没开窗的那一边，两个人的明暗对比非常强烈，有种印象派油画的效果。水果茶在酒精炉的加热下散发着一股好闻的味道，寂静的角落里燃烧着一炉藏香。这样的下午，这样的地方，挺适合怀旧。顾小白注意到，几件用来烘托气氛的老式家具似乎刚刷过油漆，色彩亮丽。地板上还有一些早已干涸的油漆，应该是装修时不小心掉落的，呈水滴状，如浪花飞溅，别有一番风味。顾小白问江蓝，小军在哪里上班？她苦笑一声，整天闲在家里，承蒙周总关照，在他的公司挂了个名，吃空饷。顾小白知道，她说的周总是指周云鹏。

高中毕业后，马小军没有成为社会闲散人员，他直接进了厂保卫科工作。儿子傻，老子马金龙却绝顶聪明。马小军整天在厂里东游西荡，跟巡逻的保卫人员没多大区别，谁敢说他是吃空饷？每个国企都有安置残疾人就业的硬性指标，马小军智力残疾，优先安置他上岗合情合理，这正好体现了企业对职工的人文关怀。明眼人都知道，马金龙是在以权谋私，但谁都没有说破，也没有谁愤愤不平，换了自己当领导，肯定也会这样做。在这种子弟众多的大型国有企业，子女靠父母的关系就业司空见惯，是大家都能接受的潜规则。

孟海被杀后，作为非社会闲散人员的马小军，自然不会进入嫌疑人名单。而且他是傻子，平日里老实巴交，怎么可能行凶杀人？杀自己的老师就更不符合逻辑了——两个人不仅无冤无仇，相反，孟老师还是马小军极力模仿的偶像。命案发生后，厂里最忙的要算保卫科了。建厂以来，从没有出现过如此恶性的刑事案件。保卫科以前处理的违法犯罪行为大都是偷盗和斗殴，偶尔也有吸毒和赌博。

最严重的是一起抢劫案，那还是严打时期的事，被害人是一名女质检员，下夜班时被人拖到食堂后面，抢走了身上的二十多块钱。案子很快破了，抢劫犯是厂里烧锅炉的临时工，判了无期，越狱时被击毙。为了配合警方破案，保卫科的人内查外调，忙得焦头烂额。唯独马小军优哉游哉，跟只吃撑了的麻雀似的，闲得抽风。

十三年前的那个夏天，孟海跟父母住在县电机厂的家属楼，他在湘江造纸厂子弟学校并无宿舍。案发前已经放假，他没有理由出现在纸厂的防空洞里，除非是跟人有约，此人很可能就是凶手。查了孟海的手机通话记录，案发当天上午，他接过两个电话，对方用的都是座机。一个是汽车站旁边的IC卡公用电话，十点四十五分打过来的，通话时长两分零六秒。另一个是十点四十九分，从新华书店旁边的奶茶店打过来的，通话时长三分零九秒，也是公用电话。两部座机恰好都处在监控盲区，找不到打电话的人。因为公用电话使用的人多，奶茶店生意又忙，老板已经记不住当时是谁打了那个电话。从汽车站到新华书店，走路要二十来分钟。使用交通工具，最快也要三到五分钟，同一个人打电话的可能性几乎为零。也就是说，这两个打电话的人当中，很可能有一个是诱骗孟海去防空洞的犯罪嫌疑人。因为连日高温，县里一些耗电量大的企业被限电，案发日正好轮到湘江造纸厂限电停产，全厂职工放假。据门卫肖师傅说，孟老师是中午十二点五十左右进厂的，跟往常一样骑着辆永久牌自行车。之后孟海就消失在厂区的监控中，这个点也是午休时间，没有任何人反映见过他。

正因为如此，侦破工作一度走入死胡同。然而，随着警方深入侦查，案件有了突破性的进展。湘江造纸厂的防空洞面积很大，一些地方被改造成了仓库，在距离孟海尸体七八米远的地方就有一个。这个仓库原本是空的，案发前几天刚刚存放了几十箱红酒——岳阳某酒厂从湘江造纸厂订购了一批纸品印刷商标，后来酒厂严重亏损，就用这批红酒来抵扣货款,价值八万余元。在仓库的门锁上,发现了撬压和击打的痕迹。很显然,是有人想打开仓库盗窃里面的红酒。在警方的调查走访中,有群众反映,孟海尸体旁边本来还有一根撬棍和一把榔头,但被一个叫周雄的小青年拿走了。警方传讯了周雄,发现他并无作案时间,只是出于贪小便宜的心理,顺手牵羊带走了撬棍和榔头。经过技术比对,仓库门锁上的痕迹就是那根撬棍和那把榔头形成的,但没有在上面提取到犯罪嫌疑人的指纹。警方还发现了一个奇怪的现象——枪支击发时,从枪口喷射出的火药颗粒和金属粉末,会附着在射击者和目标身上,叫硝烟反应。孟海是被枪杀的,尸体上有硝烟反应很正常,但他的双手比身体其他部位的硝烟反应更大,这就不正常了。因为他中枪的主要部位在胸腹,理应这里的硝烟反应更大才对,除非他是射击者。

除此之外,还有两条线索也引起了警方的高度重视——孟海的父母是电机厂的普通职工,身体不太好,都是药罐子,孟海的工资几乎都贴补了家用。孟海已经考上了湖师大外语学院二〇〇五级的研究生,他曾向朋友透露,准备办个暑期英语补习班,赚点学费。案发前一天的下午,孟海去过江东路一家烟酒批发部,询问过几种红酒的价格,但并没有买。防空洞的仓库里有红酒,整个湘江造纸厂只有不到十人知道。这批红酒是在子弟学校放假那天才封存进去的,由丁保国亲自带领保卫人员搬运,其间不小心摔碎了一瓶。当天丁保国在厂区巡逻时,偶遇准备回家的孟海,两人闲聊了几句。孟海问他身上怎么有一股酒味,丁保国就说了红酒的事。

警方据此有了新的破案思路——在得知纸厂的防空洞里藏有红酒后,正在发愁学费的孟海动了心思,想要盗窃红酒变卖。案发当天,他携带作案工具潜入防空洞,企图打开仓库大门,但未果。就在这时,一只躲在洞里的野生动物突然窜出,本来就高度紧张的他受到惊吓,猎枪掉在地上,意外走火打中了自己。在现场那把哮天犬牌猎枪的枪托和枪管上，警方确实找到了磕碰的新鲜痕迹。模拟试验也表明，在特定条件下，猎枪掉在地上有可能伤到人。因为霰弹的跟普通子弹的弹道不同，射击面分散，现场又遭到严重破坏，所以很难判定猎枪当时处在一个什么样的射击角度。

猎枪来源没查清楚，证据链还不够完善，但梁斌认为孟海盗窃的嫌疑非常大。得知儿子一夜之间，从被害人变成了私藏枪支、自食其果的盗窃嫌疑人，孟海的父母非常愤怒，他们无法接受，但又百口莫辩。很快，孟海涉嫌盗窃的事不仅湘江造纸厂人人皆知，也传得满城风雨。

一个残阳如血的黄昏，梁斌找到了正在江边弹吉他的顾小白，提出了终止合作。他很抱歉，没有兑现对这个少年的承诺。因为顾小白没有对案件的侦破起到重要作用，警方给不了奖金，梁斌也解决不了他的就业问题。顾小白很失落。才当了不到一个月的线人，他又成了狗都嫌的社会闲散人员。其实他帮警方干活，并不是眼馋奖金和工作，而是喜欢那种隐秘生活带来的快感。卧底，是一个巨大的秘密，破案就是揭开谜底。这对于渴望解密的顾小白来说，太他妈刺激了！但顾小白根本不相信警方的推理，一个说着纯正英语，喜欢香水的绅士，怎么可能做贼呢？太扯淡了！顾小白向梁斌提出了三点质疑：第一，孟老师被害时穿着白衬衣，身上有香水味。如果他是贼，在昏暗狭窄的防空洞里，白衬衣和香水会极大地增加他被人发现的风险，他怎么可能犯这种愚蠢的错误？第二，孟老师是怎么把猎枪带进防空洞的？要想掩人耳目，必须有藏枪的袋子。把红酒从仓库带走也需要袋子，但案发现场并没有发现任何袋子。第三，孟老师是近视，平时戴眼镜，如果他进防空洞盗窃，肯定会拿手电筒照明，但案发现场没发现手电筒。

梁斌听了一愣，顾小白的后两个质疑他之前都想到了，他怀疑袋子和手电筒是被围观群众捡去了。第一个质疑他确实没想到，他很欣赏顾小白敏锐的洞察力。但梁斌认为孟海是初犯,缺乏经验,作案时穿白衬衣喷香水也说得过去。针对梁斌的解释,顾小白再次提出了质疑:一个有胆量私藏枪支的人,会缺乏犯罪经验吗?梁斌却告诉顾小白,犯罪心理非常复杂,在侦破实践中,高智商罪犯出现低级错误屡见不鲜。

坐在越来越浓稠的暮色中,望着梁斌远去的背影,顾小白的心里升腾起一个念头,他要继续查下去。以前他当线人,是为了刺激,没有任何崇高的动机。但现在,他是为了证明孟老师的清白,这种使命感让他全身的血液都在燃烧。他一遍遍地弹奏着喑哑的吉他,直到月亮爬上了乌龙宝塔,撞了一下趴在塔尖睡觉的一只猫头鹰的腰。回家的路上,顾小白有一种特别奇诡的感觉,这个夏天似乎是由各种秘密串联而成的,他从一个秘密跌进另外一个秘密。就像掉入了一个神秘的黑洞中,他的身体被撕碎成无数粒子,然后不断地重新排列组合,这让他有些晕头转向,甚至感觉魔幻。

顾小白觉得接下来的调查不是自己一个人能完成的事。当晚,他在一个废砖窑里找到了许国巍、彭大年和胡浩,他们三个正扯着嗓子排练一首新歌,鬼哭狼嚎一般。顾小白发了一圈烟,把自己给梁斌当线人的事说了一遍,然后问他们,愿不愿意跟自己一起查清孟老师被害的真相?胡浩往顾小白脸上吐了口烟圈,说难怪你小子最近性情大变,不跟哥几个一块玩了,原来是当卧底去了,牛啊。许国巍说,他们三个准备过几天去长沙解放路的一家小酒吧应聘驻唱歌手,正忙着排练,哪有空管闲事。彭大年劝顾小白跟他们一起去长沙发展,说那里星探多,运气好的话有可能一夜成名。

顾小白很生气。孟老师以前对大家挺好,现在他被泼了脏水,这三个家伙竟然不闻不问,太寒心了。顾小白掐灭烟头,默默离开了砖窑。他在白色水塔上躺到半夜,渐渐释然了。让许国巍等人放弃梦想去为一个死人正名,确实有些苛责。何况连警方都认为孟老师是盗窃嫌疑犯，他发起的所谓调查，到最后可能是一场闹剧，谁都不愿意蹚这潭浑水也能理解。那天凌晨，狮子座爆发了一场流星雨。凝望着那些长长短短的发光的尾巴，顾小白的脑回路慢慢清晰，他决定天亮后去找江蓝，她跟孟老师的关系最密切，一定愿意跟他合作。

第二天清晨，顾小白没吃早餐就直奔江蓝家。快到南杂店时，他看见江蓝骑着那辆凤凰牌自行车出了门。顾小白骑车尾随，想在路上找个僻静处跟江蓝说事。然而，她直接进入了县公安局大院。顾小白很诧异，但他没有跟进去，他想江蓝一定是为孟老师讨说法，他就在外面等她。没多久，梁斌骑着一辆边三轮飞驰而来。在大门口看见顾小白，他有点惊讶，你来这里干什么，不是跟你说停止合作了吗？顾小白找了个借口，说自己想了整整一夜，还是不相信孟老师会偷东西，他要梁斌宽限几天，别急着结案，他想再找找线索。梁斌说，别找了，我刚接到电话，江蓝今天过来自首，声称孟老师是她杀的。顾小白大吃一惊，正要追问，梁斌已经进了公安局大院。他想跟上去，但被门卫拦住了。顾小白打梁斌的手机，没有接听，他干脆把自行车停在行道树下，抽着烟，等梁斌出来。

昨晚好不容易疏通的脑回路又被堵塞了，他想不明白江蓝怎么会跟孟老师的死扯到一起？他像牛顿琢磨万有引力一样，久久蹲在树下，全然忘记了饥饿和酷热。一个上午，他抽了整整一盒烟。直到中午十二点，梁斌才从公安局大院里出来，看见顾小白还守在门口，连忙把他带到旁边的小餐馆，要了间包厢，请他吃饭。梁斌说，江蓝声称她和孟海是恋爱关系。那支哮天犬牌猎枪是她父亲留下的，以前用来打鸟。在一次闲聊中，孟老师得知她家有枪，就说高考后带她去江边的芦苇丛里打野兔。案发当天，两个人约好中午在防空洞碰头，里面有个出口，一直通到江边。出门时，江蓝对外婆谎称去厂里洗澡洗衣服，顺便找同学玩一会儿。她偷偷把猎枪用衣服包好,藏在锌皮桶里。进入防空洞后,她发现自己被顾小白跟踪,就只好真的去洗了个澡,还洗了衣服。从澡堂出来后,她在防空洞里见到了孟老师,但孟老师有些近视,并没有第一时间发现她。她突然萌生了一个整蛊的念头,于是拿着那支哮天犬牌猎枪,悄悄靠近孟老师,把枪口顶在了他的后背上。孟老师果然吓了一大跳,他转身抓住枪管,提醒她小心走火。她还是小时候看父亲用过枪,对枪支并不熟悉,当时她误以为保险装置处于关闭状态,就故意扣动了扳机,没想到枪响了,孟老师中弹倒在了血泊中。情急之下,她跑出防空洞去找顾小白,编了一套貌似合情合理的说辞。至于孟老师的手机和钱包,江蓝说可能被围观群众拿走了。她还说,孟老师当天进防空洞并没带手电筒,因为担心被人发现他和女学生幽会,影响不好。

顾小白问,孟老师的死亡时间不是下午两点半左右吗?江蓝洗澡出来后进入防空洞,是三点左右,时间根本不对!梁斌说,实际死亡时间和法医推算的死亡时间是有误差的,半小时误差在正常范围内。顾小白又问,孟老师案发前去烟酒批发部询问红酒的价格,这事怎么解释?梁斌说,我们后来了解到,孟海的父亲这个月底五十大寿。孟海可能是想买瓶红酒给父亲庆生,这事应该跟案子没关系。顾小白继续问,在防空洞里找到的撬棍和榔头又怎么解释?梁斌说,可能确实有人企图盗窃仓库里的红酒,因为某种原因未能得逞,就将作案工具遗弃在防空洞内。梁斌还说,根据江蓝的交代,他上午派人去漕溪港,在她家床底下找到了藏枪的箱子,里面有一盒猎枪子弹。听完梁斌的讲述,顾小白的第一反应是,江蓝在撒谎,目的是为了帮孟老师脱罪。纸厂保卫科缺乏保密意识,早就将警方怀疑孟海盗窃的原因透露出去,江蓝根据警方补充侦查的细节编造假口供,是完全有可能的。梁斌摇头说,江蓝是个很聪明的女孩,她不会傻到以断送自己的前途为代价,替一个死人脱罪。顾小白问,如果犯罪事实成立，江蓝会判几年？梁斌说，过失致人死亡罪，加上非法持有、私藏枪支弹药罪，数罪并罚，十年跑不掉。

顾小白悲哀地想，坐这么久的牢，江蓝就再也没有机会念大学了。梁斌夹了一块糖醋排骨到顾小白碗里，说师生恋本来就不被允许，如果孟海对江蓝有过不当行为，哪怕她是自愿的，孟海也有违师德。这属于被害人有错在先，将来在给江蓝量刑时会酌情从轻。但讯问时，江蓝否认她和孟海在校期间有过不当行为。

顾小白噔地站起来说，不，她在撒谎！

梁斌吃惊地看着顾小白，问他怎么知道江蓝在撒谎？顾小白找梁斌要了根芙蓉王，坐下来深吸了两口，他说高一上学期，冬至那天下午，他无意中在江蓝的书包里发现了一本病历，上面写的名字叫李静，年龄十八岁，做的是流产手术，在县中医院做的。梁斌问，这本病历跟江蓝有什么关系？顾小白说，班上没有叫李静的女生，也没有谁会把别人的病历放在自己书包里，李静应该是江蓝的化名。他还记得那天上午没有孟老师的课，江蓝也恰好上午请假没来，他怀疑两个人一起去了医院。顾小白特意强调，病历上李静两个字是孟老师的笔迹。梁斌一脸狐疑地看着顾小白，问他怎么把这件事记得如此清楚，快三年了，居然连日期还记得。顾小白没有回答这个问题，只是腼腆地说，反正我没撒谎。梁斌就明白了这个少年的心思，他当即打了个电话，要手下再去一趟江蓝家，找找有没有顾小白说的这本病历。饭刚吃完，梁斌的手机就响了，话筒那头说，梁队，病历找到了，名字确实叫李静！

江蓝的这个秘密顾小白隐瞒了三年，谁都没有透露。江蓝和任何男生好他都会吃醋，唯独和孟老师好他不会嫉妒。他跟马小军一样，把孟老师当成了偶像。江蓝流过产，对顾小白来说这不算污点，他只是暗恋她，没想过拥有她。江蓝迟早要嫁人的，嫁给孟老师这种会说英语、喜欢香水的男神，是她最好的归宿。江蓝自首这天，顾小白整个下午都骑着车在阳光下游荡。他之所以向梁斌透露江蓝的这段隐私，是为了证明孟老师"有错在先"，给她量刑时可以从轻。

顾小白在东湖边吹了会儿风，途中他摔了一跤，因为他感觉整个世界都是倾斜的，包括湖面、马路和阳光。梁斌打来电话，说拿着"李静"的病历去了中医院，负责做流产手术的妇产科大夫叫蒋明珍，她在一堆女孩的照片中准确地认出了江蓝。蒋大夫也在一堆照片中认出了孟海，当时就是他陪"李静"来的，"李静"的清纯漂亮和孟海身上的香水味，都让蒋大夫印象深刻。

梁斌再次讯问江蓝时，她依然一口咬定跟孟海没有不当关系，直到梁斌把那本病历摆在面前，她才承认李静就是自己的化名，导致她怀孕流产的就是孟老师。交代完这些，江蓝放声大哭，整个公安局大院里都是她的哭声。后来梁斌跟顾小白说，他从没见一个人这么伤心过，像是要把五脏六腑和一生的悲苦，都从喉咙里哭出来。

顾小白那时就意识到，江蓝宁愿重判，也不愿公开她曾堕胎的隐私。因为同学三年，他从没见江蓝当众哭过，哪怕是在孟老师的追悼会上，哪怕是在高考落榜后。多年后，顾小白在办案期间发现，越是平时沉默寡言波澜不惊的当事人，被戳中泪点时哭得越凶。反而是那些动不动就哭鼻子的人，比较容易控制情绪。只有当心中某些顽固的东西被摧毁后，一个坚强的人才会泪流满面。

那本病历，也许就是江蓝少女时代一扇不忍开启的门。

正是从这个阳光倾斜的下午开始，顾小白那些跟江蓝有关的梦中，不再弥漫着香椿树的气息，而是充斥着尖叫、哭泣和枪声，他一次次被这种声音惊醒。

三

十三年前的那个夏天，江蓝自首的事以及她的隐私，第二天早晨就传遍了县城的大街小巷，成了人们茶余饭后津津乐道的话题。县、市、省各级媒体纷纷报道，师生恋、堕胎、持枪杀人，这些吸引眼球的元素聚集在一起，使此案迅速发酵，在社会上引起了巨大反响。县公安局和县教育局成立了联合调查组，调查湘江造纸厂子弟学校是否有更多的女生受害。一周后，调查组做出结论：孟海和江蓝确系恋爱关系，并无其他女生受害。江蓝自称是转学后才认识孟海的，那时她已经十五岁，孟海和她发生不当关系不算强奸。

这个案子也引起了省公安厅的重视，下来一位姓沈的副厅长督办。梁斌胸怀坦荡，自我批评说，如果不是一个线人提供线索，如果不是江蓝主动自首，差点办成了冤假错案。梁斌还把顾小白当线人的情况详细报告了一遍，他的目的是想兑现承诺，给顾小白在厂保卫科争取一个工作机会。梁斌讲述的三个细节让那位沈副厅长产生了浓厚兴趣：第一，顾小白在秘密调查时，协助警方抓获了不少违法犯罪分子；第二，仅凭孟海案发当天穿着白衬衣和身上有香水味，还有没携带装红酒的袋子，顾小白就判断他不可能在防空洞里盗窃；第三，根据病历上的笔迹，以及孟海和江蓝当天上午没来上课，顾小白就准确地猜到是孟海带江蓝去医院做流产手术。沈副厅长惊叹，顾小白有当侦查员的天赋，这样的人才埋没了实在可惜！沈副厅长当即调阅了顾小白的高考成绩，发现他离警校录取线还差了二十几分。但他协助警方破案有功，完全可以特事特办。

在沈副厅长的大力举荐下，经过层层审批和体检，顾小白被省警校破格录取，县公安局还给他发了五千块奖金。这一消息轰动了湘江造纸厂，乃至整座县城。顾小白当线人的事也随之传开了，而且版本不断升级。传到顾小白父母的耳朵里，他已经成了少年狄仁杰那样的神探，看一眼现场就能知道犯罪嫌疑人是男是女，甚至长什么模样。那段时间，连邻居家养的鸡丢了都来找顾小白断案，让他哭笑不得。更离谱的是，他还没进警校，提亲的人就纷至沓来，包括那个给他一张假钞的女孩的父母。马小燕考上大学，她老爸请厂里的花鼓戏剧团唱了三天大戏。顾小白拿到警校录取通知后，他父亲也请人唱了三天戏，但请的不是厂里的业余戏班子，而是县里的花鼓戏剧团，风头盖过了马厂长。如果是以往，顾小白的父母肯定不敢如此高调，那会得罪马厂长。但现在他们的儿子要当警察了，还怕谁啊？只有人家怕他们的份！

顾小白有自知之明，他很清楚，他不过是走了个狗屎运。他没把自己当人物，在去上警校前，他每天照样躺在白色水塔上看闲书，举着单筒望远镜发呆，或者坐在江边的驳船上抽烟、钓鱼、弹吉他。他还经常去防空洞，案发后一个多月，他似乎还能在里面闻到血腥味、火药味和香水味。对了，还有江蓝身上那种淡淡的猫尿味。有很多次，顾小白在闲逛的时候遇见熟人，对方问他是不是又在帮警方办案，在跟踪犯罪嫌疑人？他不置可否地"唔"了一声，其实他谁都没有跟踪，但好像又在跟踪谁。也许，他跟踪的是自己，是另外一个他。还有好几次，顾小白遇见了马小军。自从孟海和江蓝出事后，本来就安静的马小军更寡言少语了，一整天都说不了几句话。大部分时间，他都在防空洞里游荡，跟个幽灵似的，常常把前来偷情的男女吓得魂飞魄散。他不再注重仪表了，头发蓬乱，衣领油腻，身上不仅没有了香水味，还散发着一股难闻的气味。顾小白知道，那是防空洞里特有的气味，黑暗的味道。马小军看人的眼光也变得不善，特别是看顾小白，眼睛像狼一样闪烁着幽幽绿光，似乎随时会扑过来咬他一口。

江蓝最终被判了六年，算是比较轻了。服刑地点在白泥湖监狱，距离湘江造纸厂不到三十里路。顾小白在警校读书期间，给江蓝写过好几封信，但她一封都没有回。他渐渐明白，他自以为是的救赎，对江蓝来说，其实是一种深深的伤害。

那时候，许国巍、彭大年和胡浩已经在长沙的酒吧里驻唱，但混得很不如意，被客人喝倒彩、扔果皮是家常便饭，老板也屡屡找借口克扣他们的薪水。那家酒吧顾小白去过几次，是由一座民国花园洋房改建而成，叫"橙子时光"，很文艺的一个名字，但看上去比较破败，有点颓靡的气息。一个光头和许国巍他们组成了乐队，声嘶力竭地唱着摇滚。四个人的胳膊上都文着爬虫动物，张牙舞爪。顾小白感觉他们更像古惑仔，而不是歌手。当年在萤火虫乐队时，顾小白的情绪很容易被音乐感染，整个人都是饱满的，像是吸足了水分的种子，给点阳光就能发芽。而现在，许国巍等人的演唱完全不能引起顾小白的共鸣，他从身体到心灵都是干瘪的，他甚至觉得这简直是噪声，难以忍受。如果不是为了给老同学捧场，他肯定掉头就走。顾小白一度很疑惑，来到了大城市，三位老同学的演唱水平怎么反而降低了？难道是因为自己的眼界高了，审美水平提升了？很久以后顾小白才慢慢领悟，他们都没变，世界也没变，变的是不再纯真的时光。

　　酒吧驻唱的那些日子，许国巍他们过得很窘迫，三个人合租一室一厅，不到四十平方米。许国巍和彭大年睡上下铺，胡浩睡沙发。生活也黑白颠倒，经常拿方便面当夜宵，一脸菜色。顾小白笑话他们，眼睑浮肿，皮肤松弛，往路边一站，就是牛郎。尽管手头拮据，每隔几个月，三个人就会凑钱买些零食和生活用品，以及一些高考复习资料，到白泥湖监狱给江蓝。顾小白上警校后的第二年春天，三位流浪歌手实在混不下去了，决定一起回老家另谋生路。走之前，他们把身上的钱都掏了出来，约了顾小白在太平街的一个大排档吃夜宵。顾小白忘了当时是怎么把话题转移到江蓝身上的，许国巍说，每次探监，江蓝看到他们都一声不吭，像尊蜡像；彭大年叫顾小白不要再自作多情了，狱警告诉他们，有个警校生经常写信给江蓝，但她每次看都不看就把信扔了；胡浩更是情绪激动，揪住顾小白的衣领，骂他卑鄙无耻，为了披上一身虎皮，不惜踩着江蓝往上蹦跶。

不管顾小白怎么解释，喝高了的三个人都不信，还趁着酒劲对他动起了手。顾小白没有还手，他被啤酒瓶砸破了脑袋，还被打掉一颗牙，幸好只是智齿。巡警赶过来，要不是顾小白掏出警校学生证，说打人的是他朋友，喝醉了发酒疯，主观上并无恶意，那次许国巍、彭大年和胡浩都得蹲拘留所。

警校曾经组织学生去参观白泥湖监狱，顾小白装病没去。他托室友严翔给江蓝捎了一本《且听风吟》，村上春树的，他知道她喜欢这个日本作家的书。但参观结束后，严翔把书带回来了，说江蓝没要。严翔还笑嘻嘻地问顾小白，江蓝长得那么漂亮，是不是因为做小姐进去的？顾小白当即勃然大怒，一个鞭腿过去，差点把严翔的下巴踢脱臼，为此挨了一个警告处分。

顾小白经常想两个问题，十八岁那年夏天，如果他没有给梁斌当线人，他会不会也跟许国巍他们一样去长沙当流浪歌手，然后带着破灭的梦想回到老家？江蓝会不会仍旧把他当朋友？顾小白很怀念组建萤火虫乐队的那段岁月，歌声飞扬，活力四射。那时候的阳光充斥着荷尔蒙的气息，梅雨里全是思念的眼泪，连秘密都是潮湿的。上警校后，顾小白再没有这么神经质过，父母把家搬到长沙，将他以前的那把吉他也带过来了，但他一次都没有弹过，以致上面全是浮尘。他甚至歌都很少唱，室友集体去KTV狂欢，他次次找借口缺席。警校的同学都以为他没有音乐细胞，天生五音不全。直到毕业晚会上，老师要求每人必须表演一个节目，无奈之下，顾小白才抱着吉他唱了一首《我终于失去了你》。他的男中音极富磁性，还带着性感的烟嗓，吉他弹奏得行云流水，全场同学都兴奋得尖叫。大家都不明白，顾小白明明可以靠歌声俘获许多迷妹，为什么偏偏要走高冷路线？连体重远远超标的严翔都跟卫校的一个女生好上了，顾小白却一个女朋友都没有。

警校三年，顾小白有一种生人勿近的孤傲，以前身上那种吊儿郎当的气息荡然无存。他独来独往，目光冷峻，各门功课都是优。他跟踪的嗜好也没丢，但跟踪的不再是漂亮女人，而是扒手。三年下来，他抓获了一百多名扒手，受害者送的锦旗挂满了宿舍。他平时上网喜欢浏览追逃信息，如果在通缉令上发现有流窜长沙的逃犯，他就会熟记其体貌特征，然后利用周末上街转悠，寻找目标。还真让他逮住两个，其中一个身上有把仿五四手枪，子弹已经上膛。在警校，顾小白唯一的好友就是严翔，虽然因为江蓝的事两个人打过架，但很快和好，那个带枪的逃犯就是两个人合力抓获的。警校毕业后，顾小白和严翔都分到缉毒大队，更是成了生死兄弟。两个人搭档，抓获了不少毒贩。在一次抓捕毒枭的行动中，严翔执意把防弹背心让给了顾小白，说自己脂肪厚，扛子弹。但结果并没有防住子弹，毒枭狗急跳墙，手持AK47疯狂扫射，严翔身中三弹。在送往医院的救护车上，严翔躺在顾小白的怀里咽下了最后一口气。临终前，这个曾经睡在顾小白下铺的兄弟奄奄一息地说，告诉小惠，我卧底去了，三四年都不能联系，叫她别等我了。

顾小白当即泪如泉涌。

小惠是严翔的女朋友，在湘雅医院当护士。严翔留在人世的最后一句话，是给自己的恋人的。顾小白无数次想，如果自己也有这一天，会将遗言留给谁呢？父母吗？不行，他们一个有高血压，一个有心脏病，听了遗言肯定要发病。留给好基友胡浩？也不行，这厮神经大条，第二天肯定就会忘得一干二净。那还能留给谁？江蓝？是的，就留给江蓝！他要告诉她，当初泄露她的隐私，不是为了他自己，而是为了让她少坐几年牢——她刚进入高中，就被班主任盯上，百般引诱，强行跟她发生了不当关系，导致她怀孕，被迫流产。不管她和孟老师是不是真心相爱，至少从道德层面上来说，她是妥妥的受害者，在量刑时肯定会从轻。

江蓝听到顾小白的遗言时，嘴角抽动，浑身发抖，然后哇地哭出声来，眼泪像春天的汨罗江，汹涌澎湃摧枯拉朽。顾小白觉得，如果自己在天有灵，看到这一幕也会安息了。但这只是顾小白的想象，江蓝真的会原谅他吗？顾小白不敢肯定，也许会，也许不会。不过有一点毋庸置疑，如果江蓝的反应是后者，顾小白一定会死不瞑目。

严翔牺牲后，顾小白将他的遗言带给了小惠。这个长着一双大眼睛的护士凝视着顾小白，发现他不像是在开玩笑。她说，不就三四年吗，我等他回来。顾小白说，可能更久，你等不起。小惠执拗地说，一辈子我都等！顾小白用手指狠狠地掐灭燃烧的烟头，吼道，别等了，他不会回来了！说完他转身就走，头也不回，泪水从他脸上流到了高高竖起的衣领里面。他听到小惠在后面哭，哭声像是从深邃的地缝里飘出来，带着一股被挤压的颤音。

顾小白心想，小惠应该明白了自己的暗示。他没有邀请小惠参加严翔的葬礼，现场有许多缉毒警，身份需要保密。这之后顾小白就调到了刑侦大队，不是害怕缉毒的危险，而是他落下了心理阴影。每次抓捕毒贩，就会想起严翔的死，就恨不得对毒贩下死手。为了避免犯错误，他只好申请调离岗位。多年后的一个情人节，顾小白在五一广场的肯德基餐厅邂逅小惠，但她没看见他。小惠要了两份草莓冰激凌，一份自己吃，一份摆在空无一人的对面。顾小白知道，草莓冰激凌是严翔的最爱。顾小白的眼泪汹涌而出，幸好戴着墨镜，无人发现。小惠还在等待，等待一个明知不可能回来的人。顾小白的心疼得都快滴出血来，他跟跄着离开餐厅，像个醉鬼。

人到中年了，顾小白还没有谈恋爱，经常有人问他是不是在等谁，他不知怎么回答，好像是，又好像不是。有一次顾小白坐在天心阁上，眺望着湘江对岸的岳麓山，想了很久。最后他想明白了，这些年，他的确在等，等待一场解密。

十八岁那年夏天，江蓝向公安机关自首，说是她误杀了孟老师。

警方经过调查，认可了她的口供。但顾小白总觉得，这不是真相。他不相信案发当天，孟老师是和江蓝相约去打野兔。理由有三：第一，江蓝那天穿着高跟鞋，根本不适合在芦苇丛那种松软的地面上行走；第二，江蓝害怕巨响，每次在红白喜事上演出，只要别人放鞭炮，哪怕她正在弹电子琴，也会停下来捂住耳朵。枪声比鞭炮声大多了，她绝对没有胆量开枪打猎；第三，有一次，胡浩和许国巍在教学楼走廊上踢足球，胡浩的头不小心撞在玻璃上，流了很多血，孟老师闻讯赶来，看到血，他差点吐了，说自己晕血，一个晕血的人怎么可能去打兔子？

顾小白曾经把这些疑问告诉了梁斌，但梁斌说，江蓝对此的解释是，她和孟老师只是借打猎之名出去约会，在芦苇丛里说些悄悄话，并不一定要打到猎物。所以两个人出门时没考虑太多，从穿戴到心理上都没做任何准备。梁斌认为，恋爱中的男女，有很多行为方式是异于平常的，具体情况要具体分析，不能教条主义。

顾小白认为，这个案子还有一个非常关键的证据缺失，那就是一直没找到孟老师的钱包和手机。特别是手机，如果被人顺手牵羊从现场带走，要么自己使用，要么会卖掉，但这部手机再没有露过面，也没开过机。梁斌说，不排除拿走手机的人事后出于惧怕心理，把手机扔进湘江的可能。当时正值汛期，这么小的物品肯定被冲到了下游，根本无法打捞。但不管梁斌怎样解释，顾小白还是不相信江蓝的口供，他更相信她是在给孟老师脱罪。既然为情杀人屡见不鲜，为了爱情去坐牢又有什么好奇怪的？

如果顾小白的猜测是对的，那问题又来了，案发那天，孟老师为什么要去防空洞呢？如果他不是被江蓝误杀，那他到底是被谁枪杀的？江蓝自愿顶包，她就不怕让真凶逍遥法外吗？这些谜团缠绕着顾小白，如影随形，甚至成了他的梦魇。虽然案子早已尘埃落定，他还是渴望解开这个秘密。就像他少年时代经常窥探别人的秘密，其实那些秘密对他的生活毫无意义，有意义的是真相本身。特别是想到真凶可能还没落网，顾小白就无法释怀。为了给孟老师脱罪，江蓝付出了惨重的代价，这笔账必须找凶手算！

顾小白也曾跟许国巍、彭大年和胡浩讨论过孟老师的死因，他们都说不出个所以然。相比较而言，他们更相信孟老师是被江蓝误杀，而不是盗窃红酒时枪支走火打死了自己。胡浩还突发奇想，说防空洞里有鬼，孟老师和江蓝是不是在那里撞鬼了，发生了什么灵异事件？纸厂的防空洞里每隔几年都会死人，大都是自杀，死因五花八门，因为家庭矛盾寻短见的居多，也有疾病缠身想解脱的，还有吸毒暴毙的。据说这些人的怨气极重，鬼魂在防空洞里徘徊不散，无法进入轮回。顾小白的少年时代，有相当一部分时间是在防空洞里度过的，他从没见过鬼。他在那个黑暗世界里见到的，都是鬼鬼祟祟的人。把孟老师的死归咎于灵异事件，完全是扯淡。

上警校后，顾小白利用自己学到的侦查知识重新审视过这个案子，他觉得留在案发现场的那支哮天犬牌猎枪是破案的关键，必须确定猎枪的主人。但江蓝声称枪是她父亲留下来的，她父亲坟头早已长草，死无对证。顾小白听梁斌说，他找江蓝外婆询问过枪支的来源，老人说女婿以前确实有支猎枪，是江蓝的爷爷留下的，什么牌子她不清楚。但她记得警方在纸厂开展大规模缉枪行动时，女婿出于害怕，把枪偷偷扔到了湘江里。至于是不是真的扔了，她也不知道。

顾小白认为，江蓝外婆的证词没有太大的说服力，只能证明江蓝父亲有过猎枪，这在很多年前是合法的，商店可以随意买到。仅凭江蓝的口供，以及她家床下发现的一盒子弹，就认定杀死孟老师的枪，跟她父亲藏的枪是同一支，太牵强了。要知道，就算是不同牌子的枪，子弹也有可能通用。至于孟老师手部的硝烟反应为什么比身体其他部位更大，顾小白认为这并不难解释。当时孟老师很有可能双手抓住了凶手的枪管，想夺枪反击，但没成功。凶手开枪时，射击残留物大量喷射在孟老师的手上。

顾小白还原了案发当天的场景——孟老师因为某种未知原因来到防空洞，他无意中发现有人在存放红酒的仓库前鬼鬼祟祟，于是上前盘问。有可能他和盗贼发生了口角，盗贼恼羞成怒对他下了杀手。也有可能他认出了盗贼，为了杀人灭口，盗贼就枪杀了他。事后，盗贼拿走了孟老师的钱包和手机，扔掉猎枪和作案工具，迅速逃离了现场。

保卫科科长丁保国曾说，知道那个仓库藏有红酒的人不超过十个。顾小白认为，枪杀孟老师的凶手，要么就在这十人之中，要么就是那个把孟老师骗进防空洞里来的人。顾小白不相信案发那天孟老师是去赴一场浪漫的约会，他一定是带着某个秘密才去那个地下世界的，而且是重大的秘密。

四

二〇一八年这个阳光凶猛的午后，顾小白在萤火虫咖啡屋没有找到任何线索，周云鹏案发前来这里只是喝咖啡谈生意，并无异常。但顾小白还是觉得不虚此行，时隔十三年，他终于见到了江蓝。牢狱生涯没有在她身上留下明显的痕迹，这足以让他欣慰。更让他欣慰的是，江蓝尽管对他比较冷淡，但并没有表现出太多的排斥，这大大出乎他的意料。回去的路上顾小白心情大好，还打开车载播放器听起了音乐。梁斌车里的CD都是十几年前的老歌，看来他也是个喜欢怀旧的人。孟海被害案同样改变了梁斌的命运，他职务前那个挂了好几年的"副"字去掉了，成了刑侦队长。可惜他积劳成疾，得了肝癌，不然上级可能还会给他加加担子。顾小白觉得生活就像一台花鼓戏，兜兜转转又回到了原地。听着熟悉的老歌，他甚至有些迷惑,自己似乎从来没有离开过这个地方。

回到队里,顾小白主持召开了案情分析会,他问杜耀文,洋杉湖周边的监控覆盖情况如何?杜耀文说,机动车进入洋杉湖湿地,必须经过一条机耕道,出入口都有探头。但如果是徒步,有很多小路可以选择,几乎都在监控盲区。平时防止盗猎,主要靠保护区的工作人员巡逻,漏洞很大。段宏有点沮丧地说,机耕道路口的监控已经查过了,案发前二十四小时内,没有发现可疑车辆和可疑人员。

顾小白说,这么看来,通过监控获得突破的可能性比较小,犯罪嫌疑人大概率是徒步进入案发地。周云鹏的案子要从两个方面寻找突破口,第一,找到用来纵火的汽油的来源。现在私家车普及率很高,如果是有车一族,很可能从自己的车里抽取汽油,灌注到可乐瓶内。这种方式很隐蔽,不太好查。如果是无车一族,购买散装汽油必须登记个人信息,这就好查多了。汽油易燃易爆,味道也大,散装状态下不会保存太久,就查三个月内的购买信息。但犯罪嫌疑人为了逃避警方追查,很可能通过非法销售点购买散装汽油;第二,普通人狩猎,是为了满足口腹之欲,或者为了贩卖盈利。但周云鹏是富豪,想吃什么野物都可以买到,他狩猎应该仅仅是出于爱好。有这种爱好的人在富豪圈子里有不少。周云鹏去狩猎很可能约了同伴,这个消失的同伴作案嫌疑很大。要了解周云鹏的狩猎圈子,找到跟他有相同爱好的人,逐一排查。

下达命令时,顾小白突然想起当年江蓝的口供,她自称和孟老师名义上是去打野兔,其实是躲在芦苇丛里幽会。于是他补充道,查查跟周云鹏关系密切的异性,特别是有过感情纠纷的。三个前妻的可能性不大,不用查了,他跟前妻接触没必要遮遮掩掩。如果他确实约了女人去芦苇丛,两个人的关系一定很暧昧,见不得光。顾小白吩咐段宏去网络平台发布一则悬赏通告,向广大群众征集破案线索。段宏问他奖金多少,顾小白想了想说,两万元吧,回头他向谭局打报告申请拨款。顾小白又让一位叫刘凤娟的警花联系《岳州晨报》，务必在明天头版显要位置登载悬赏通告。但旋即他又叫住了刘凤娟，说还是自己去趟报社，跟当地媒体熟悉一下，方便以后开展舆论宣传。

顾小白拿出黎乐乐留给他的名片，拨打了上面的手机号码。电话接通了，他问，黎记者，我现在去报社坐坐，你有空吗？黎乐乐立即听出了顾小白的声音，一股笑意从话筒里流淌出来，顾队大驾光临，小女子没空也得抽空，随时恭候。顾小白驱车过去，发现报社果然离萤火虫咖啡屋很近。喝着黎乐乐泡的姜盐豆子茶，他把来意说了一遍。黎乐乐说，这个没问题，我们肯定大力支持警方的工作。正事说完，顾小白开始说闲事，这也是他亲自来报社的真实目的。他问黎乐乐，我和江蓝的那些事你是怎么知道的？黎乐乐笑道，咖啡屋去的次数多了，就跟江蓝熟了，听她说的。顾小白很难想象江蓝会把这么隐私的事告诉别人，而且是一个很八卦的女记者，这不符合她的性格。

黎乐乐似乎看出了顾小白的疑惑，说，江蓝已经放下了，不要再用以前的眼光看她了。她很享受现在这种庸常的生活，就跟咖啡一样，如果味道淡了，就往里面加一块糖，学着自己调剂。要我说啊，她是因祸得福，如果没有当年那件事，她肯定还在职场上厮杀，老得快。你看看她现在多年轻，比我大五岁，还有人以为她比我小呢，气死宝宝了。我挺羡慕她的，心态好，生活也没有压力，提前过上了幸福的晚年，妥妥的人生赢家啊。

顾小白苦笑道，你确定这是江蓝的真实想法吗？如果她没有坐牢，复读一年肯定会考上大学，生活比现在精彩多了。黎乐乐往太阳穴上抹了一点风油精，她说，当然确定！江蓝有什么理由骗我？你们警察是不是有职业病，总把人往坏处想？这叫有罪推定，会妨碍司法公正的。生活怎么样才算精彩，并没有标准答案。你认为的精彩，对于别人来说，也许是一种烦恼。

一杯茶喝完，顾小白就清楚了一点，论嘴皮子功夫，他和黎乐乐不是一个重量级。他适时换了话题，问她，江蓝有没有为当初的自首后悔？黎乐乐说，这个问题我也问过她，还不止一次，她每次的回答都是一样的——无怨无悔。看得出来，她和孟老师是真爱。这样的爱情现在都快绝迹了，如果孟老师九泉下有知，肯定会感动得不要不要的。一生中能这么疯狂地爱过一次，也是一种幸运。真的，我都有点羡慕嫉妒恨。

这次调任县刑侦队队长，顾小白原本是有理由推脱的，他正在负责一个打黑案，他是专案组副组长。他之所以答应走马上任，是因为想解开孟老师被害的谜团。十三年来，他无时无刻都想知道真相，但没有管辖权，他无法插手调查。赴任前，顾小白去探望了在湘雅住院的梁斌，他瘦得很厉害，成了皮包骨头，顾小白这次空降老家，就是他向那位沈副厅长举荐的。梁斌紧握着顾小白的手，说，孟海的案子，可能真的有幺蛾子。你去查查，查不清楚，老子死不瞑目。顾小白大惊，急忙问，梁队，你看出什么问题了？梁斌的声音很虚弱，你小子还记得吗？江蓝是二〇〇二年冬至去中医院做的流产手术，那天是十二月二十二日。但江蓝声称，自己是转学后跟孟海好上的，那本病历上写的很清楚，"李静"已怀孕十五周。也就是说，江蓝在九月中旬就怀孕了，这不科学啊。

顾小白记得很清楚，江蓝是国庆节后才从乌龙中学转到纸厂子弟学校来的，那一天是二〇〇二年十月八日，微雨。看到顾小白还有些蒙圈，梁斌就给他科普了一下生理知识：即使江蓝和孟海认识第一天就发生性关系并怀孕，到十二月二十二日也不可能怀孕十五周。十三年前，顾小白还不谙男女之事，没意识到这个问题，对病历上写的怀孕时间他也没有留意。梁斌说，当年参与查案的人都是男同志，对怀孕时间的推算都是门外汉，忽略了这个重要细节。他是在侦办另外一起案件时才了解这些知识的——有位公司老板报警，声称自己被女秘书敲诈。警方介入后，女秘书说自己中秋节晚上被老板约出去应酬，送她回家时，老板趁她酒醉不醒在车上实施了强奸，她现在已怀孕九周。为了查清事实，梁斌走访了妇产科专家，这才知道女秘书在撒谎。因为从时间倒推，女秘书不可能是中秋节那天晚上怀孕，至少还要提前半个月。经过审讯，女秘书交代孩子是男友的。为了筹钱买婚房，她和男友炮制了这出闹剧。不过，那位老板也确实在车上猥亵了女秘书。

梁斌发现孟海的案子有问题时，江蓝已经在白泥湖监狱服刑两年。梁斌坦言，重启调查会牵扯很多人，非常棘手。最关键的一点还在于，如果江蓝一口咬定流产的孩子就是她和孟海的爱情结晶，警方也无可奈何。因为江蓝可以说是医院的检查结果有误，也可以说自己记错了和孟海认识的日子。顾小白是江蓝的同学，梁斌希望他利用回老家担任刑侦队长的机会，把这个案子查个水落石出。对警察来说，最大的耻辱莫过于冤假错案。梁斌渴望在自己去见马克思之前看到孟海被害案的真相，他不想带着遗憾离开。顾小白答应了，梁斌的话让他更加相信，孟老师的案子没那么简单，里面一定隐藏着不为人知的秘密。而江蓝挺身而出，以断送自己的前途为代价替孟老师脱罪，一定也有秘密。他要回到十八岁那年夏天，回到纸厂那条幽暗神秘的防空洞里，解开这些秘密。

顾小白曾经以为，江蓝自首是出于一时冲动，真要是坐牢了，肯定会悔不当初。但现在听黎乐乐这么一说，江蓝根本就没有为当年的行为后悔，难道他和梁斌都想多了，江蓝的疯狂真的是因为爱情的力量？

一个对爱情如此执着的女孩，为什么会选择一桩没有爱情的婚姻？顾小白忍不住问黎乐乐，江蓝和马小军的关系怎么样？黎乐乐说，还不错，她老公是傻了点，但不讨嫌，对她也不错。爱情这个东西是顶级奢侈品,很多四肢健全智商高的人,包括亿万富翁,都没有爱情,还不是照样过日子,照样生儿育女。心态比什么都重要,放低了要求,什么都能将就,狗屎中都能闻出芬芳来。不过,江蓝姐还没有孩子,这是美中不足。女人做了母亲后,一生才是圆满的。我问过江蓝姐,为什么还不要孩子?她说不急。我想这应该不是真话,也许,她是在寻找机会代孕。女人可以容忍老公身体残疾,但不能容忍下一代基因缺陷。

从报社出来,顾小白开车经过时代国际影城,雪狼乐队已经离开本县,演出海报被撕掉,但墙上还是留下了一些没有剔除干净的碎纸,花花绿绿的,像早已逝去的残酷青春。顾小白再次想起了那个一见到演出就兴奋得手舞足蹈的傻子同学。荒诞和正经并没有明确的界限,从某种意义上来说,精神病患者只是换了一个角度来审视世界。也许在马小军看来,那些所谓的聪明人才是真正的傻子。

五

白泥湖监狱每年都会举办迎新春联欢会,有文艺特长的江蓝每次都参加了表演。她还给监狱系统办的《新生报》投稿,发表了一些诗歌、散文。因为这些表现,她被减刑半年。在江蓝服刑的第二年春天,她外婆就脑溢血去世了。尽管许国巍等人探监时给江蓝捎了不少高考复习资料,但她并没有复习。出狱后,她守着外婆留下的南杂店度日。那段时间,再没有人听见她弹过电子琴,也再没有人看见她穿过那条蓝色马蹄莲裙子。是的,琴声和马蹄莲已经从她生活中消失了。

在平头百姓的眼里,江蓝杀过人,尽管是误杀。而且她高中就跟男人上床,还是自己的老师,这跟破鞋没有两样。背负着这样的恶名,南杂店的生意自然好不了。幸好门面是江蓝自家的,省了房租，一个月的盈利勉强够她生活开销。刑满释放人员多少会受到一些歧视，尤其是像江蓝这种手上有人命、作风不好的。以前的一些亲戚朋友，包括同学，几乎都跟江蓝断绝了来往。不离不弃的只有许国巍、彭大年和胡浩三人，对了，还有马小军和马小燕兄妹俩。不过，马小燕是在她哥结婚以后才跟江蓝走近的。

江蓝出狱时还未满二十四，胡浩曾经问她，怎么不复读参加高考？胡浩有个堂兄，复读了六年，二十四岁才考上大学，还只是一个三本。胡浩觉得，以江蓝的智商，复读一年，说不准能考上北大清华，至少能上湘雅医科大学。江蓝说，这里有孟老师的气息，她不想走，要寸步不离地陪着他。胡浩以为这是江蓝找的借口，她不考大学是因为担心交不起学费和生活费，于是他叫来许国巍和彭大年，当着江蓝的面一起表态，学费和生活费由他们三个人负担，叫她不要有任何顾虑。江蓝却摇摇头，说不是钱的问题，是她要留在这里给孟老师赎罪。

劝了几次都没效果后，胡浩等人就不再勉强了。那时候，三人都已经回到老家发展，刚刚开始创业，手头也没什么钱，他们只能通过照顾江蓝的生意来帮衬她。每个月消费的烟酒，乃至卫生纸和饮料，三人都是从江蓝的南杂店里买的。他们还轮流帮江蓝进货，把重活、脏活和累活都包了。这引来了很多闲言碎语，特别是胡浩等人的父母，以为自己的儿子看上了那个女杀人犯，尤其是许国巍的母亲，威胁儿子远离江蓝，不然她就吊死在门前的香樟树上。直到三人都给父母写下保证书，只是尽同学之谊照顾江蓝，并无别的想法，父母才不再干涉他们的行为。有一次胡浩请顾小白吃火锅，说从小到大，他这个学渣写过无数保证书，都是敷衍了事，谎话连篇。只有这份保证书是真心话，把他父母都看哭了，以后家里买油买盐，都会绕一大圈去江蓝的店里。

江蓝外婆去世的那一年秋天，连年亏损、资不抵债的湘江造纸厂被收购,成了豪森纸业集团,董事长是周云鹏。马小军被安排在公司保卫科,但其实是吃空饷,他并未上过一天班。厂里原职工都说,这是周云鹏为了报答老厂长的知遇之恩。马小军经常去江蓝的南杂店,帮她干一些体力活。没活干的时候,他就坐在门口的小板凳上看书,或者默默地打量过往行人,眼睛里似乎有一片沉静的海。在江蓝出事的那段时间,马小军一度不修边幅,变得邋里邋遢,身上还有很重的臭气和戾气。江蓝出狱后,马小军又变回去了,每天把自己拾掇干净,还往身上洒香水,目光清澈,笑容温和。有人在路上遇到马小军,经常打趣道,小军,穿这么精神,去相亲呢?马小军总是不置可否地傻笑几声。

马小军被他妈领着去相过几次亲,对方不是哑巴,就是聋子。据说小军妈对女方的要求是,可以没工作,可以有残疾,但必须智力正常。造纸厂被周云鹏收购后,马金龙在豪森担任副董事长,收入比当厂长时翻了几倍。马小军的母亲是县财政局的一名科长,也是个有油水的单位。而且,马小军看着一表人才,生活也能基本自理,所以相亲时,女方都能中意他,甚至还有如花似玉、身体健康的打工妹倒追的。但马小军一个都没瞧上,见了女方一次面就死活不去见第二次,他妈也问不出原因。顾小白倒是很好理解,马小军虽然脑子有病,但自己并不知道。在他的世界里,他是像孟老师那样的绅士——讲卫生,用手帕,洒香水,还会说英语。别说残疾人,就是一个有正式工作、四肢健全的漂亮女人也很难入他的法眼。有人怀疑马小军除了智障,生理也有缺陷,所以对女人没兴趣。但顾小白认为这纯属扯淡,因为他多次从马小军身上闻到梦的气息,有时是香椿味,有时是枣树味,有时又是桑葚味。

没有人知道江蓝和马小军是怎么好上的,当江蓝宣布要嫁给马小军时,所有人都大吃一惊,包括马小军的父母,也包括马小燕,那时候她已经是彭大年的女朋友。一开始,大家都怀疑江蓝坐牢把脑子坐出了毛病，但转念一想又都明白了，江蓝是有前科的，而且作风不好。这种杀过人的女人，睡在枕边都不踏实，搞不好还给自己弄顶绿帽子戴，哪个男人愿意娶啊？她不嫁给傻子嫁给谁？也只有马小军那样的二百五才会娶她。许国巍劝江蓝，小军的情况你是清楚的，千万别往火坑里跳！找机会我帮你介绍一个，这事急不得。江蓝摇头说，这个世界上，只有小军不会嫌我。胡浩也说，我在长沙坡子街开了家分店，要不你去那家店当店长，谁都不知道你过去那些事，什么样的好男人找不着。江蓝的表情异常坚决，她说，我不会离开这里，不会离开孟老师！

当年的五人组合中，顾小白最后一个知道江蓝和马小军的事。那时两个人已经拿了结婚证，婚礼定在七夕，地点在县城最豪华的饭店——楚天食府。胡浩问顾小白，你来不来参加婚礼？那是二〇一三年夏天的一个早晨，顾小白刚起床，接到胡浩的电话，他整个人都愣住了。脑袋像是被格式化了，一片空白。回过神来后，他听到胡浩又问了一句，你小子是哑巴了，还是耳朵塞猪毛了，到底来不来参加婚礼？他默默地挂了电话，没有洗漱，径直出了门。正值梅雨季节，天地阴沉，一如顾小白的心情。他在雨中走了整整一个上午，从小吴门走到白沙井，从橘子洲头走到岳麓书院，淋成了落汤鸡。像烟火一样，他脑海里无数次升腾起一个念头，回去阻止江蓝和马小军结婚，但无数次他又把这股烟火扑灭。他有什么理由阻止呢？江蓝既非他的亲人，也非他的恋人，她做什么都是她的自由。

对顾小白来说，胡浩早晨打的这个电话，不是来通知他参加婚礼的，倒像是来报丧的。他感觉有某种东西被埋葬了，埋到很深的地下，再也不见天日。但到底是什么东西，他又说不清楚。悲伤像梅雨一样席卷而来，严严实实地包裹住了他。从身体到灵魂，他都觉得寒意逼人。他在岳麓书院门前坐了很久，钟声隐隐响起，像是旷古的回声。他似乎变成了色盲，看什么都是灰色的，树是，草是，红绿灯是，回忆中的那个夏天更是，灰蒙蒙的，一丝阳光都投射不进来。有一瞬间，他陷入了一种世界末日般的恐慌，仿佛一切努力都没有了任何意义，他成了行尸走肉。雨中回来，顾小白发起了高烧，烧到41°，那是他十八岁之后第一次生病。打了两天点滴才退烧，有些不可察的东西也从他身体里面慢慢退去。

顾小白找了个理由没去参加婚礼，他托胡浩送了个红包，但江蓝没收。据说婚礼现场很热闹，原纸厂的人大都出席了，当然，是冲着老厂长的面子。婚礼是由彭大年的公司策划的，没收一分钱。许国巍和胡浩负责婚车，清一色奔驰宝马奥迪A8。那时候，三人已经掘到了人生第一桶金，不差钱。胡浩给顾小白发了婚礼现场的完整视频，顾小白一直没有勇气点开，也没有删除，他选择了忽略。后来他跟胡浩、许国巍和彭大年聚会，三人从不提起那场婚礼。顾小白很清楚，江蓝在大家心中是天使一样的存在。他们可以容忍自己油腻，但不能接受天使折翼。大家避而不谈也是因为心虚，既然自己无法做到抛开世俗羁绊娶江蓝为妻，那江蓝跟马小军结婚他们又有什么资格说三道四？

顾小白的父母在长沙开皮鞋店，经常会碰见老乡，他们带来了关于老家的各种消息。江蓝和马小军刚刚公开恋爱关系时，马小军的父母极力反对，甚至把儿子关在家里，用铁链拴着。在马小军父母的眼里，江蓝似乎连残疾人都不如。马金龙跟厂里的几个老伙计说，江蓝打过胎，马家怎么能找一个破鞋当媳妇？马母则说，杀人犯都有心理缺陷，这比身体残疾更可怕。她还到西林禅寺烧香，祈求菩萨来干预。她不知道有句老话：宁拆一座庙，不毁一桩婚。菩萨怎么可能答应她这种无理要求呢？据说，马金龙拿出五万块钱放在江蓝面前，要她离开马小军，被江蓝拒绝。马小燕也被母亲派去做说客，在江蓝面前大谈她哥如何如何不好，说他有时六亲不认会打人，有时会把大小便拉在裤子里。马小燕还说，马家没有外人想象的那样条件好，她爸妈过几年都要退休了。这些年，为了给马小军治病，以及供她读书，积蓄都花光了。江蓝听了不为所动，说马小军的情况她学生时代就知道，早有心理准备，不会后悔。她还表示，自己开的南杂店足够她和马小军开销，不需要马家接济。还有人说，马家曾经打算雇用混混去恐吓江蓝。但没有混混敢接这个活，江蓝杀过人，谁都害怕惹她。对劳改释放人员，特别是手里有过命案的，混混有种本能的敬畏。

拿江蓝没辙，马小军的父母只好劝自己的傻儿子。他们把江蓝说得一无是处，简直就是狐狸精转世，潘金莲重生。但马小军根本听不进去，他在家里摔东西，把自己的衣服撕成碎片，大小便拉得到处都是，疯病明显加重。折腾了半个多月，马小军的父母觉得自己都快成精神病了，只好妥协。恢复自由后，马小军的疯病顿时好了许多，他把自己洗得干干净净，换了一身新衣服，喷了香水，吹了头发，然后去了江蓝的店里。马小军的父母被迫在外面重塑江蓝的人设，说她当初是因为年幼无知才被孟海诱骗，说她没有杀人，只是枪走火。马母还逢人就夸江蓝懂事孝顺有礼貌，性格也好，文文静静的，有书香气质。

马家的条件自然没有马小燕说的那么不堪，有人说湘江造纸厂被收购时，周云鹏给了马金龙许多好处费。至于到底多少，没有人知道，也没有证据。尽管江蓝说不需要马家接济，但马金龙还是给儿子置办了婚房，包括全套家具和电器。房子在县城最高档的小区——水岸东湖，面积有一百四十平方米，楼层和朝向都极佳。马母担心江蓝照顾不好马小军，还自掏腰包给小两口雇了个保姆。

江蓝开咖啡屋马家也帮了不少忙，装修基本上是马金龙出资，房租是江蓝自己出的——她把南杂店租给了别人，收的房租用来租咖啡屋的门面，当然，还得贴一点，这里地段比漕溪港好。马金龙和妻子的人脉都很广,他们经常推荐熟人到江蓝的咖啡屋里来消费。但萤火虫咖啡屋名声在外不完全是沾马家的光,江蓝功劳更大。装修风格是她自己设计的,咖啡豆是她亲手磨的,咖啡的口味也需要她调配勾兑。黎乐乐在《岳州晨报》的副刊上写过一篇文章,盛赞江蓝调制的咖啡,有撒哈拉沙漠风味、亚马逊热带雨林风味、美国西部牛仔风味、欧洲贵族风味……咖啡屋的布局很梦幻,适合恋爱、怀旧和读书。因此,萤火虫咖啡屋成了县城文青的网红打卡地。油腻的中年男人和寂寞的少妇也爱来这里,喝着咖啡,听着老歌,怀念他们年轻的时光。

儿子刚结婚时,马母对儿媳妇是不放心的,怕儿子戴绿帽子。她跟踪了很多次,发现江蓝每天两点一线,不是在家,就是在店里。她又找保姆打听,马小军有没有被江蓝欺负?保姆说,小两口恩爱得很,江蓝一个苹果也要切成两半,亲手喂给马小军吃。马母这才消停,相信江蓝是真心对自己的傻儿子好。马小燕也接受了这个嫂子,不过嫂子两个字她叫不出口,江蓝比她还小两个月呢。马小燕上的是省里的财经大学,毕业后在县里的一家银行工作。江蓝和马小军结婚的第二年,马小燕跟彭大年也成了一家人,此时她已经是银行信贷科科长。马小燕手握贷款大权,她经常把客户给她的一些高级化妆品和时装转手送给江蓝,但江蓝用不惯,还是化淡妆,穿平价衣服。这反而让马家人放心不少,觉得江蓝不会背着马小军出去勾引野男人。

唯一让马家对江蓝不悦的是,她的肚子一直是瘪的。有一次马金龙多喝了几杯,在家里发牢骚,说江蓝当年跟姓孟的乱搞,一下子就怀上了,怎么进了马家几年都没怀上?这话被彭大年听到了,透露给了许国巍和胡浩。胡浩拉长了脸说,扯淡!这种事怎么能怪江蓝,只能怪你那个大舅子种不好。彭大年那次也是喝多了,醉醺醺地说,实在不行,我不介意奉献一点爱心。但话刚出口,他就被许国巍泼了一脸茅台：狗×的，你敢动江蓝一根指头，老子剁了你的祸根喂藏獒。许国巍养了几只藏獒，经常牵着在砂石场耀武扬威，吓唬那些觊觎他地盘的竞争对手。胡浩也破口大骂，你他妈要是欺负江蓝，哥俩就跟你绝交！彭大年酒一醒，连连赔罪，为了表示诚意，他提出半年之内，三个人的聚餐费由他承包。

马小军的父母不好打听小两口的夫妻生活，只能委托女儿去刺探。马小燕说，江蓝，你跟我哥都不小了，怎么还不要孩子？江蓝说，你和大年不也没要吗？马小燕说，我们情况不一样，医生说我孕酮低，不易怀孕，我正在吃药调理身体。江蓝说，我也想要，但这事急不来。马小燕干脆挑明，是不是我哥身体有毛病？江蓝的脸唰地红了，隐晦地说，你哥只是脑子不好使。马小燕就明白了，她哥那方面没问题。

马母怀疑江蓝当年打胎伤了身子，她要马小燕找了个借口，谎称银行有个免费检查妇科的指标，把江蓝带到医院。一番检查下来，江蓝什么毛病都没有。看来问题还是出在马小军身上，马母不知从哪里找来几个偏方，抓了药，叮嘱保姆煎好喂给马小军喝。马小燕要彭大年找来几部岛国生活片，做贼一样，悄悄放在江蓝和马小军的床头，至于两口子看没看，谁也不知道。一番骚操作下来，江蓝还是没有怀孕。马母只好再去西林禅寺，请求大师指点迷津。大师说，命里有时终会有，命里无时莫强求，阿弥陀佛。听了大师的禅语，马母长叹一声，只得随缘。

许国巍、彭大年和胡浩一度担心江蓝婚后掉进火坑，但事实证明他们是杞人忧天。江蓝嫁给马小军后，生活得到了很大改善，整个人的气色也好了很多，曾经消失的琴声和蓝色马蹄莲裙子又回来了。她每天喝喝咖啡，弹弹琴，看看书，有时还会挽着马小军的胳膊在湖边散散步，日子过得非常闲散。胡浩感叹道，老子忙死忙活，就是为了过上这种生活，江蓝轻飘飘地就实现了。许国巍也笑，她这是妥妥的人生逆袭啊。彭大年则说，这叫大难不死必有后福，我看过她的面相了，以后她会多子多孙五世同堂。这三个曾经的流浪歌手没有丝毫羡慕嫉妒恨，江蓝是他们的公共"情人"，她过得越安逸，他们越欣慰。当年萤火虫乐队结下的友谊，还有那个神秘的夏天，把他们的命运紧紧地捆绑在一起。

总之，江蓝的幸福，就是他们的幸福。

与春天有关的秘密

一

周云鹏被害五天后，顾小白再次召开了案情分析会。段宏汇报了调查汽油来源的情况：走访了全县所有的散装汽油售卖点，把三个月内购买人的信息查了一个遍，每个人都能说清楚汽油的用途。初步调查显示，这些散装汽油的购买人都没有作案时间，也无作案动机。但是否有所隐瞒，不在场证明是否伪造，还需要时间核实。这次调查有个意外收获，端掉了六个非法售卖散装汽油的黑窝点，抓获犯罪嫌疑人十五人。找他们购买汽油的人没有登记任何信息，完全无从查起。顾小白默默地喝着茶，他没有责怪段宏侦查不力，调查前，他就预想到是这个结果。之所以还是把任务布置下去，是希望能出现奇迹。再狡猾的凶手也可能百密一疏，留下痕迹。能不能找到这微不可察的痕迹，要靠敏锐的洞察力，也要看运气。

杜耀文也汇报了他的调查情况：周云鹏有十套房，本地五套，长沙三套，岳阳两套。有四套房连他现在的老婆邓雯都不知道，我们在其中的一套内找到了三支不同牌子的猎枪、若干发子弹、一些珍稀鸟类的标本——有白鹳、黑鹳、白琵鹭、小天鹅、中华秋沙鸭，还有的我叫不出名字。就凭这些，周云鹏不死也够坐十年大牢的。制作标本的人叫孔立勇，在长沙韭菜园开了家宠物商店，大学念的是生物系。二〇一一年，他偷猎时被处罚过，留下了案底。我们把标本上提取到的指纹输入数据库，一比对，就找到了这家伙。据他交代，一些有打猎嗜好的有钱人喜欢将猎物制作成标本，以留作纪念。他有专业技术，就做起了这个非法生意，赚的钱比开宠物店还多。周云鹏就是他的老客户，后来周云鹏又推荐了好几个客户给他。我们找到了其中一个叫戴志平的，是长沙一家广告公司的老总。戴志平交代，他和周云鹏，以及另外三个人是猎友，组成了一个小圈子，经常一起去狩猎，交流经验。哦，另外三个人也都是做生意的，钱多了烧的。

顾小白问，戴志平知道周云鹏死了吗？杜耀文说，知道，他看了新闻。这次周云鹏独自去洋杉湖打鸟，他觉得有点反常。平时他们五个人去打猎，都是结伴，至少也是两个人一起，不会单独行动。因为需要一个人望风，毕竟是非法狩猎，怕逮着。戴志平供出的另外三人也找到了，其中有个叫甘庆忠的交代，在案发头一天，他和周云鹏还联系过，提出去洋杉湖打鸟，但周云鹏说这几天都没空。听说周云鹏是在洋杉湖打鸟时遇害，甘庆忠非常吃惊，不明白周云鹏为什么要拒绝他的邀请，一个人去那里打鸟。

甘庆忠交代的这个情况让顾小白精神一振，这说明案发当天，周云鹏去打鸟很可能是个幌子，他其实是约了人在洋杉湖见面。杜耀文继续汇报，经常跟周云鹏一块狩猎的几个人都查过了，没有作案时间。他们说，周云鹏行事很谨慎，平时去狩猎都不会带圈子外的人，司机也不会带，都是他自己开车。

顾小白心想，周云鹏约在洋杉湖见面的那个人，一定是他非常信任的人。谁是周云鹏最信任的人？亲朋好友、公司高管、司机、发小、同学、相好……这些人都有可能。顾小白放下茶杯说，下一步集中警力，查一查跟周云鹏关系密切的人。至于汽油的来源，暂时不用查了。正说着，刘凤娟的手机响了，她没有马上接听，而是先看了一眼顾小白。刑侦队的外宣，包括警情通报和悬赏通告，留的都是刘凤娟的电话。顾小白示意她可以接听,趁这个空当,他点了一根烟,把胸腔里的一口浊气连同烟圈吐了出来。周云鹏是优秀企业家、政协委员,他的被害引起了有关部门的高度重视,刑侦队的破案压力很大。现在总算查出一点眉目了,在黑暗中看见了一丝光,尽管这束光线还是那么遥远而微弱。

听到刘凤娟的声音越来越高亢,顾小白就知道有情况。果然,通话结束后,她一脸兴奋,顾队,汽油来源找到了!顾小白被一口烟呛到了肺,他剧烈地咳嗽了几声,然后迫不及待地问,快说说,怎么回事?刘凤娟说,有个姓胡的加油站老板看了悬赏通告,说两个星期前,周云鹏来加油时,从车上拿出一个大号可乐瓶,要他把瓶子灌满汽油。因为是老客户,这瓶汽油胡老板就没收钱。顾小白急忙问,周云鹏跟胡老板说了这瓶汽油的用途了吗?刘凤娟摇头说,没有。我已经叫胡老板把监控视频发我,比对一下,看看是不是从洋杉湖里捞起来的那只可乐瓶。大家都觉得,应该就是那只瓶子。但都很纳闷,凶手用来纵火的汽油瓶怎么会是周云鹏本人提供的?难道他是自杀?

几分钟后,胡老板就发来了从加油站提取的监控视频。刘凤娟把这段视频传输到电脑上,将周云鹏手里拿的可乐瓶放大,无论品牌、容积、式样,都跟案发现场找到的那只可乐瓶一致。顾小白说,周云鹏肯定不是自杀!从报警人的描述来看,他被大火围困时,一直试图夺路逃生,求生欲非常强。另外,现场发现了几只被打死的野鸭,一个有轻生念头的人不可能携带猎枪,先猎杀野禽,再猎杀自己,除非是精神病。那瓶汽油应该是凶手找周云鹏索要的,而且是找了个堂而皇之的借口,让周云鹏不好拒绝。作为一个身家上亿的大老板,周云鹏居然心甘情愿帮别人灌装汽油,两个人的关系绝对不简单!还有,凶手一定没有机动车。有车的话,凶手要周云鹏灌装汽油就说不过去。顾小白扫视了一眼众人,说,现在可以把排查范围缩小一点了，重点查跟周云鹏关系密切，但又没有机动车的人。

快散会时，段宏嘟囔了一句，湘江造纸厂是不是风水不好，这两年死了好几个人，都是横死。杜耀文接腔，是有点邪乎，十三年前，湘江造纸厂也死了一个，是个老师，被一个女生用枪打死在防空洞里，还是梁队破的案。顾小白拿茶杯的手似乎被蚂蚁咬了，抖了一下，杯盖掉在桌上。段宏满脸惊疑，顾队，您怎么啦？顾小白低头吹着茶沫，其实茶水早就凉了，他问，你刚才说纸厂有几个横死的，都是谁啊？段宏一愣，顾队，您对那个纸厂很熟啊？顾小白说，我就是从那里出来的，我爸是纸厂的老职工。大家面面相觑，他们只知道顾小白是本地人，但不清楚他以前是湘江造纸厂的子弟，幸好刚才没说太难听的话。

段宏的父母本来是菜农，城区加速扩充，他家的菜地被征收，一夜之间成了暴发户。整个刑侦队，就数他抽的烟最好。他递给顾小白一根和天下：顾队，抽这个。帮顾小白点着烟后，他说，去年中秋节晚上，湘江造纸厂的原厂长马金龙在家吃团圆饭，喝多了，再也没醒来。去年中秋顾小白在湘西一个鸟不拉屎的小镇上抓逃犯，回来听父母说马金龙死了，是心梗，享年六十二。顾小白当时也没在意，江蓝和马小军结婚后，他对马家的事都是有意忽略。顾小白问，马金龙年纪大了，身体又不好，生老病死不是很正常吗？段宏说，马家对外面说马金龙是心梗，其实不是。顾小白有些吃惊，这个情况他并不掌握。

段宏说，中秋节那天晚上十二点四十分，马金龙的妻子王妍起来上厕所，发现马金龙全身冰凉，没了呼吸，就赶紧打了120。医生赶到后，发现马金龙已经死亡。王妍觉得蹊跷，就报了案。当时是我跟梁队和姚法医一块去的马家，在水岸东湖小区。现场没发现问题，就把人拉回来做尸检。尸检结果表明，马金龙是死于胰岛素注射过量引起的低血糖，死亡时间是晚上十一点半左右。马金龙有糖尿病，每天睡前都要注射胰岛素，可能中秋节晚上喝多了，脑子迷糊，把量搞错了，家属也认可了这个结论。顾小白皱了皱眉：排除他杀嫌疑了吗？段宏点点头，那晚吃团圆饭的都是马家的人，马金龙和妻子，儿子儿媳，女儿女婿。吃完后，女儿女婿回自己家了，也在水岸东湖小区。儿子儿媳就住马家龙夫妇对面，没马上回家。勘查现场时，发现门窗完好无损，胰岛素注射笔和药瓶上只有马金龙自己的指纹。最关键的证据是，王妍证实，当晚她和马金龙睡一张床，什么动静都没听到，不可能有外人进来。顾小白有点疑惑，那她为什么要报警？段宏说，马家吃团圆饭时喝的是茅台，其他人都喝得很少，就马金龙喝得最多，王妍怀疑是假酒中毒。死于胰岛素注射过量，是自己把自己弄死，说出去不好听，所以家属就对外说马金龙是心梗。

杜耀文在旁边补充道，马金龙的儿媳，就是十三年前误杀老师的那个女生。

顾小白的脸笼罩在烟雾中，他说，我知道，她叫江蓝，是我同学。

大家对视了一眼，觉得有些巧，但没吭声。顾小白问，纸厂还有谁非正常死亡？杜耀文说，丁保国，原湘江造纸厂保卫科科长。顾小白一愣，这事他还不知道。丁保国进保卫科之前，在省里的摔跤队当运动员，在比赛中拿过几块银牌。听说纸厂被收购后，他进了周云鹏的公司，还是干老本行，职务也没变。他平时壮得像头牛，年纪也不算老，应该不到五十五岁，怎么也死了？杜耀文说，今年四月十八日，死在鹤龙湖边的躲风亭，案子是我经手的。

顾小白随着杜耀文的回忆穿越到了鹤龙湖，小时候，他经常去那里钓螃蟹、摘莲蓬。夏天荷花一开，宛如美人出浴，妖娆香艳。杜耀文说，接到报警时，我赶到现场，看到丁保国倒在自己的越野车旁,已经死了,浑身肿胀,皮肤里有很多针芒状的东西,惨不忍睹。因为丁保国一直干保卫工作,得罪的人多,所以最初怀疑是他杀。但现场勘查时,在地上发现了一部尼康单反和一把车钥匙,车钥匙是丁保国的。亭子下面有个破碎的马蜂窝,地上还有一些马蜂的尸体。在躲风亭的飞檐上,有马蜂筑巢的痕迹,我马上就想到丁保国不是他杀,是被蜇死的。马蜂窝不知怎么掉下来了,他逃跑时可能过于慌乱,把车钥匙掉在了地上,没法到车里躲避。那些针芒状的东西就是马蜂留在他体内的毒刺,老姚尸检后也证实了这一点,死亡时间大概是上午十一点左右。

顾小白问,谁报的警?杜耀文说,一个钓鱼的,刚好骑自行车路过,十二点零五分报的警。顾小白问,丁保国去鹤龙湖干什么?杜耀文回答,也是去钓鱼,在湖边发现了渔具,上面提取到了丁保国的指纹。顾小白又问,去钓鱼怎么还带着单反?杜耀文说,丁保国是摄影爱好者,作品获过奖。那部单反里有他拍的照片,时间显示就是他死前拍的,他大概十点半左右到了躲风亭。

顾小白陷入了沉思,他凝视着窗外,那里有一座巍峨的状元牌坊,明代县里出过一个状元,后来当了尚书,正史上有记载。顾小白没宣布散会,谁也不好意思走,尽管现在的讨论已经跟周云鹏的案子无关。男同志闲得无聊,都在吃槟榔,湖南人好这口。女同志则在刷手机,彼此聊些八卦。顾小白突然扭过头来说,把马金龙和丁保国的全部卷宗给我!杜耀文诧异地问,顾队,都结案了,您要这个干吗?段宏说,两个人都是意外死亡,错不了的。顾小白的目光望着虚空中的一点,反问,周云鹏、马金龙、丁保国,都是豪森纸业集团的高管,你们不觉得奇怪吗?大家全都一个激灵,原湘江造纸厂有数千人,被收购后各谋生路,干什么的都有,非正常死亡几个人并不稀奇。但这两年死的三个人,不仅是原湘江造纸厂的同事,又是豪森纸业集团的同事,实在是太巧了。

马金龙是二〇一三年退休的，因为身体不好，提前了两年。丁保国也是提前退休，二〇一七年底办的手续，是他自己不想干了，整天跑出去摄影、钓鱼。正因为两个人死的时候都已退休，大家没把周云鹏被害跟他们联系在一起。现在被顾小白提醒，全都觉得有些邪门。杜耀文递过去一块槟榔，顾小白摆摆手，没接——这是他在缉毒队养成的习惯，经常要用舌头鉴定毒品，平时不能吃太刺激的东西，会破坏味蕾。杜耀文试探着问，顾队，你怀疑马金龙和丁保国的死有问题？

顾小白吐着烟圈，慢条斯理地说，周云鹏的死，一开始不也是认为没问题吗？姚伟明的脸涨红了，不服气地说，主观判断可能会出错，但尸检不会，这是科学。顾小白换了个舒服点的坐姿，说，尸检结果只能查出死因，并不能准确无误地还原死亡过程。打个比方，发现一具腐败的尸体，尸检表明是中毒死亡。但到底是服毒自杀，还是被人毒杀，尸检就很难做出判断。

姚伟明无话可说，作为法医，他知道顾小白说的没错。但他还是很不甘心，毕竟马金龙和丁保国都是他做的尸检，意外死亡的结论跟尸检结果有直接关系。不过，他没再反驳，懂得见好就收。顾小白质疑两个已完结的案子，就是质疑整个刑侦队的能力，是犯众怒，用不着他当这只出头鸟。

果然，大家的脸色都很不好看。尤其是杜耀文，脸色阴沉得像是要滴下水来。周云鹏的案子最初出现误判，被顾小白纠正过来。大家虽然有些难堪，但还能接受，毕竟当时还处在勘查阶段。但马金龙是去年秋天死的，丁保国是今年春天死的，两个人坟头的草都有三尺深了。顾小白突然说案子有问题，那不是暗指他们办案无能吗？死者的家属要是知道了，还不得到队里来闹事？要是在网上发个帖什么的，刑侦队就名誉扫地了，以后谁还好意思穿着这身警服出门？大家越想越难受，要不是就在顾小白的眼皮底下，肯定有人要跟梁队打电话告状。

顾小白看出了大家的心思,他慢悠悠地喝了几口茶,然后直接拨通了梁斌的手机,并且按下了免提。听到那个熟悉而虚弱的声音时,大家全都竖起了耳朵,连刚才一直在窗外嘶鸣的蝉也瞬间哑巴了。

顾小白把周云鹏的案子,以及他对马金龙和丁保国之死的质疑,简明扼要地告诉了梁斌。他还说自己正在开会,跟大家讨论这三个案子。话筒那边沉默了一会儿,一股福尔马林的气味似乎顺着无线信号传输过来,呛得让人难受。大家纷纷交换着眼神,都很担心梁队被气出个三长两短。梁斌终于开腔了,令所有人惊讶的是,他并没有说那三个案子,而是说起了十三年前那个夏天发生的事情,说起了孟海的案子。他说,当时所有的证据都表明孟海是盗窃嫌疑犯,是自己开枪走火把自己打死。但顾小白提出了不同意见,最后证明,他的意见是对的,孟海的死另有原因。

梁斌没有在电话里说孟海是被江蓝误杀的,他现在已经不肯定了。服下护士送来的药片,梁斌继续说,一个案子,即使结案了,也可能存在错误。不能因为怕丢面子,怕担责任,就对疑点视而不见,甚至故意忽略。做人要有担当,特别是做一名警察。所谓结案,对于刑警来说,只是在现有的证据条件下终止侦查。一旦有新的线索出现,就要毫不犹豫地重启调查,良好的纠错机制才能避免冤假错案的发生。

梁斌挂了电话后,办公区里一片寂静,蝴蝶从窗外飞过的声音似乎都能听见。大家没想到顾小白和梁斌有这样一层特殊关系,更没想到他有一段如此传奇的经历。顾小白也没想到梁斌会把这段往事说出来,他原本只是想借助梁斌的威望来说服大家,支持自己的工作。顾小白的眼睛有些湿润,他仿佛又回到了十八岁那年夏天,那时梁斌意气风发,那时他年少轻狂。

如果时间定格在孟老师遇害之前多好！顾小白心想，哪怕他只是一个社会闲散人员，他也觉得世界充满了诗意。至少，能时时闻到梦的气息。但上警校后，他再也没有闻到过这种气息。他做的那些梦，再也跟春天无关，而且无色无味，连形状都没有。

杜耀文站起来，沉声问，顾队，要并案侦查吗？

顾小白调整了一下情绪，摇摇头，暂时不需要，我看了卷宗再说。提出疑问并不意味着一定有问题，猜想可以天马行空，但给案件定性时必须谨慎，要用证据来说话。对了，这件事要保密，以免引起不必要的麻烦。

大家齐声答应，顾小白宣布散会。

十几分钟后，刘凤娟拿来了卷宗，很薄，两个卷宗加起来不到十页，里面夹杂着一些现场照片。顾小白看得很慢，两位死者都是以前的熟人。字里行间似乎有股湘江造纸厂的味道，透过纸张扑面而来。顾小白已经有十几年没有见到这两个人了，对他们的记忆，还停留在那个阳光如血的夏天。

顾小白有一种恍如隔世的感觉，现在的他，回首十八岁那年，就像在看一部玛丽苏的电影。他有时候会怀疑，宇宙中是不是真的有平行空间？一个人可以分裂成两个不同的自己，彼此独立，没有交集，他们在各自的空间做着不同的事情。有时候他又想，时间是不是还停留在十八岁那年夏天，自己还在做梦？孟老师被杀和江蓝坐牢，都是梦境中的情节，并非真实存在。为此，他特意去看过心理医生。医生非常肯定地告诉他，他没有做梦，还说他是因为工作压力太大，有轻微的焦虑症，产生了妄想。

拿着医生开的抗焦虑药物，顾小白如释重负，相信自己真的不是在做梦。但走出医院，被阳光一照射，他又动摇了，会不会刚才看医生也是梦里的情节？治疗焦虑症的药他没有吃，扔了。他叹了口气，如果这真的是梦，那这个梦也太长了，长得没有尽头，没有出口。

两份卷宗里都有江蓝的笔录。

看到这个散发着香椿味道的名字,顾小白有些恍惚。

他感觉自己就像坐在飞速旋转的木马上,整个世界都让他眼冒金星。

二

年少时,总喜欢做些刺激的事情来消耗体内过剩的荷尔蒙。顾小白和胡浩多次在清明时节横渡过湘江,从乌龙咀下水,游到对岸的斗米咀,只为了去那里看一眼望不到边的油菜花田。其实乌龙咀就有码头,坐渡船过去不到十分钟,泅渡却要半小时以上。有一阵子,顾小白不知道哪根脑神经短路了,迷上了考古。江边树林里有一片乱葬岗,他经常冒着被蛇咬的风险,拨开坟头前齐人深的荒草,查看墓碑的年代。墓葬以民国时期居多,他见到的最久远的墓碑是北宋崇宁年间的,碑刻是瘦金体。他觉得每块墓碑都是一个沉默而悲伤的密码,浓缩着逝者一生的秘密。

二〇〇四年夏天,萤火虫乐队的全体成员去防空洞探险。是彭大年提议的,他家的金毛走丢了,有人看见它跟着一条野狗进了防空洞。金毛叫巴顿,很拉风的一个名字,却是母的,彭大年每晚都抱着它睡觉。就跟女生来例假一样,每个月总有几天,男生身上都会散发出梦留下的气息,只有彭大年没有,他身上永远一股狗骚味。结婚后,彭大年还想养金毛,但被马小燕明令禁止:老婆和狗,二选一!据胡浩说,婚庆公司初创时很艰难,彭大年每天累成狗也挣不到什么钱,跟马小燕好上才转运。彭大年爱狗,但不想过狗一样的生活。

巴顿失踪了两天两夜还没回来,彭大年急得魂不守舍。他想去防空洞里找，一个人又不敢，就怂恿大家一块去，还找了个扯淡的理由——说防空洞里有水猴子，从湘江里爬上来的。这是一个人类尚未知的新物种，如果抓到了，会轰动世界，国家还会重奖。到时每个人都能分好几万，说不定还会以大家的名字命名这种神秘生物。水猴子就是当地传说的水鬼，人脸猴身，遍体黑毛，嘴里有獠牙，动作异常敏捷。人被淹死，都是因为被水猴子抱住了腿往河底拖。彭大年把找金毛上升到了新物种发现的高度，大家要是不去就显得很没科学觉悟。江蓝犹豫地说，我有点怕。顾小白豪情万丈地拍着胸脯：别担心，我有刺刀！

刺刀是顾小白在江边捡到的，抗战时期，日军多次沿湘江进犯长沙。经常有挖沙船把当年的战争遗物带上岸，顾小白见怪不怪。刺刀从泥沙里挖出来时锈迹斑斑，顾小白花了一个下午把它打磨得寒光逼人。萤火虫乐队的五个人一大早就进了防空洞，除了刺刀，还带了两个手电筒，一个帆布包——里面装满了零食和矿泉水，是大家凑钱在江蓝外婆的南杂店里买的。顾小白和彭大年在最前面开路，江蓝走中间，胡浩和许国巍殿后。虽然大家以前都来过防空洞，但都是在纸厂下面的区域活动。实际上，防空洞错综复杂、深不可测，有人说绵延几十公里，还有人说上百公里，可以一直通到长沙。到底有多长，谁都说不清楚，也没有人完整地走过一遍。

越往里走，光线越暗，温度越低。地面长了许多青苔，滑溜溜的，稍不留神就容易摔倒。顾小白很小就知道，秘密和黑暗都是有气味的，它们就是防空洞里的味道，但很难形容像什么。五个人一开始还有些兴奋，不断讲鬼故事。但走了不到一个小时，就都不怎么说话了。无边的黑暗把大家彻底吞没，防空洞就像一口巨大的棺材，让置身其中的人感觉孤独、恐慌和压抑。

尽管顾小白有些紧张，却很享受这种感觉。江蓝离他咫尺之遥，他能闻到她身上散发出的猫尿味。因为路滑，江蓝时不时还会拉一下他后背的衣服。肌肤接触的瞬间，他浑身的毛孔都会收缩，就像通了电，畅快无比。他甚至感觉一股岩浆就要从体内喷薄而出，把自己烧成一团火球。胡浩说，小白，我跟你换个位置吧，走在最后太瘆人了，我怕水猴子把我抓走了你们都不晓得。顾小白心里跟明镜似的，知道这厮是找借口，想体验被江蓝拽后背的感觉。他当即拒绝，不行，我要拿刀在前面开路。胡浩贼心不死，说我来当这个前锋，谁他妈敢挡路，死啦死啦的。顾小白义正词严，你拿着刺刀走前面，跟汉奸带路似的，我们全都成了皇军，太丢人了，是中国人都不能答应！胡浩长得很瘦，还喜欢斜着眼睛看人，就像抗日神剧里那种抽多了鸦片的翻译官。胡浩的阴谋没有得逞，嘟囔着骂了声"八格牙路"。

那时候手机还是奢侈品，很多大人都舍不得买，学生更是没有。五个人中，只有顾小白带了块父亲淘汰的旧手表。快到中午十二点了，大家找了个相对干燥的地方坐下来吃东西，有巧克力、沙琪玛、火腿肠和蛋糕。找了一上午，一根狗毛都没找到，彭大年的嗓子也喊哑了。传说中的水猴子更是毫无踪影。许国巍说，一路上我总感觉后面好像有什么东西在跟着我们，回头一看什么都没有。江蓝也说，总感觉黑暗中有双眼睛在盯着自己。彭大年说得更玄乎，说好几次感觉有人在摸他，有时摸头，有时摸肩，有时还摸屁股，而且像是女人的手，有股香水味。

胡浩跟只袋鼠似的跳起来，尖声说，我不想走了，也走不动了。江蓝说，听我外婆讲，挖防空洞的时候挖出了好多死人骨头，好像就在这一带，再往前走，我们就钻坟包里面去了。许国巍和彭大年听得头皮发麻，都表示同意回去。顾小白其实还想再走一段路，但看见大家都打起了退堂鼓，也就不再坚持。

五人开始往回走，但走着走着就发现了不对劲。前面出现了一条非常狭窄的过道，只能容纳一个人侧身通过，而来之前根本就没有。负责带路的顾小白知道走错了,只好掉头。没走多久,看到一条很长的阶梯,螺旋向上,这在之前也没见过。肯定又走错了,顾小白再次转身往回走。但不管怎么走,都感觉跟来时的路不一样。在一个十字路口,大家停下了脚步,都不知道该往哪个方向走。进洞时,顾小白考虑过迷路的问题,特意带了一盒粉笔,各种颜色都有。沿途他不断用粉笔在墙壁上做记号,但返回时,那些记号却消失了,像是被人抹掉的。顾小白懊恼地说,糟了,好像迷路了。许国巍问,不会是遇到鬼打墙了吧?彭大年一拍脑袋,恍然大悟地说,想起来了,今天是鬼节,我们肯定是撞邪了!他话音未落,就被胡浩在屁股上踹了一脚,马后炮,你他妈怎么不早说,想害死我们呢!让人意想不到的是,江蓝这个时候表现得比谁都镇定,她说,都别慌,孟老师说了,All roads lead to Rome,一直往前走,肯定能走出去!

"条条道路通罗马"这句话江蓝是用英语说的,很纯正的发音,也很性感。顾小白身上熄灭的火焰好像又被点燃了,他握紧了手中的刺刀,大步朝前走去,大家按照原队形跟在后面。江蓝一改之前的寡言少语,变得活跃起来,甚至开起了玩笑。她说,让浩子走前面吧,走后面的不一定都是皇军,也可以是游击队,我们就当是押着汉奸去偷袭鬼子炮楼。大家都笑了起来,胡浩也笑了,如果是别人这么挤对他,这家伙肯定要骂骂咧咧。但被江蓝取笑,他没一丁点儿脾气。

在防空洞里走久了,被黑暗和寂静紧紧压迫着,会有一种穿越时空隧道的感觉。顾小白至今记得很清楚,那天江蓝问大家,如果能穿越到从前,你们最想干什么?胡浩第一个回答,我想爸妈把我生得帅一点,以后就会有大把的女生给我写情书。许国巍说,我想好好念书,当个学霸。现在功课拉下太多了,想赶都赶不上,考大学是没指望了。彭大年说,我想说服我妈,让我进花鼓戏剧团。

顾小白记得上小学四年级时,县花鼓戏剧团到子弟学校来招小演员。有一半的学生都报了名,最后只录取了两个,彭大年就是其中之一,因为他长得好看,招生的人说他长大了可以演小刘海。但彭大年的母亲舍不得儿子这么小就去剧团吃苦,硬是不准他去,名额让给了一个叫曹阳的男生。彭大年上高中时,曹阳已经是县花鼓戏剧团的当红小生了,经常到省里演出,压轴戏就是《刘海砍樵》。彭大年在街上碰见过曹阳几次,对方骑着一辆拉风的雅马哈摩托,鼻孔朝天,都没拿正眼瞧他。

江蓝拽了拽顾小白的衣服后摆,问道,你呢,穿越回去最想干什么?

顾小白对当时自己的回答记忆犹新,他说,我想去漕溪港读小学和初中。江蓝问,为什么呀?上纸厂的子弟学校不是更方便吗?顾小白说,我想跟你做同桌。此话一出,胡浩、许国巍和彭大年哄笑起来,说江蓝你还没听出来吗?小白暗恋你呢!顾小白不知道江蓝的脸红了没有,应该红了,但黑暗中他没法确认。江蓝说,别开玩笑了,你们这些小男生,还没长胡子呢,懂什么叫爱情?

如果在平时,顾小白断然不好意思说出这种话。但黑暗很好地掩饰了他的腼腆,让他有了直抒胸臆的勇气。他知道自己没跟江蓝开玩笑,是认真的。从小到大,他回答任何老师的问题时都没这么认真过。他也没觉得自己不懂爱情,人到中年后他更是觉得,男人一生中最懂爱情的年纪,就是在少年时代。

那天,防空洞里阴风阵阵,像女人的呻吟,又像是有人在唱花鼓戏。顾小白点了一根白沙烟,对江蓝说,你还没说自己呢。

江蓝的脚步明显放慢,沉默了一会儿,她说,我想回到厂里发生氯气泄漏事故的那一天,把我爸妈救出来。防空洞里迅速陷入寂静,风声似乎也停止了,只听见走路的脚步声。走了几分钟,顾小白说,那我们都跟你一块去救人。胡浩、许国巍和彭大年纷纷附和,说这才是他们穿越回去最想做的事情。江蓝笑了,说谢谢你们!江蓝的笑顾小白并没有看见,是感应到的。她笑的时候,就像一朵悄然绽放的夜来香。过了十八岁那个夏天,顾小白发现自己丧失了这种在黑暗中的神奇感应力。

他们走到下午四点多钟,还是没有发现出口。手电筒的电池早就耗光能量了,零食和矿泉水也没了。五个人又停下来,彭大年说,听说鬼节的时候鬼门关会打开,我们会不会不小心闯进来了?许国巍故意拉长声调,有可能我们正走在黄泉路上,前面就是奈何桥,再往前是阎罗殿。顾小白说,还有一种可能,我们已经变成僵尸了,只是自己不知道。胡浩呛道,我和江蓝没可能,你们三个人倒是很有可能,尽说鬼话不说人话。江蓝却不介意,她说真要是去了阴曹地府,她就学孙悟空大闹阎罗殿,逼着阎王爷把她爸妈放出来。

多年后,回首这段往事,顾小白发现江蓝在黑暗中胆子很大,话也比较多,但在光明的地方就温婉含蓄。这种强烈的反差让顾小白有些迷惑,到底哪一个她更接近真实的江蓝?在顾小白的记忆中,同学三年,江蓝只有一次惊慌失措,那就是孟老师遇害的那次。除此之外,她总是安静从容。就像她在广播里用英语朗诵莎士比亚的十四行诗,语调轻柔,节奏很慢,却有一种浸润人心的力量。

那天下午,五个人商量了一会儿后,决定继续往前走。又走了两个多小时,顾小白点烟时,在火光中看见了一条螺旋上升的阶梯。他叫了起来,中午我们不是走过这里吗,怎么又绕回来了?江蓝也认出来了,说,没错,这就是我们第二次掉头的地方!胡浩心惊胆战地说,不会真的遇到灵异事件了吧?

顾小白自告奋勇地说,你们在这儿等我,我上去看看。江蓝说,不能让你一个人去冒险,要去一起去。大家踩着湿滑的青苔,小心谨慎地走上台阶,却失望地发现尽头不是出口,而是又出现了一个洞口,黑黝黝的,什么都看不清。大家不敢进去,只好原地返回。

这时，五个人又累又饿，全身发冷，再也没有心思讲鬼故事、开玩笑了。许国巍和胡浩开始埋怨彭大年，说他为了一只狗，把五个人都搭进来了。彭大年争辩道，他不是单纯为了自家的狗，还为了发现一个新物种，科学探索本来就充满风险，都是踩着前人的尸体艰难跋涉。顾小白有些烦躁地说，别讲废话了，还是想想怎么出去吧。江蓝说，再走下去也是兜圈子，干脆不走了。这么晚没回家，肯定会有人来找我们。大家都觉得江蓝的话有道理，与其像只无头苍蝇一样瞎转悠，不如节省体力等待救援。

五个人瘫坐在地，围成一圈。大家仿佛置身于地心深处，外部世界的任何动静都听不见。偶尔有一滴水从洞顶掉下来，落在水洼里，如同时间破碎，发出一种古怪的声音。为了消除这种幽闭带来的心慌，顾小白问江蓝，你们女生平时都聊什么？江蓝说，聊看过的电视和崇拜的明星，聊漂亮衣服，对了，还聊男生。胡浩来了精神，问道，女生都喜欢什么样的男生？江蓝咯咯笑着，这可是女生的秘密，我不能当告密者。许国巍说，你不说别人，就说你自己呗。胡浩诅咒发誓，谁泄密谁乌龟王八！顾小白和彭大年也一起附和，说保证守口如瓶。

江蓝一开口就让胡浩激动得差点尿了裤子，我喜欢浩子这种没有心机、不做作的男生。这太出人意料了，顾小白以为是幻听。但江蓝的下一句话就把胡浩的尿憋了回去，我还喜欢巍子的声音，有磁性，唱歌很好听。在大家还没反应过来时，她继续说，我喜欢大年这种帅帅的样子，小白的歌词写得非常棒，我也很欣赏。四个男生终于明白了，江蓝这是拿他们打趣呢。她谁都不得罪，每个人都夸了一通，真是冰雪聪明！黑暗中，顾小白分明看见江蓝的脸上带着狡黠的笑，她问道，你们呢，喜欢什么样的女生？

顾小白、胡浩、许国巍和彭大年几乎是异口同声地喊起来，就是你这样的！

江蓝笑得花枝乱颤，说你们这些小男生报复心可真重，逗你们一下，就一起来笑话我。不好玩，我给你们唱段花鼓戏吧，解解闷。顾小白心里很清楚，他没有笑话江蓝，他相信胡浩、许国巍和彭大年也是这样想的，他们喜欢的女生就是她这个样子的——耐看，成绩好，总是考第一名；身上有猫尿味，眼里一会儿有海，一会儿有雾，有时忧郁有时明媚；大部分时间安静得像棵树，偶尔调皮得像只小松鼠——比如现在；声音如黄莺啼谷，能说一口性感的英语；会弹电子琴，会唱花鼓戏……如果不是黑暗给了四个男生勇气，也许他们一辈子都不会说出那句话。

江蓝唱的是《刘海砍樵》，她以前在班会上唱过。湘江边的孩子，很少有不会唱花鼓戏的，多少能哼上几句。但像江蓝这样，一个人能分饰两角，既唱花旦又唱小生的，应该没几个，至少顾小白没见过。想来想去，顾小白还是觉得用"性感"这个词形容江蓝的唱腔最合适。整个少年时代，"性感"是他使用最频繁的一个形容词。凡是美好的事物，比如吃的喝的，好书好风景，还有那些与春天有关的梦，都能带给他生理上的愉悦，唤醒他潜藏在身体内的一种本能，这就是性感。

江蓝唱完花鼓戏后，又唱起了歌。四个男生也加入进来，变成了大合唱。他们一首接一首地唱着，有好多歌是萤火虫乐队演出时唱过的。没有灯光，没有麦克风，没有乐器伴奏，没有观众，他们却比任何时候唱得更投入更真诚。在漫无边际的黑暗中唱歌是一种很特别的感觉，没有视觉的干扰，心无杂念，歌声异常干净，能直抵灵魂深处。当灵魂温暖起来，身体也就不冷了，疲惫和饥饿感也少了许多。但唱着唱着，歌声不再像最初那样浑然一体，而是像被什么尖锐的东西撕开了一条缝——一个干涩的声音掺杂进来，而且总是慢半拍，听着很是违和。大家都觉得有些诧异，谁在这个时候搞怪？五个人不约而同地停止了唱歌，却惊骇地发现那个声音还在继续，不是来自五人当中，而是来自附近！

妈呀，有鬼！胡浩吓得大叫一声，五人的屁股底下像是装了弹簧，全都跳起来。顾小白紧握刺刀，跟胡浩、许国巍和彭大年一起把江蓝护在中间。顾小白觉得，这是自己有生以来最绅士，也最英雄主义的一次，比后来当警察解救人质还拉风。大家的身体紧挨着，不知谁在发抖，也许都在发抖。顾小白听见一阵牙齿碰撞的声音，像是胡浩发出的，又像是许国巍和彭大年发出的，很刺激神经。那一瞬间，课堂上学过的唯物主义和无神论都被抛在脑后，以前看过的各种恐怖片情节全都浮现在眼前，那些厉鬼个个披头散发、青面獠牙，吃人不吐骨头。江蓝却显得很镇定，她说，大家别怕，不是鬼，是小军。

四个男生仔细一听，的确是马小军在唱，顾小白还闻到一股淡淡的香水味。萤火虫乐队演出时，马小军是最活跃的粉丝，堪称骨灰级。他经常和乐队互动，跟着一起唱，大家对他的声音并不陌生。刚才过于紧张，一时没想起来。顾小白打着打火机，微弱的光亮中，大家看到马小军站在几米远的地方，边打拍子边唱《海阔天空》。胡浩气不打一处来，吼了一嗓子，你个脑膜炎，在这里鬼叫什么？马小军停下来，迷茫地看着大家，你们怎么不唱了？江蓝走上前去，细声细气地问，小军，你什么时候来的？马小军说，我早上进来的，一直等着看你们演出呢。大家全明白了，马小军以为大家是去防空洞里演出，就悄悄尾随在后面。江蓝感觉黑暗中有双眼睛看着她，许国巍感觉身后有人，应该就是马小军。他真是个幽灵一样的存在，无迹可寻又无处不在。后来顾小白看《剧院魅影》，觉得马小军就像剧中那个深爱女高音克里斯汀的神秘魅影。

马小军的意外出现，让大家觉得获救更有希望了。因为他是马厂长的儿子，他一天没回家，马厂长肯定会发动大批人来找的。马小军突然问，我饿了，你们有吃的吗？江蓝这才想起他一天没吃东西了,她歉意地说,对不起,小军,我们也没吃的了。她刚说完,每个人的腹中就响起咕咕的叫声,像荷塘里此起彼伏的蛙鸣。马小军说,那我们回家吧,我家里有好多好吃的。顾小白懊恼地说,我们迷路了,出不去了。马小军说,我知道怎么出去。大家眼睛一亮,全都喜出望外。马小军经常在防空洞里转悠,熟悉环境,他很可能知道出口在哪里。江蓝说,小军,那我们跟着你走。马小军点点头,朝螺旋阶梯走去。五个人面面相觑,这条阶梯他们之前走过,并没有发现出口。看到马小军走得很坚决,大家犹豫了一下,还是跟在了后面。

从阶梯尽头进入一个岔洞,约莫走了四十分钟,前面出现了斑驳的亮光,还隐约听见汽笛声。洞口掩埋在一处茂密的灌木丛里,顾小白一马当先,用刺刀挑开灌木,劈出一条路,大家终于走了出来,发现这里是江边,月色如霜,渔火点点,乌龙宝塔就在十几米远的地方。以前大家没少来这边玩,却从来没注意到灌木丛下面有条防空洞。

回纸厂的路上遇到了马金龙和丁保国,他们带着保卫科的人正到处找马小军。儿子平安归来,马金龙一句责备的话都没说,高兴地把他搂在怀里,说,臭小子,你妈做了你最爱吃的粉蒸肉,回去叫小燕热给你吃。丁保国问大家去哪儿了,顾小白把刺刀藏在身后,撒了个谎,说,排练新歌去了。这个借口其实很幼稚,因为大家都没带乐器,身上还满是防空洞里的那种奇特味道。但丁保国并没怀疑。也有可能是看见马小军跟大家在一起,他不好说什么。那一天萤火虫乐队玩了一把心跳,结局却跟设想的不一样。大家原以为消失一整天后会有很多人来找,实际上只有马小军的父亲带人来了,而且找的只是他自己的儿子。四个男生都有些郁闷,发现自己竟然连一个傻子的待遇都不如。

那天晚上回到家,顾小白的父母正在看抗日神剧,问都没问儿子去哪儿了。从那以后，顾小白就知道，人并没有自己想象的那么重要，缺了谁地球自转的角度都不会偏差一分。

　　黑暗像个大熔炉，把五个人融为了一体。有了这段经历，萤火虫乐队捆绑得更紧密了，集体活动的次数明显增多，有时候是演出，有时候是郊游。四个少年对江蓝也有了全新的认识，在漫无边际的绝望中，她就像一只萤火虫，虽然发出光亮非常微弱，却足以照亮黑暗，温暖灵魂。很多年后，这次钻防空洞的情景依然在顾小白的脑海里无比鲜活，它不是漆黑灰暗的，而是色彩斑斓的。他还记得那些在地穴里飞舞的歌声，特别干净，特别有力量。他后来再也没有听过这么震撼的歌声了，真的，再也没有！

三

　　马金龙和丁保国的卷宗，顾小白翻来覆去地看了一整天。次日一上班，他就带着段宏驱车直奔鹤龙湖边的躲风亭。一路上段宏喋喋不休，说的不是案子，而是不知道从哪里打听到的顾小白过去的事，当然，都是被美化过的。段宏着重提起了萤火虫乐队，说小时候就听说过，非常牛，不过那时自己还在上小学，没有看过乐队演出。很多少年都有一个流浪歌手的梦，段宏说自己也有，曾经梦想抱着一把吉他，踯躅在心上人的窗外，弹情歌给她听。但可惜吉他没学会，暗恋的姑娘也嫁给了别人。段宏问，顾队，当年您那么酷，一定有很多女孩子给您写情书吧？顾小白没有回答，也不知道该怎么回答。组建萤火虫乐队的那段时间里，他的心思都在江蓝身上，有没有别的女生向他表示过爱慕，他不记得，也完全忽略了。

　　看到顾小白沉默不语，段宏也不好多问，他吹着口哨，目光迷离，似乎在怀念曾经暗恋的女生。以前从县城到鹤龙湖要坐渡船，现在湘江上修了大桥，驱车半小时就能到。一路上风景不错，特别是进入湖区后，放眼望去，烟波浩渺，万鸟竞飞，蔚为壮观。湖面上荷花盛开，宛如一个个在碧波上舞蹈的小精灵。鹤龙湖原本是洞庭湖的一部分，后来围湖造田才分割开。据县志记载，乾隆下江南时，在洞庭湖突遇狂风大浪，只得将龙船停靠湖边。之后，当地乡绅就在此修建了一座凉亭以纪念这事，名曰躲风亭。

顾小白走的是丁保国遇害那天的行车路线，当时正值春暖花开，丁保国沿途拍了不少照片，看起来心情很不错。沿着一条比较偏僻的湖滨小路开了十几分钟，猎豹在躲风亭前面停下来，这也是丁保国当初的停车位置。车还没停稳，顾小白的目光就聚焦在亭子左边，那里有几棵桃树，临水而立。他熄了火，从卷宗里抽出一沓照片——都是丁保国遇害那天用尼康数码相机拍摄的。顾小白看着照片，眉头紧锁。段宏发现顾小白神色不对，好奇地问，顾队，您怎么了？顾小白问，案发那天，丁保国拍的照片都洗印出来了吗？段宏点头，肯定地说，是我洗印的，一张不少！顾小白问，那天是三月三，对吧？段宏不明就里地回答，对，三月三，摘荠菜，煮鸡蛋，顾队，老家的风俗您还记得呀？

顾小白说，别扯"蛋"！如果我没猜错，丁保国的相机被人动过手脚，在洗印前，有些照片就被删除了。段宏惊讶地问，不可能啊，我们到现场时，单反就在尸体旁边，后来一直是我保管的，在洗印前单反没人动过。顾小白说，在你们来之前，相机就被人动过手脚了。段宏更加惊疑了：顾队，您为什么会这样认为？顾小白放下照片，反问，这个地方，你认为最佳摄影点在哪里？段宏看着车窗外凝思着，然后说，应该是那几棵桃树。三月三，桃花缤纷，倒映在湖面上，绝对是一景。顾小白没说话，他把手里的一沓照片甩给段宏。这些照片段宏以前看过多次，不仅他看过，刑侦队的人都看过，没发现有什么问题。不就是些风景照吗，能有什么问题？

在顾小白的注视下，段宏再次审视起了照片，想从中找到一些蛛丝马迹。但翻来覆去地看了几遍，他还是一无所获。顾小白苦笑一声，他说，问题不在于照片本身，而是作为一个摄影发烧友，丁保国一路拍了不少平淡无奇的照片，却没把最美的风景收入镜头，你不觉得反常吗？经顾小白提醒，段宏一拍脑袋，恍然大悟地说，丁保国来这里后，最应该拍的就是湖边那几棵开花的桃树，但相机里没有，很显然，这极不正常。顾小白问，丁保国的那部单反相机呢？段宏说，已经还给他家属了。顾小白说，尽快拿回来，恢复内存卡上可能被删除的照片。段宏有些为难地说，丁保国的老婆去世很多年了，他儿子丁俊在深圳工作，常年不回老家。丁俊是顾小白在湘江造纸厂子弟学校的同班同学，沉默内向，比较木讷，但成绩不错。当年纸厂子弟学校，只有他和马小燕金榜题名，他考上的是武汉理工学院。顾小白上警校后就再没见过他，也没有任何联系。有一次在长沙坡子街的金蔷薇吃火锅，顾小白听胡浩提起过丁俊，说他大学毕业后在深圳一家证券公司上班，儿子都能打酱油了。

顾小白说，马上跟丁俊联系，如果相机的内存卡在他那里，叫他尽快寄到刑侦队。如果在老家，我们就自己去取，你就说是我说的，他认识我。段宏问，以什么理由？顾小白说，他这个人很闷，不会多问的。段宏答应一声，掏出手机联系丁俊。顾小白下了车，朝躲风亭走去。飞檐上曾经有一个巨大的蜂巢，就是那些马蜂要了丁保国的命。如今筑巢的痕迹依然存在，几只黑翅凤蝶上下翻飞。亭子下绿草如茵，许多打碗碗花点缀其中，煞是好看。周边湖光潋滟，微风轻拂，送来一阵阵荷香。一切是如此祥和，春天的那个惨剧似乎从未在这里发生。

段宏打完电话跟过来，递给顾小白一瓶矿泉水，说跟丁俊联系了，相机在他爸以前住的房间里，好像是书柜上。哦，我提了您的名字，他同意我们自己去拿，说他爸走后房间一直空着，没人愿意租，嫌他爸是横死，住进来不吉利。对了，他还真的没问我们要内存卡干吗，您对这个老同学也太知根知底了。顾小白喝了口水，说，回头去丁保国家看看。段宏见顾小白不断抬头打量着马蜂筑巢的痕迹，他说，蜂巢足足有半辆小汽车大，这些马蜂真他妈变态，做这么大一个窝，简直就是豪宅。唉，毁人家园，夺人妻女，那是血海深仇啊，难怪丁保国会被马蜂活活蜇死。顾小白没理会段宏的调侃，他觉得这对死者不尊重。他发现飞檐离地面大概有三米多高，上面都是琉璃瓦，还有石雕的兽头，蜂巢修筑在这里很稳固，就算是极端天气，恐怕也难以摧毁。

顾小白问，蜂巢怎么掉下来的？段宏说，不知道，我们来的时候蜂巢就已经在地上了。顾小白又问，当时没查原因吗？段宏摇摇头，没有。那时候梁队身体已经很差，三天两头地住院，队里的工作主要由杜副队来抓。这个案子他负责，现场勘查没发现什么幺蛾子，很快就结案了。顾小白有点恼怒，心想，人死无小事，不管怎么死的，这现场勘查工作也太马虎了。他掏出一根芙蓉王，段宏连忙递给他一根和天下，说，顾队，抽我的。顾小白接过和天下，嚓的一声，段宏用ZIPPO打火机给他点上火。顾小白吐了口烟圈，卷宗上说，当时勘查现场时发现了一道车胎印，疑似电瓶车的，后来追查过了吗？段宏又摇了摇头，说，没有。当时杜副队的意见是，人是被马蜂蜇死的，那些痕迹就不重要了，可能是路过的人留下的。顾小白无语，跟市里比起来，县里的刑侦经验欠缺很多，以后自己要在这方面加强队伍建设。

距离躲风亭二十来米远的地方有一片竹林，面积不大，三十多平方米，竹子也只有拇指粗细。顾小白的视线落在一个竹茬上，他蹲下来查看。茬口很整齐，显然是被锯断的。他把这片竹林仔细检查了一遍，只发现一个竹茬。这里远离公路主干道，平时人迹罕至，距离最近的村子也有两公里，谁会跑到这种地方来砍竹子？而且只砍了一根，还是那种做不了什么大用途的细竹竿。顾小白问段宏，案发那天什么天气？段宏回忆了一下，说，晴天。他似乎想到了什么，问道，顾队，您怀疑有人在这里砍了一根竹竿，捅下了马蜂窝？顾小白点头说，不排除这种可能。如果当时现场勘查仔细一点，也许能发现那根竹竿，它不太可能被犯罪嫌疑人带走，应该就丢弃在现场附近，最有可能是湖里。段宏说，当时都以为蜂巢是自己从飞檐上掉下来的。那个蜂巢太大了，在重力的长期作用下，自行掉落是有可能的。

顾小白返回车内，从丁保国的卷宗中抽出一张照片，看了一会儿，递给段宏说，马蜂窝不是自行掉落的，是被人为捅下来的。段宏盯着那张照片仔细端详，上面是一个破碎的马蜂窝，他突然茅塞顿开，我明白了！如果马蜂窝是自行掉落的，应该就掉在飞檐下面。但从这张照片来看，摔碎的马蜂窝距离亭子有四五米远，只有借助某种外力才能掉到这个位置。可是，谁没事去捅马蜂窝呢，那不是找死吗？难道是丁保国一时心血来潮，自己捅的？顾小白说，马蜂窝肯定不是丁保国自己捅的，他身体硬朗，年龄也不算很大，还不至于得老年痴呆。应该是别人背着他捅的，否则，他就算制止不了，也会迅速逃到车上去。马蜂蜇人，虽然很疼，但不会马上置人于死地。而且车子就停在现场，丁保国是摔跤队出来的，以他的身手，不可能逃不到车上去。

段宏说，当时丁保国的车钥匙掉在地上了，可能太紧张，没找着。顾小白说，还有一种可能，当时丁保国的车钥匙在别人手上。两个人认识，约好了在这里见面。这个人先是以某种理由从丁保国手里骗取了车钥匙，然后趁丁保国不注意捅了马蜂窝。马蜂飞过来时，车门被这个人故意锁死，丁保国根本打不开，只能任凭马蜂追杀。在他死后，那个人把车钥匙扔在地上，伪造了现场。段宏问，现场发现的车胎印会不会就是凶手留下的？顾小白从卷宗里抽出车胎印的照片，说，可能性很大。你注意到没有，前后轮胎在地面形成的压痕深浅不一，车子前轻后重，后座可能载了重物，或者坐了一个人。段宏说，不一定吧，车辆前面是驱动轮，后面是载重型轮胎，前轻后重很正常。顾小白摇摇头，但这个后轮印也太重了一些。说完，他启动猎豹，掉头离开了躲风亭。

猎豹奔驰在湖滨小路上，不断惊起一群群水鸟。段宏问，凶手自己为什么没被马蜂追杀？顾小白把车拐到主干道上，往城区方向开，他说，很好解释，凶手戴了头盔，裸露在衣服外面的部位可能也做了防护。段宏完全被震惊到了，他喃喃地说，如果真的是这样，那就是一场完美谋杀！顾小白说，下结论还为时过早，现在说的这些都是推理。等拿到那部单反相机的内存卡，恢复数据后再说。段宏由衷地说，顾队，您简直是火眼金睛啊，到现场走一圈就发现一堆的幺蛾子。这么铁的案子，在您眼里就跟纸糊的似的，完全经不住推敲。怪不得您当年能协助梁队破获那起误杀案，这绝对不是偶然。顾小白的心没来由地悸动了一下，像是被马蜂的尾刺蜇了个正着。段宏问，顾队，马金龙的那个案子您是不是也看出问题了？车从湘江大桥上经过，顾小白没有正面回答段宏的问题，他说，先查丁保国的死，马金龙的案子以后再说。段宏问，那我们现在去哪儿？顾小白说，去丁保国家。段宏掏出手机说，他家在水岸东湖小区，我现在就联系开锁的师傅。顾小白淡淡一笑，不必了，你带路就行。

水岸东湖是整个县城最高档的小区之一，能在这里买房的都是有钱人。丁保国三十八岁那年，老婆去世了，用熨斗熨衣服时不小心触电。他没有再婚，那时候儿子也大了，不需要操心。丁保国平时喜欢喝点小酒，爱好摄影、钓鱼，没有女人的生活同样过得有滋有味。他老婆以前是开童装店的，有一个旺铺，一年能挣十几万。老婆去世后，他把旺铺出租，一年能有五六万租金，他不差钱。

段宏对顾小白说，丁俊好像跟他爸不亲，当初回来奔丧时，没见他掉一滴眼泪。也没给他爸买墓地，骨灰就放在家里，而且没等他爸过头七就回了深圳。许多人都觉得不可思议，但这是别人的家事，也不好多说什么。段宏感叹道，看来一个家里没有女人还是不行，母爱是润滑剂，能调和父子关系。在顾小白的记忆中，丁俊并不是从小就沉默寡言。上小学时，丁俊也爱打打闹闹，经常跟顾小白和胡浩他们到处撒野。他还特别喜欢摔跤，跟他爸学的，厂里没有哪个孩子是他的对手。母亲去世后，丁俊变得越来越孤僻，也越来越古怪，纸厂的一帮子弟就不愿意跟他一起玩了。不过丁俊脑瓜子聪明，从小学到高中，每次考试成绩都能进班上前三。

猎豹驶进了水岸东湖小区，停在丁保国住的单元楼前。旁边的法国梧桐树下停着一辆白色哈弗，车身积满尘土、鸟粪和落叶，脏兮兮，看样子很久没挪动过了。段宏说，这就是丁保国的车，还是我从现场开回来停在这的。顾小白没有理会段宏的话，他走到一个垃圾桶前，戴上手套，在里面随意翻找了一下，找到了一根细铁丝。段宏惊讶地看着，不知道顾小白要做什么，他想问，话到嘴边还是吞了回去。丁保国的家在五楼，段宏领着顾小白走过去。门上贴满小广告，跟牛皮癣似的。段宏以为顾小白是想暴力开锁，于是说，顾队，您站远点儿，我来。说着，他抬脚就要踹门，但顾小白拉住了他，说，别这么粗鲁。顾小白拿着从垃圾桶里捡到的细铁丝，在锁眼里鼓捣了一会儿，门就开了，看得段宏目瞪口呆。从警三年有余，他在新人面前经常以"老司机"自居。但在这个新来的刑侦队长面前，他觉得自己就是一只菜鸟，傻不拉几的。

进到屋里，顾小白发现一片狼藉，地板上到处扔着衣服、照片和各种颜色的证件，两个床头柜的抽屉拉开了没关上。显然有窃贼光顾过，顾小白心里一咯噔，糟了，单反相机肯定被偷了！段宏突然想起什么，他说，哎呀，差点忘了，丁保国头七刚过，家里来过贼，是对门邻居家的保姆报的案。东湖派出所出的警，没抓到人，跑了。办案民警跟丁俊联系，丁俊说家里没什么贵重物品，偷了就偷了。顾小白急忙找到书柜,谢天谢地,他发现那部尼康单反相机还在那,内存卡也没丢失。段宏松了一口气,说,贼被发现后,可能只顾着逃跑,来不及把相机顺走。顾小白说,你去把报案的保姆叫来,我问点事。段宏说,顾队,您那个叫江蓝的老同学就住对门,办马金龙的案子时我找过她。她老公马小军应该也是您同学,脑子有点不好使。顾队您要不要亲自过去一趟,打声招呼?顾小白有点惊讶,他还没开口问,段宏就解释道,这套房子原本是马金龙的,跟儿子家面对面,方便照顾。马金龙去世后,他妻子王妍害怕一个人住,就搬到女儿家去了。这房子便宜卖给了丁保国,当时丁保国还住在纸厂的老宿舍,手里有点闲钱,正想买房。

顾小白心想,马金龙能在水岸东湖买两套房,家底的确殷实。听说他在纸厂改制中捞了不少好处,还有职工举报,上面查了一阵子,但没有真凭实据,这事就不了了之。顾小白想了想,这个点江蓝应该在咖啡屋,他和马小军也没什么话说,而且看着两口子的爱巢,总觉得有点怪怪的,于是说,在查案呢,我就不过去了,还是你去吧。段宏爽快地说,也行。

段宏出门后,顾小白开窗通风,把密封了几个月的浊气全放出去,又简单地收拾了一下屋子。丁保国也算是顾小白的长辈,作为纸厂曾经的子弟,顾小白只能用这种方式来表达对他的尊重。过了两分钟,段宏领着一个穿着朴素的年轻女人进来,介绍说,她叫唐甜,就是她报的警。顾小白让段宏把房间扫一扫,自己和唐甜到阳台上聊天。顾小白说,麻烦你把当时的情况讲一遍。唐甜点点头,有些拘谨地说,案发那天早晨,她出门买早点,看见丁保国家的门虚掩着,就有点警惕。因为两家经常串门,她对丁保国的情况有所了解,知道丁保国去世后,儿子丁俊回了深圳,家里没别人。她推门进屋,发现沙发上睡着一个陌生男人,戴着手套和鞋套。她就问了一声,你谁呀,怎么睡在这儿?那个男人被惊醒了,说我是这家的亲戚，借宿的。她故意说，这是我家，我怎么不认识你？那个男人闻言，起身夺门而逃，她不敢拦，就回去告诉了江蓝，是江蓝让她报的警。

顾小白琢磨着唐甜的话，觉得里面有事，问道，你发现他的时候，他在沙发上睡觉？唐甜说，没错，是我把他叫醒的。当时茶几上还有一瓶橙汁和一个打翻的纸杯，杯子里的橙汁泼了一地。估计是看家里没人，贼胆包天，偷完东西还在这里吃喝拉撒睡。顾小白回头看了一下客厅，唐甜说的橙汁和纸杯还在茶几上。顾小白问，你看清楚他的长相了吗？唐甜说，当时看清楚了，但过了两个月了，不太记得了。紧接着又问，不是没丢什么东西吗，你们怎么又查这个案子了？顾小白没回答，他摁灭烟蒂说，好了，不打扰你了。

送走唐甜，顾小白拿起茶几上的橙汁，容量是750毫升，还剩大半瓶。茶几和地板上还有橙汁泼洒后留下的污渍，已经干涸。顾小白寻思着，窃贼泼洒橙汁有三种可能：第一，不小心；第二，故意搞破坏；第三，强烈的困意或醉意袭来，秒睡，手里装满橙汁的纸杯掉在地上。顾小白觉得第三种可能性最大，因为窃贼进门时，房门虚掩，说明他想速战速决，没打算久留。如果有过夜的打算，他应该把门关上才对。顾小白见过不少酒醉后杀人、抢劫、斗殴和强奸的案子，但从没见过酒醉后入室盗窃的。因为喝醉了去偷东西，几乎等同于自投罗网。如果排除醉酒，那窃贼突然睡着就只有一种可能了，是药物造成的，意识不受控制，否则，不可能连房门都忘了关。窃贼作案时，不可能自己服用催眠类的药物，应该是误服。看到那只打翻的纸杯，顾小白心中渐渐有了一个答案，催眠类药物很可能就溶解在那瓶橙汁中。现在，问题又来了，橙汁中的催眠药是谁放的，目的又是什么？

客厅墙上挂着很多照片，都是丁保国的摄影作品，也有他的几张自拍照，身材英武挺拔，一点都不显老。被玻璃窗过滤后的阳光投射在自拍照上,像镀了一层金色的膜。顾小白看到丁保国的嘴角抽动了一下,似乎有话想跟他说,但终究什么都没说出来。

四

少年时代,顾小白挥霍荷尔蒙的最好方式,就是看那些带颜色的线装书,或者,做一些与春天有关的梦。对他来说,女人就是一个秘密,他渴望知道其中的内容,但他不会为了窥探秘密的内容而不择手段。秘密也是有尊严的,必须遵循一定的解密法则。每次看到街头张贴的法院布告,上面那些侵犯女人的案例都让顾小白义愤填膺,他觉得强奸犯都是规则的破坏者,令人不齿。

一九九七年七月十二日,县城发生了一起强奸案——百家乐KTV的一位女服务员下夜班回家,路过东湖边时被一男子用匕首挟持,带到树林里侵犯。在侵犯过程中,男子还用照相机给女服务员拍了照,威胁她不许报警。但事后,女服务员还是报了案,她向警察描述了犯罪嫌疑人的体貌特征:三十多岁,戴近视眼镜,头发偏长,中等个,身体健壮,戴黑色口罩,说四川话,身上和口腔中还有很浓重的烟味。根据犯罪嫌疑人说四川话的这个特征,警方一度把目标锁定为流窜犯,但调查了一个多月,毫无收获。这时,又发生了第二起强奸案,受害者是个女护士,过几天就要举行婚礼了。凌晨下班后骑自行车回家,途经江东路时,一个男子突然跳到她的车后座坐下,左手持刀,威胁她不许出声。那个女护士惊恐至极,她按照男子的要求将车骑到郊区偏僻处,结果遭到侵犯。女护士事后报警,她对犯罪嫌疑人的描述跟那个服务员完全一样。此后又接连发生了好几起类似案件,县城里的妇女人人自危,夜晚不敢独自出门,下夜班也必须有人接送。因为犯罪嫌疑人每次作案都戴黑色口罩,被坊间称为口罩色魔,警方则称之为"7·12"系列强奸案。

犯罪嫌疑人胆大妄为,作案过程沉着冷静,手法老到,警方认为应该是惯犯,有犯罪前科。但大规模排查后,毫无线索。口罩色魔却并没有消停,每年都要犯下两三起强奸案,这还不包括没有报案的。奇怪的是,二〇〇四年八月之后,就再也没有口罩色魔作案的消息了。这家伙好像是一滴露水,被那个夏天的阳光蒸发得干干净净,半点痕迹都没有留下。"7·12"系列强奸案自此成为悬案,成为压在所有办案人员心上的一块大石头,也成了当地警方的一个奇耻大辱。

顾小白曾经跟口罩色魔狭路相逢,差点将他逮住。那是一个与江蓝有关的秘密,除了萤火虫乐队的成员,没有任何人知道。

那年暑假,县变压器厂的一位退休老职工去世,请了萤火虫乐队去演出。这活儿是彭大年的表哥介绍的,他认识死者的家属。那次演出江蓝没有参加,她外婆腰椎间盘突出,住进了医院。她既要当南杂店的小掌柜,又要做饭给外婆送去。演出时大家很卖力,唱了许多首老人生前爱听的红歌,吸引了不少人围观。家属一高兴,就多给了两百块,加上原定的报酬五百块,乐队一共拿到了七百块。大家也很高兴,一致决定拿这多得的两百块买些营养品,去看望江蓝的外婆。因为不知道老人家住在哪个医院,胡浩提议先去江蓝家,看看她在不在。

从变压器厂出来,大家踩着一辆借来的三轮车。许国巍负责蹬车,顾小白、胡浩和彭大年坐在车厢里,旁边放着音箱、乐器和麦克风。对了,当时马小军也在,他是来看演出的。车厢里已经没地儿坐了,他撅着屁股在后面吭哧吭哧地推车,跟头老黄牛似的。如果更仔细一点回忆的话,顾小白发现,乐队每次演出几乎都有马小军,只是经常被他不知不觉地忽略了。仿佛这个人是生活在另外一个世界中,跟他平行但不交集。

一行五人唱着歌直奔漕溪港,唱的还是刚才在葬礼上唱过的红歌,一个个热血澎湃、斗志昂扬,似乎刚刚解放了宝岛台湾。回想起来,顾小白觉得少年时代的快乐是如此简单,有时只是因为挣了几百块钱,有时只是因为一场演出发挥出色,而有时,仅仅是因为被暗恋的女生多看了一眼。人到中年后,快乐却越来越难以获取了。经常不苟言笑,即使有开心的事情,也会控制好情绪,不会肆无忌惮地表现出来。这到底是成熟还是虚伪,顾小白说不清楚。他很清楚的一点是,年少时那种单纯的快乐是发自内心的,能在灵魂深处开出花来。

顾小白还记得那天晚上星光灿烂,长街寂寞,风从岳州窑的方向吹来,带着一股高岭土的气息。萤火虫在路边的树丛里翩翩飞舞,它们都是黑暗世界中的光明使者。流浪狗像诗人一样在十字路口徘徊,寻找迷失的家园。五个少年都没有想到,这个看似平淡无奇的仲夏之夜,竟会悄悄改变自己和江蓝的命运。

在葬礼上的那场演出,从某种意义上来说,是生命中另外一场演出的开始,带着一种先天的悲剧意味,却让所有人都浑然不觉。

三轮车经过印刷厂门口时,胡浩内急,想找个地方解决。顾小白也有这个意思,说一块去。两个人跳下三轮车,朝印刷厂后面走去,那里有一片菜园,再穿过一片小树林就到了江蓝家。但这是小路,三轮车不好走。顾小白和胡浩一到菜园就迫不及待地横扫千军,酣畅淋漓。就在两个人准备撤退时,顾小白隐约看到前面不远处有什么东西在闪光。他好奇地走过去一看,地上倒着一辆凤凰牌自行车。他一眼就认出来,这是江蓝的车!胡浩也认出来了,他惊讶地问,江蓝的车怎么会扔在这里?顾小白意识到情况不对,说,江蓝可能出事了!你赶紧回去,让小军看着三轮车,叫魏子和大年过来,快!胡浩掉头就跑,顾小白扶起自行车,朝四周大声喊江蓝的名字,但没有回应。不到一分钟,胡浩就领着许国巍和彭大年跑过来。大家边喊边沿着小路寻找,很快在草丛里发现了一只白色网球鞋,是江蓝的！草丛里还有拖拽的痕迹，四个人顺着这条痕迹一直找到小树林，听到了嘴巴被捂住发出的呜呜声。

树林里黑灯瞎火，什么都看不见，顾小白叫道，江蓝，是你吗？他的话音刚落，一个黑影就从树林深处冲出来，往另一头跑去。与此同时，传来江蓝急促的声音，是我，有坏人！顾小白说，浩子，你去保护江蓝。巍子和大年，跟我去堵人！大家答应一声，迅速分工行动。顾小白在后面紧追不舍，许国巍和彭大年从两边包抄，没多久就把那个黑影堵在了印刷厂后面的一道围墙边。黑影无路可逃，转过身来，带着一股风，顾小白在这股风中闻到了浓烈的烟草味。借着月光，大家看得很清楚，黑影是个男的，中等个，很结实，长发，戴眼镜和黑色口罩。大家立即想到了传说中的口罩色魔，心里都一哆嗦，但转念想到他欺负的是江蓝，又都怒火中烧忘记了害怕，纷纷就地寻找各种武器。许国巍捡起了半块板砖，顾小白从腰上抽出了自己的牛皮带，彭大年在墙根下找到了一个破罐子——后来由骚味判断，估计是个夜壶。

三个少年一起扑上去，但那个男人身手矫健，灵活地避开了攻击。板砖和破罐子都没砸中目标，许国巍和彭大年手中没有了武器，被迅速放倒在地。当那个男人朝顾小白冲过来时，顾小白情急之下使了个诈，手持皮带迎头猛抽，右脚却突然狠狠踢向对方的裆部。一声惨叫，那个男人捂住裆部疼得弯下了腰。但没等三个少年合力扑上去，他就挣扎着翻过围墙，消失在夜幕中。

三人正要去追，胡浩推着那辆凤凰牌自行车过来，手里还拿着江蓝掉的一只网球鞋。他说江蓝回去换衣服了，要大家去家里找她，还反复叮嘱不要报案，说她没事。四个人回到印刷厂门口，马小军还在路边守着三轮车，大家怕他乱说，就没有告诉他刚才发生的事，把他打发回了纸厂。四个少年蹬着三轮车来到漕溪港，见到了江蓝。她惊魂甫定地说，晚上她去给外婆送饭，在医院待了两个多钟头，出来时发现自行车的两个轮胎都破了。因为推车吃力，她就从印刷厂后面抄近路回家。突然一个戴黑色口罩的男子从草丛里窜出来，捂住她的嘴，把她往树林里拖。幸好大家及时赶到，她没有受到伤害，只是裙子破了。她不想让外婆担心，也不想这件事成为别人茶余饭后的谈资，所以不想报警。

口罩色魔在传闻中是个来无影去无踪的采花大盗，能飞檐走壁刀枪不入，大家谁也没想到自己会碰上，这个经历足以吹一辈子牛。但江蓝坚持不报警，还要大家保守秘密。看到她脸上的泪痕，四位少年都不忍心拒绝，于是纷纷发誓把这件事烂在肚子里。江蓝感激地给每人煮了一碗甜酒冲蛋当夜宵，胡浩吃了一碗不解馋，又厚着脸皮要了一碗。顾小白、许国巍和彭大年还沉浸在围堵色魔的兴奋中，边吃边兴致勃勃地议论刚才的搏斗场面，听得胡浩羡慕不已，遗憾自己没有加入这场伟大的战斗。顾小白说，他那一脚肯定废了狗日的，以后只能当太监。与大家热烈的情绪相反，江蓝的目光时不时落在窗外的夜色中，显得很伤感。大家渐渐意识到江蓝不想再提起这件事，都知趣地闭了嘴。

那天晚上，四个少年约好，在江蓝外婆出院前，他们就躲在那片小树林里当护花使者。顾小白叮嘱江蓝这几天都开着灯睡觉，一旦发现有危险，就将卧室的灯拉灭，再拉亮。看到这个信号，大家就会跑过来保护她。江蓝没有拒绝四个少年的好意，她表示每晚由自己提供夜宵。在那之后的一个星期内，顾小白晚上都没在家睡觉。他谎称要参加文化馆办的一个音乐培训班，回来太晚，怕影响父母休息，就睡在胡浩家。许国巍和彭大年也是这样跟父母撒谎的。那一个星期，胡浩的父母都上夜班，借宿的理由很充分。

晚上九点，等胡浩的父母上班后，四个少年就来到小树林，点着马灯，抽烟、打牌、摆龙门阵，时不时抬头观察远处的江蓝家，看看灯灭了没有。每晚江蓝都会过来送夜宵，是她亲手做的，不是甜酒冲蛋，就是蒸水饺，要么就是糖油粑粑。尽管在树林里饱受蚊虫叮咬，大家却都觉得很快乐，有一种潜伏在敌后的刺激。四个少年甚至希望那个口罩色魔再次出现，好让他们重演一次英雄救美的壮举。

可惜的是，一个星期后，江蓝的外婆出院了，四个少年没有了继续当护花使者的理由。顾小白上警校后，几乎每天早晨都吃甜酒冲蛋，但总感觉没有江蓝做的好吃。顾小白一度以为这是自己的错觉，但有一次在火宫殿跟胡浩他们吃饭，点了一份糖油粑粑。胡浩吃了半个就放下了筷子，摇头说，味道比江蓝做的差远了。顾小白这才发现，四个小伙伴中，其他人也有跟他类似的看法。当然，也有可能是一种集体记忆产生的集体错觉，因为二〇〇四年夏天，他们有了一个共同的秘密。

那个不同寻常的暑假，他们并没有轻易放过口罩色魔。虽然他们恪守对江蓝的承诺，没有报警，却在私下里四处寻找那个变态，想将这家伙抓住，替江蓝出一口恶气。有很多个晚上，四人怀里分别揣着刺刀、自行车锁链、大号扳手、电工刀，睁着一双充满血丝的眼睛，像狼一样在夜色中游荡。

他们还脑洞大开，让身材瘦小的胡浩穿上他姐的花裙子和高跟鞋，喷上香水，化装成女人，在偏僻的地方色诱变态。但直到暑假结束，变态色魔也没有现身，下夜班的女同志倒是被他们吓着了不少。其间，还招来了几个不三不四的男人，把胡浩当成了站街女，上来就动手动脚。顾小白、许国魏和彭大年见状，亮出家伙一拥而上，对方以为是仙人跳，吓得落荒而逃。

也就是从那个时候起，口罩色魔彻底销声匿迹，顾小白曾经怀疑这家伙是被自己那恶毒的一脚给踹死了。警校毕业的第二年，在橘子洲头，顾小白请来长沙办案的梁斌吃饭，席间谈到了当年发生在老家的"7·12"系列强奸案。梁斌说，犯罪嫌疑人很狡猾，每次作案都没有留下任何生物信息，无法提取到他的指纹和精斑，也就没有办法精准地锁定身份，只能大海捞针式的排查，效率太低了。他叹了口气，狗日的后来再也没有出来作案，老子这辈子只怕逮不着他了，心有不甘啊。

那天顾小白喝了点酒，热血上涌，他想起二○○四年暑假，胡浩曾经男扮女装色诱那个变态。他突然有了一些新的思路，问梁斌，会不会一开始侦破方向就错了？梁斌迷惘地看着他，问道，你什么意思？顾小白说，那家伙反侦查意识很强，可能并不是长头发，他戴的是假发；他可能不是近视眼，却故意戴了一副眼镜；他不抽烟，但故意在作案前把自己弄出一身烟草味；他老家不是四川人，四川话是从电视里学的。梁斌连连说，还真他妈有这个可能，如果你的推理是对的，那犯罪嫌疑人的体貌特征就需要重新设定了。

上警校后顾小白就开始懊悔当年没有报警，他对自己那一脚的力度很有信心，那家伙不残也会受重伤。如果当时循着这条线索追查，那家伙可能就落网了。但这也不能说是五个男少女的错，青春正是因为冲动，因为缺乏理性而美丽。跟梁斌聊案子时，顾小白还是没有说出那个夏天的秘密。已经过去了这么多年，再说毫无意义。不过，他拐弯抹角地透露了一点口风，说那家伙后来没有出来作案，可能是因为身体原因，查查二○○四年全县男性患者的病历，特别是男科或生殖科的。梁斌很兴奋也很惭愧，作为一个经验丰富的老刑警，他居然需要一个刚从警校毕业的毛头小伙子来提醒。但他很快就释然了，他知道顾小白有刑侦天赋，假以时日，好好淬炼，以后必定是刑侦界的一把尖刀，在这小子面前丢脸，不算冤。

梁斌回去当天，就调整思路重新排查"7·12"系列奸奸案的犯罪嫌疑人。两个月后，他给顾小白打电话，沮丧地说，还是一无所获，狗日的可能已经死了。口罩色魔祸害了许多良家妇女，罪恶滔天，抓到了也会判死刑，但顾小白并不希望他就这么死了。自然死亡和死刑是截然不同的两码事，前者是生命的终结，后者是灵魂被钉在十字架上遭受烈火焚烧，痛苦不会轻易终结。顾小白很想看到那个变态的灵魂上十字架，否则，就太便宜他了。

二〇一八年夏天上任前，顾小白去湘雅医院探望梁斌。在讲述自己的遗憾时，梁斌并没有提起变态色魔的案子。也许，他知道这个案子毫无侦破的希望，不想给顾小白增加压力。直到此时，顾小白仍然不知道，这个青春期的秘密，在黑夜里闪闪发光的秘密，其实是一个悲伤而残酷的错误。

五

周云鹏年轻时是半个文学青年，在县报上发表过豆腐块，比一般商人多了些儒雅气，朋友三教九流，人脉极广，社会关系复杂。按照顾小白的要求，排查重点是跟周云鹏关系密切，而且没有机动车的人。但这个尺度很难把握，因为关系密切不好定义。很多时候，经常来往的人并不一定关系铁，只是出于各种需要，比如生意伙伴。一年都难得联系几次的人却有可能是至交，比如省作协有位知名诗人，姓柳。周云鹏每年都会约柳诗人爬岳麓山赏红叶，在爱晚亭里把酒吟哦，发在朋友圈里的诗句能酸一个秋天。还有一种隐秘关系，为了避人耳目，看上去平淡如水，实际上交情匪浅。比如周云鹏现在的老婆邓雯，结婚前两个人保持了三年多的地下情，一直无人察觉。所以，要在周云鹏的生活圈子中锁定犯罪嫌疑人，难度相当大。杜耀文把刑侦队的大部分人马都派上，调查了一个多星期，还是没有找到一条有价值的线索。

好在丁保国的案子有了突破，给了顾小白些许安慰。那天在丁保国家，顾小白问段宏，现场提取了窃贼的指纹吗？段宏说，他记得技术中队派人去勘查过现场，他核实一下。跟中队长刘刚打了电话后，段宏说没有提取到犯罪嫌疑人指纹。这在顾小白的意料当中，因为唐甜说窃贼当时戴着手套。顾小白又问，那有没有从窃贼喝过橙汁的纸杯上提取DNA？段宏摇头说，这种入室盗窃案，没造成财产损失，也没造成人员伤亡，按惯例都不会提取DNA，费时费力又费钱。整个刑侦队一年就那点经费，消耗不起啊。

顾小白吩咐段宏把纸杯和剩下的橙汁带回去检测，三天后，结果出来了——橙汁里发现了大量安眠药的成分；从纸杯上成功提取到了犯罪嫌疑人的DNA，并且在数据库中找到了匹配对象，是个叫蔡奇的男子，二十九岁；橙汁瓶上还提取到了四枚不同的指纹，正在一一排查。

让顾小白意外的是，蔡奇就是他上任那天在环城公交上抓获的花衬衣，一个惯偷，正羁押在看守所。提审蔡奇前，顾小白找段宏要了丁俊的号码，给他打了个电话。丁俊的声音很平静，就像细雨落在旧屋的瓦片上。顾小白感觉他还是当初那个内向的少年，时间改变了许多人和事，却没有改变他。顾小白没把橙汁中有安眠药的事告诉丁俊，只是问他，那瓶橙汁是不是你买的？丁俊说，那套房子里没有一样东西是他买的。顾小白注意到丁俊用的词是"那套房子"，而不是家，他继续问，你回来奔丧时，见过那瓶橙汁吗？丁俊沉默了一会儿说，好像有点印象，用一个购物袋装着，里面还有水果，走的时候忘了扔。

通话持续了七分钟，自始至终，丁俊都没问为什么要查那瓶橙汁，似乎顾小白在问一件跟他父亲无关的事。他也没有跟顾小白叙旧，似乎两个人根本就不认识。

提审蔡奇时，这家伙倒是交代得挺痛快，他并没有从丁保国家偷走任何东西，坦白比抗拒更有利。他说四月下旬，具体哪天不记得了，他去水岸东湖踩点，发现有户人家办丧事，一打听，是个独居的老年男子，叫丁保国，儿子在深圳工作。他很有经验，知道像这种家庭，老人去世后，子女急着回单位上班，家里会有一些贵重物品来不及处理。丁保国刚过头七，他就过来了，是凌晨来的。确定家里无人后，他用技术开锁开了门，在房间内翻了个遍。但这次他失算了，除了一部单反相机，他没找到什么值钱的东西。他有些口渴，正好看见鞋柜上有个购物袋，里面装了一瓶橙汁和一些樱桃，还有苹果，也有可能是菠萝，不太记得了。水果应该放了有一段时间了，都烂了。他找了个一次性的纸杯，倒了点橙汁喝。喝第二杯的时候，不知为什么，他觉得特别困，还没喝完就倒在沙发上睡着了，直到第二天早晨被对门邻居叫醒。顾小白问，你倒橙汁的时候，瓶子是开封了还是没开封？蔡奇说没注意这个细节，应该是一拧就开了。

顾小白来到走廊上抽烟，段宏拿来了在丁保国家勘查现场时拍的照片，刘刚提供的。鞋柜上果然有个购物袋，黑色的，鼓鼓囊囊，装的什么水果看不清，但能看见一瓶橙汁。段宏说，购物袋里的水果是刘队扔掉的，好像是菠萝和樱桃，烂透了，一股怪味，勘查现场时受不了。瓶子上的指纹全都比对上了，有两枚是技术中队自家兄弟的，一枚是东湖派出所龚副所长的，勘查现场时他们都接触过瓶子。还有一枚是个女记者的，顾队您见过，叫黎乐乐，《岳州晨报》的。顾小白听了一愣，问道，她的指纹怎么在上面？段宏说，这个不清楚。又补充道，两年前，黎乐乐写的一篇批评稿得罪了人，遭到报复。她正当防卫，持刀捅伤了行凶者，做笔录时采集了指纹，没想到这次比对上了。

二〇一八年的一个下午，梅雨席卷了整座县城。空气里弥漫着一股梅子的清香，用舌头一舔，似乎还有味道，酸酸甜甜的。顾小白推开了萤火虫咖啡屋的门，跟上次一样，没穿警服。江蓝正在看村上春树的书，不是上次那本《1973年的弹子球》，而是《天黑以后》。她似乎知道顾小白要来，朝一个角落努了努嘴。那里有个彩绘的屏风，能遮挡视线，私密效果较好。店里还有几个客人，有的在低声交谈，有的在刷手机。有一个体态丰腴的少妇什么都没做，神思恍惚，好像就是来听歌的。楼梯下放着一部三洋牌老式双卡录音机，应该是从旧货市场上淘来的。磁带悠悠旋转，放的是上世纪九十年代张学友的情歌。顾小白公务在身，没跟江蓝闲聊，他径直朝那个角落走去。

  黎乐乐坐在屏风后面，面前摆着一台红色笔记本电脑，双手在键盘上灵巧地跳跃，像是在弹琴。看见顾小白过来，她抬头招呼，顾队，坐吧，今天我请。顾小白在她对面坐下来，说，那可不行，是我约你来的，得我做东。江蓝端了两杯咖啡过来，说，都别争了，这次我请，下次你们随意。顾小白和黎乐乐相视一笑，说了声谢谢，都不再客气。江蓝转身离开后，顾小白习惯性地去摸烟，但看见紧闭的窗户，他忍住了。黎乐乐往杯子里放了一块方糖，问道，顾队，您找我有什么事，不会是周云鹏的案子有大料要爆吧？顾小白喝了口咖啡，慢吞吞地说，跟周云鹏没关系，是想跟你谈谈丁保国。黎乐乐诧异地问，丁保国不是早就死了吗？顾小白说，发现了一点新情况，找你了解一下，你认识他吗？黎乐乐点头说，认识。我在报社是跑法制口的，很多单位的保卫部门都有我们的特约通讯员，丁保国就是其中比较活跃的一个，每年能在报上发表十几条通讯。顾小白问，你去过他家吗？黎乐乐回答得很干脆，去过一次，就在他出事前的头天晚上。顾小白追问，去干什么？黎乐乐说，我有个表弟，刚退伍回来，在家待业。我跟丁保国打过几次交道，觉得他这个人比较热心肠，就想找他帮帮忙，看能不能在豪森集团保卫科给我表弟安排个工作。顾小白质疑道，他那时候已经退休了，有这个能耐吗？李乐乐说，保卫科都是他的老同事，而且他跟周总私交不错，能说得上话。

  录音机不知道什么时候停了，咖啡屋里响起电子琴弹奏的老歌

《恋曲1990》。不用看，顾小白也知道是江蓝在弹。他摸出一根芙蓉王，放到鼻子前嗅了嗅，但没抽，他对黎乐乐说，你把去丁保国家的情况讲一遍。黎乐乐回忆了一下，说，那天晚饭前我给他打了电话，他问我什么事？我说找他帮个忙，晚上去他家里谈。其实这事电话里也能说清楚，但我觉得还是亲自登门比较好，有诚意。我准备了个红包，你懂的，求人办事总不能空着手，他收不收是他的事，我不能不讲规矩。我是晚上七点多去的，进屋时，他在看新闻联播。说了没几句，他的手机响了，是他以前的同事打来的，说公司财务科的防盗门被撬了，请他过去看看现场。挂了电话，丁保国很抱歉地对我说，他虽然退休了，但豪森公司保卫科碰到什么棘手的事，还是经常请他出面解决，他要马上回公司一趟。我只好告辞，在电梯间，我简单地说了表弟的事，他说豪森集团这半年来盗窃案频发，保卫科还真有招人的计划。我把红包塞给他，他坚持不收。我也就没有勉强，心想等事成之后再来感谢。没想到第二天，就听说他在躲风亭钓鱼时被马蜂蜇死了。我去了现场，简直惨不忍睹。头天晚上还谈笑风生的一个人，转眼就没了，真是世事无常啊。

在黎乐乐说话时，顾小白悄悄在手机上开启了语音聊天模式，办公区里的段宏可以同步听到声音，然后让刘凤娟即时核实谈话内容。在黎乐乐回忆结束，发表感慨时，核实的情况已经反馈到顾小白的手机上——丁保国出事前的头一天，17:35分，黎乐乐给他打过电话，通话时长两分零八秒；19:24分，丁保国接到豪森纸业集团值班保安的电话，保安说的内容跟黎乐乐反映的情况一致；当晚19:53分，丁保国驾车到了公司，勘查了现场，拍摄了一些照片。因为盗窃未遂，公司没有报案；当晚，丁保国没有回家，就睡在保卫科休息室。第二天上午十点，他驾车离开公司，直奔鹤龙湖躲风亭，其间没有去任何其他地方……

江蓝过来给两个人续了咖啡，又送了一碟坚果，她走后，顾小白问黎乐乐,第一次去丁保国家,除了红包,你没带点礼物吗?黎乐乐一愣,但表情旋即恢复正常,她模棱两可地回答,两个月前的事情了,记不太清楚了。顾小白敏锐地捕捉到了她表情的细微变化,于是拿出一张现场勘查时拍摄的照片,问道,那个黑色购物袋里的东西是你买的吗?黎乐乐端详着照片,似乎在回忆。

顾小白不动声色,紧盯着她看,发现她之前红润的脸色有些发白,而且眼神闪烁,焦点似乎没有集中在照片上。顾小白擅长心理分析,一个人登门求人办事,肯定会在着装、礼品、措辞上做好准备,也就是说,穿什么买什么说什么,都会仔细考虑,不可能轻易忘记。黎乐乐能记得进门时丁保国在看新闻联播,却不记得自己是否买过礼品,这显然不符合逻辑。她的回答之所以模棱两可,应该是不确定警方掌握了多少证据。如果证据不足,她可以否认。如果证据确凿,她可以假装刚刚想起来。黎乐乐的这种反应让顾小白断定,购物袋里的东西就是她买的,而且她在掩饰什么。顾小白没有催促,不急,让子弹飞一会儿。一个谎言往往需要好几个谎言来掩盖,在谎言叠加时再戳穿,比一开始就揭穿更有杀伤力。

黎乐乐缓缓抬起头,看着顾小白,但他的脸上没有任何表情,这让她的心里很没底。她说,我真的不记得了。然后试探着问,顾队,这个重要吗?顾小白点点头,很重要。黎乐乐继续试探,为什么?

顾小白指着照片说,看见那瓶橙汁了吗,我们在里面发现了大剂量的安眠药。

黎乐乐的脸更白了,白得就像安定片,鼻梁上沁出了汗珠。她惊讶地问,这怎么可能?顾小白不想绕弯子了,直接说,在橙汁瓶上发现了你的指纹。黎乐乐被一口咖啡呛住了,差点喷出来,她接过顾小白递的纸巾,擦了擦嘴说,我想起来了,当时丁保国要倒橙汁给我喝,我说不用,我的手可能不小心碰到了瓶子。顾小白说,如果橙汁是丁保国买的,上面应该有他的指纹,但没有。黎乐乐说,橙汁和水果有可能是别人送给丁保国的,他还没有来得及从袋子里拿出来。顾小白静静地注视着黎乐乐,没有立即反驳。黎乐乐脸上的肌肉微微抽搐了一下,似乎是被顾小白刀锋一样的眼神刮疼了,她调侃道,顾队,你老盯着我干吗,审讯犯人呢?

顾小白没有回答,这是一种心理的较量,沉默有时候比语言更有力量。他很响地剥开一颗坚果,扔进嘴里细嚼慢咽,似乎在专心地听江蓝弹奏电子琴。他用眼角的余光瞥见,黎乐乐不断地变换坐姿,显得心神不宁。

黎乐乐终于沉不住气了,她合上电脑说,顾队,要是没别的事,我就先走了,下午还有个采访。顾小白收回照片,意味深长地说,黎小姐到底是记者,洞察力很强,眼睛居然能透视。黎乐乐有点发懵,看见顾小白的目光停留在那张照片上,她猛然醒悟,购物袋是黑色的,只能看见露出袋口的橙汁瓶,根本看不见里面还有什么,但她刚才竟然说袋子内有水果,她顿时慌乱起来。

顾小白问,现在想起来了吗,袋子里的东西是不是你买的?黎乐乐迟疑了一下,点点头。顾小白继续问,那刚才怎么不承认?黎乐乐说,你不是说橙汁里有安眠药吗,我担心承认了说不清楚。顾小白审视着她,你的意思是说,安眠药不是你放在橙汁里的?黎乐乐肯定地说,当然不是。接着反问,我为什么要这样做?顾小白把那根揉皱了的芙蓉王塞回烟盒,说,我也想知道这个答案。黎乐乐渐渐平静下来,说,顾队好像认定就是我下的药,难道安眠药上也有我的指纹吗?顾小白说,从去年元月开始,一直到今年四月初,你在县人民医院购买了不少安定片,能告诉我这是为什么吗?黎乐乐轻轻一笑,记者都是夜猫子,我睡眠不好,每天都要吃安眠药。对记者来说,这再正常不过了。对了,药都是医生开的,有处方,购买不违规。顾小白也笑了,丁保国出事后,你就再也没上医院开过安眠药,这也很正常吗?黎乐乐说,以前开的没吃完,当然不需要再开药。顾小白问,那我跟黎小姐走一趟,能不能让我看一下你没吃完的安眠药?黎乐乐乱了方寸,支吾着,我,我忘了药放在哪儿了,得找找。顾小白咄咄逼人,你不是失眠吗,每天都要吃的安眠药怎么会不知道放在哪儿?

黎乐乐哑口无言,静默了一会儿,她说,我去上个洗手间。

顾小白没有阻止,他起身环视了一下咖啡屋,发现其他客人都离开了。江蓝走过来,问他,还需要点什么?顾小白掏出烟问,可以吗?江蓝点头说,少抽点,对身体不好。顾小白心里滚过一阵暖流,说,职业病,戒不掉。江蓝拿来了烟灰缸,问道,刚才看乐乐的脸色很差,怎么了?顾小白说,跟她聊个案子,丁保国的。江蓝一脸惊诧,正要问什么,发现黎乐乐从洗手间出来,就把话吞了回去。顾小白说,把录音机开着吧。江蓝问,想听什么?顾小白迟疑了几秒说,《我终于失去了你》。江蓝浑身一颤,没说话,转身走了。

黎乐乐重新坐到顾小白对面,很明显,她刚才用水洗过脸,额前的刘海还是湿的,眼睛也有点红,不知是被生水刺激了,还是哭过。她默默地喝着杯子里残存的咖啡,录音机里放着赵传的《我终于失去了你》。听到这熟悉的旋律,顾小白有些分神,他狠吸了几口烟,极力让自己的注意力集中到对面这个女人身上。杯子里的咖啡见底后,黎乐乐说,没错,那个购物袋里的东西都是我买的,橙汁里的安眠药也是我放的。顾小白问,你下药的目的是什么?黎乐乐目光森冷地说,我想让他快速睡过去,然后绑住他。顾小白在烟雾中迷惑地看着她,像在看一道深奥的几何题。黎乐乐说,找他帮我表弟安排工作只是个借口,那天晚上我去他家,就是为了找他求证一件事。可惜,我还没来得及下手,他就临时有事离开了,破坏了我的计划。更可惜的是,第二天他就死了。虽然死无对证,但我相信自己的判断。要不,老天也不会让他死得这么痛苦,这就是因果报应!

黎乐乐越说越激动,胸脯急剧起伏着,幸好顾小白早有准备,让江蓝放了磁带,掩盖了她的声音。顾小白问,你要找丁保国求证什么事?黎乐乐从包里摸出一盒薄荷烟,熟练地点了一根,说,不好意思,我冷静一下。顾小白点点头,他看得出黎乐乐内心波澜起伏,需要时间来平复。抽第二根烟时,黎乐乐优雅地吐了个烟圈说,是一件折磨了我十四年的事。顾小白在心里推算着,十四年前,那就是二〇〇四年夏天,他夹烟的手指一抖,似乎被那个夏天的阳光突然灼伤到了。黎乐乐没有马上说出那件事,而是反问,顾队,您还记得口罩色魔吗?顾小白说,当然,这是警察的耻辱。黎乐乐一字一句地说,丁保国就是!顾小白再也抑制不住惊诧,嚯地站起来,沉声问,你说丁保国是口罩色魔?

顾小白看见江蓝朝他这边张望,脸上表情疑惑,他感觉自己有点失态,抱歉地冲她一笑,重新坐下来,对黎乐乐说,你慢慢说,不着急。黎乐乐抽着烟,像是一朵散发着芬芳的薄荷,她满脸幽怨地说,我是受害者。顾小白内心翻江倒海,但努力让自己的声音平静,什么时候的事?最好具体到哪一天。黎乐乐不假思索地说,八月的最后一天。顾小白的声音高亢了几分,这不可能,你没有说实话!

顾小白清晰地记得江蓝受辱是那年的七月中旬,口罩色魔很可能被他那一脚踢废了,自那以后,这家伙再也没有出来作过案。黎乐乐有些生气,反问,我为什么要往自己身上泼脏水?你知道对一个女人来说,贞洁意味着什么吗?顾小白再次调整了一下情绪,说,对不起,我不是责备你撒谎,而是怀疑你记错了日期。黎乐乐摇摇头,坚定地说,这一天是我人生的拐点,我不可能记错!顾小白说,好吧,我告诉你一个秘密,但不是秘密的全部,我需要保护当事人的隐私,你必须答应我,不能透露给别人。黎乐乐领首说,这个您放心,我采访时,经常会接触到当事人的隐私,但不该曝光的绝对不会曝光,这是记者的职业操守。顾小白就把在二〇〇四年七月中旬的那天晚上,萤火虫乐队成员围堵口罩色魔的事叙述了一遍,但他没有透露受害者是谁。他强调说,口罩色魔很可能下身受伤,无法再作案。黎乐乐悲愤地说,那更加没错了,绝对是这个混蛋!

江蓝找了个空当,又送来一壶咖啡和两杯柠檬水,黎乐乐感激地朝她笑了笑。等江蓝去换磁带,顾小白给黎乐乐倒了一杯咖啡,问,你为什么那么肯定?似乎是为了冲淡内心的愤懑,黎乐乐一口气喝了半杯没加糖的咖啡,然后开始了痛苦的回忆,那一年我才十二岁,刚刚小学毕业。平常晚上,如果不是跟爸妈一起,我从不会独自出门。但那天晚上是个例外,因为第二天就要开学上初中了,我觉得自己是个小大人了。吃完晚饭,我和几个小学同学去滑冰,就是县花鼓戏剧团旁边的那个溜冰场,你应该去过。顾小白点点头,他确实去过。每次溜冰的时候,他都能听见墙那边有人唱花鼓戏,去得多了,他能踩着唱腔的节奏溜冰。

黎乐乐继续回忆,我是九点钟从溜冰场出来的,我家在变压器厂,没有小伙伴跟我同路,我只能一个人走回去。走到新华书店门口,一个穿白大褂、戴口罩的中年男人拦住我,他推着一辆自行车,问我是不是叫黎乐乐?我很纳闷,问他怎么认识我。他说我爸妈告诉他的,还说我爸妈煤气中毒,正在县人民医院抢救,要我赶紧过去一趟,说不定是最后一面。我吓蒙了,哭都不会哭,更没有去想他话里的种种破绽——大晚上的,又没有做饭,我爸妈怎么会煤气中毒?还有,既然我爸妈在抢救,又怎么会叫他来找我?

顾小白的心紧缩起来,似乎看到一幕悲剧即将上演。他忍不住插了一句嘴,那个男人怎么知道你的名字?黎乐乐说,事后回想起来,我在溜冰时,看见一个白大褂站在场外,应该就是他。我有个女同学不会溜冰，老摔跤，不断叫我帮她，可能就在那个时候，白大褂听到了我的名字。在孩子的眼里，医生都是白衣天使，我丝毫没有怀疑他。坐上他的车到了人民医院后，他把我带到一座平房前，我稀里糊涂地跟着他进去了。里面阴冷阴冷的，有股很重的消毒水的气味，但一个人都没有，只有十几张带轮子的铁床。我也是后来才知道，这里是太平间。他把门反锁，说我爸妈在无菌病房，担心我去探视会把细菌带进房间。他叫我躺在床上，把衣服脱光，他要给我的全身消毒。我真蠢，竟然信了。

顾小白默默地喝着冰镇柠檬水，试图浇灭在胸腔中燃烧的怒火。黎乐乐说，当他脱下自己的裤子时，我才反应过来，他是坏人。我想跑，他拿出一把匕首威胁我，跑就杀了我，还要杀我爸妈。接着他又拿出一部照相机，给我拍了很多照片，没穿衣服的那种。他说，如果我敢报警，他就把这些照片贴到我的学校去，让所有的同学和老师都看见。我吓坏了，再也不敢反抗了。那时候我还没学生理卫生，对男女之间的那种事完全不懂。长大成人后我才明白，其实他并没有真的跟我发生性关系，他好像丧失了性功能。

顾小白把冰镇柠檬水喝得一滴不剩，冷静了许多，心想，这就对了，自己那一脚果然踢爆了口罩色魔的祸根。黎乐乐伸手去拿自己的薄荷烟，发现烟盒空了，她跟顾小白要了根芙蓉王，点燃后，接着说，也许正是因为有生理缺陷，那个人心理极度扭曲。当时他的手使劲地在我身上蹂躏，还用牙齿咬，我被他用一种很变态的方式夺去了贞操。我疼得实在受不了，猛地坐起来，一口咬住了他右手的小手指。他抓住我的头发，疯狂地打我，要我松口。我没有松，而是用力咬掉了他的一截指头。他痛得发出一声惨叫，松开了我。我趁机穿上衣服，打开门，跑出去了。

顾小白问，你看清楚他的长相了吗？

黎乐乐大口喘息着，似乎回到了十四年前那个恐怖的夜晚，回到了逃亡途中。她说,没有,整个过程他一直戴着口罩,说的是普通话,还戴了一副眼镜,显得文质彬彬。顾小白暗骂,难怪一直逮不着这狗日的,太他妈狡诈了,居然改变了作案风格——不戴黑口罩,戴白口罩;不说四川话,说普通话。但他敢肯定,这两个王八蛋是同一个人。

黎乐乐仍然在回忆,我一口气跑回了家,一进门就瘫倒在地。爸妈发现我身上有血,都急了,问我是不是溜冰时摔伤了?我这个时候才知道哭,哭了足足半个小时。我才把晚上的遭遇告诉了他们。我爸当即要报警,但被我妈阻止了,原因你懂的,碰到这种事,女人想的比男人更复杂。我爸最终打消了报警的念头,但他跟疯了似的,每天晚上腰间别了把杀猪刀,到处在外面找那个变态,说要剁了他。但找了几个月,一根头发丝都没找着。

顾小白心中直叹气,多好的一个抓住变态色魔的机会啊,又被浪费了。黎乐乐咬断那混蛋的手指头,身上有他的血,一验DNA就能锁定身份。但他也能理解黎乐乐母亲的顾虑,对家长来说,有时候保护孩子隐私比伸张正义更重要。

黎乐乐说,从那个晚上开始,我的生活就改变了。从活泼开朗变得沉默寡言,我不敢跟男生打交道,他们碰一下我都会尖叫。在学校我成了怪胎,被所有人孤立。我经常自残,有一次失血太多,差点死掉。爸妈把我送到医院,不敢对医生说实话,谎称我是早恋,被他们责备了才自残。在医生眼里,我成了问题少女,那种鄙视的眼神我到现在还记得。说到这里,黎乐乐撩开左边的袖子,露出手腕,上面有一道道的刀疤,看得顾小白心惊肉跳。

似乎是在恢复体力,黎乐乐停顿了好一会儿才接着说,每次去医院我都很抗拒,因为只要一看见白大褂我就会想起那个变态,就会全身发抖,想吐,抽搐。后来,我为了不去医院,就再也不自残了。这种自闭的状况一直持续到高中毕业,可以说,我的整个中学时代都是在恐惧和噩梦中度过，我一个朋友都没有。对了，我这样说可能不够准确，其间我遇到过一个人，给了我很多关心，我的精神状态好了不少。但他后来去了别的地方，我的自闭症又复发了。顾小白问，这个人是谁？黎乐乐说，这是我的秘密。顾小白没有追问，每个少男少女都有一个不愿示人的秘密，大都与春天有关，他尊重秘密。

黎乐乐说，到长沙上大学后，我的专业是新闻学，但我选修了心理学。经过自我诊断，我发现除了自闭症，我还有抑郁症，如果任凭病情发展下去，我的一生就毁了。我不甘心那个恶魔毁了我的童贞又毁了我的人生，我开始自救——锻炼、唱歌、鼓起勇气跟异性交往，上台演讲，甚至吃药。读完四年大学后，我终于走出了那个噩梦。

顾小白问，你怎么确定丁保国就是口罩色魔？

黎乐乐看着窗外，眼神有些涣散，她说，有一次报社举行特约通讯员培训班，丁保国参加了。我注意到他右手缺失了一截小指头。一开始我以为是巧合。但发现他在悄悄服用雄性激素，我就觉得有问题了，他应该是生殖功能出现了障碍才吃这种药。还有，他喜欢摄影，照相机总是随身携带，这些特征都很符合那个色魔。顾小白说，这三个理由都很牵强，只能说他有犯罪嫌疑，还不能构成有效证据。黎乐乐说，顾队，您听我说完。那个晚上，我穿的裙子上有那个混蛋的血，我爸一直没扔，因为他从来就没有放弃过报案的想法，但一直很纠结。我找了个机会，在丁保国车子的驾驶位上，收集了他的几根头发，然后把裙子上的血样和头发一起送到亲子鉴定机构。结果显示，是同一个人的DNA。我知道有这些证据还不够，他可以反诬我陷害他，毕竟时间过去了那么久。所以，我花了几个月时间收集安眠药，溶解在那瓶橙汁里，想骗他喝下。等他昏睡过去后就用绳子绑住他，逼他交代罪行。

说完这些，黎乐乐似乎耗尽了全身的力气，她疲惫地靠在卡座上，像一株被烈日榨干了水分的向日葵。听这样的故事也是需要体力的，顾小白同样虚弱不堪。十四年前，那个仲夏之夜发生的一切，像露天电影一样在他脑海里重新放映。他原以为那是恶魔最后的疯狂，没想到还有续集，而且更惊悚。他更没想到，剧中的那个变态曾经就生活在他身边，每天抬头不见低头见。在他半是明媚半是忧伤的青春岁月中，还有多少隐藏在暗黑中的秘密是他没有窥破的？

黎乐乐突然说，顾队，我看过萤火虫乐队的演出。

顾小白诧异地问，什么时候？

黎乐乐凝视着虚空，说，二〇〇四年夏天的一个夜晚，在变压器厂，我外公的丧事上，他生前喜欢唱红歌。

青春密码

一

有时早晨醒来，顾小白觉得太阳落在墙上的光影就像一个符咒。有一次他路过长沙开福寺，觉得盘旋在寺庙上空的香火如同一道偈语，充满了玄机。太平街那些长长短短的青石板，也像极了神秘的阴阳八卦。这让他经常产生一种莫名其妙的臆想，组成世界的基本元素就是秘密。任何生物体的遗传基因都是有密码的，每个人都是秘密的结合体，包括生和死，爱与恨，都是如此隐秘而诡异，闪烁着奇幻的光泽。

跟黎乐乐的对话接近尾声时，顾小白给刘凤娟发了条消息，叫她过来陪黎乐乐回家提取物证——把沾有丁保国血迹的裙子带回去做鉴定。刘凤娟问，顾队，黎乐乐下药这件事怎么定性？顾小白想了想，回复说，黎乐乐下药没有造成任何危险性后果，训诫一下就可以了。如果丁保国确实是传说中的口罩色魔，那她的检举就是立了大功。但一定要注意保护她的隐私，谁泄密我处分谁！

二十几分钟后，身穿便衣的刘凤娟过来领着黎乐乐离开了咖啡屋。看着窗外丝丝缕缕的梅雨，一种复杂的情绪像水流一样在顾小白心头漫卷。隐匿了十几年的口罩色魔终于浮出水面，他却没有任何畅快的感觉。他仔细回忆着少年时期的种种过往，他跟踪过纸厂的许多人，但似乎从来没有跟踪过丁保国。在他的印象中，丁保国刻板、严肃，不好接近。平常也不爱跟女性打情骂俏，没有任何绯闻。但偏偏就是这样一个人，在暗黑的世界里化身变态色魔，犯下了滔天罪行。真相实在是过于荒诞和残酷，顾小白有些难以接受。

黄昏时分，江蓝委婉地表示要回家吃饭。顾小白起身说，那我开车送你吧。江蓝连忙说，不用了，就十几分钟的路，走走有益身体健康。顾小白说，反正我要去趟丁保国家，顺路。在顾小白的坚持下，江蓝没再拒绝，出门上了他的车，坐在后排。一路上两个人默默无言，好几次顾小白想说点什么，但话到嘴边又吞了回去。他在后视镜里看见，江蓝一直凝视着窗外，完全没有跟他交流的意思。挡风玻璃在雨刮下忽而模糊忽而清晰，就像渐行渐远的少年时光。

顾小白把车开到小区单元楼门口，让江蓝先下车，他去找车位。等他停好车回来时，江蓝已经走了。尽管他并不意外，但还是有些失落。一种深深的挫败感油然而生，这些年积攒的那些骄傲瞬间土崩瓦解。他努力转移注意力，朝天空大张着嘴，深吸了几口湿润的空气，似乎要把整场梅雨都吞进胸腔里。当感觉浑身的每个细胞都变得冰冰凉凉时，他进入电梯间，跟上次一样，打开了丁保国家的门。上次他是来寻找那部单反相机，这次他是来捕捉丁保国可能留下的犯罪信息。目的不同，观察的视角也就不同。在衣柜一个上锁的抽屉里，他找到了几盒激素和两部岛国生活片。在卫生间的一个壁柜里，他发现了丁保国的骨灰盒，跟半瓶厕洁净和两把马桶刷子放在一起。

在父亲的丧事上，丁俊表现得比较冷漠，顾小白还能够理解，毕竟每个人表达感情的方式不一样。但把父亲的骨灰放置在堆放厕所用品的地方就不可理喻了，这完全是违反人伦，是大逆不道，难道这父子俩之间有什么深仇大恨？凝视着骨灰盒上丁保国的照片，顾小白突然想到了什么。他掏出手机，拨打了丁俊的号码，那边过了很久才接听，一个瓮声瓮气的声音问，什么事？顾小白说，是我，你能回来一趟吗?丁俊反问,有这个必要吗?顾小白说,关于你爸的案子,我想跟你当面谈谈。丁俊不耐烦地说,人都死了,有什么好谈的?顾小白再次把目光投向丁保国的照片,说,那些受害女性都还活着,我要给她们一个交代。

丁俊沉默了一会儿,声音变得越发浑浊,像是从泥潭里发出来的,今晚八点有趟航班飞长沙,我应该能赶上。

从深圳飞长沙要一小时,从黄花机场到这座小县城驱车要四十多分钟。顾小白在餐厅里找到了一包泡面,又烧了点开水,然后慢条斯理地吃喝起来。这种简朴的生活对他来说是常态,有一次为了抓捕杀人碎尸案的主犯,他在臭气熏天的公厕里蹲守了三天三夜,脚下全是他用皮鞋踩死的蛆。

吃泡面时,顾小白给段宏打了个电话,叮嘱他去机场接丁俊,然后问单反相机内存卡的数据恢复了没有?段宏说还没有,负责数据恢复的技术员小宋出差了还没回来,不过应该快了。顾小白有些无语,县里的技侦力量也太弱了,有些专业性比较强的事离了负责人就玩不转,连个备用的人才都没有。吃完泡面,顾小白本来想到江蓝家喝杯茶,但想了想又打消了这个念头。他关掉灯,坐在客厅的沙发上冥想。一些不可名状的物质从黑暗中渗透出来,渐渐弥漫到了整个房间。他很熟悉这种物质,在每一个犯罪现场都能感觉到。它们有时是液体,有时是固体,有时是气体,有时是三角形,有时是圆锥形,有时是菱形。第一次来丁保国家时他就感觉到了,但那时他以为是窃贼留下的,现在才知道误判了,应该是丁保国留下的。尽管现代刑侦学还不能从理论上证明犯罪气场的存在,但他坚持认为,这种气场是存在的。不仅存在于犯罪现场,也存在于嫌疑人经常活动的场所。案件越重大,气场也就越强大,游离在空气中的那些不安和危险的暗物质也就越多。

晚上十点五十分,段宏把丁俊从机场接回了水岸东湖小区。顾小白发现丁俊跟他记忆中的形象相差不大，身材壮硕，头发蓬乱，表情无悲无喜，只是鼻梁上多了一副黑框眼镜。就跟下午和黎乐乐交谈一样，顾小白悄悄开启了语音聊天模式，要段宏留在车上记录他和丁俊的对话。

客厅里只开着一盏落地台灯，丁俊坐在橙黄色的暗影里，半张脸模糊不清，他自顾自地点了一根玉溪。顾小白说，我记得你不抽烟。丁俊说，不，我一直都抽。顾小白有些诧异，在他印象中丁俊是个五好学生，没有任何不良嗜好，连脏话都没说过一句。难道他的大脑皮层跟电脑一样被输入了某种错误的指令，产生了乱码？丁俊说，记忆是靠不住的。顾小白点点头，也许吧，哦，这个不重要，说说你爸的事。

丁俊问，你们掌握了多少情况？顾小白圆滑地回答，该掌握的都掌握了。丁俊说，有一个情况你们肯定没掌握。顾小白问，什么情况？丁俊把目光转向窗外的夜色，缓缓地说，我妈是被他谋杀的。顾小白猛然一惊，这个太出乎他的意料了。因为湘江造纸厂的所有人都知道，丁保国的妻子是死于熨斗漏电，那时候丁俊刚刚上初中。丁俊说，导致我妈触电的那只熨斗不是我家的，是他从外面带回来的，外观跟家里的熨斗一模一样，但电线的绝缘层早已破损。他偷偷地把熨斗掉了包，我妈高度近视没有发现，所以被他得逞了。顾小白竭力掩饰住震惊，问道，你怎么知道的？丁俊说，我亲眼看见他掉的包，但当时不知道他要干什么，我妈死了我才明白过来。

顾小白问，你爸为什么要谋杀你妈？

香烟在丁俊的嘴上一明一灭，就像坟地里的鬼火，他说，因为我妈知道了他的那些丑事。顾小白追问，你妈是怎么发现的？丁俊往地上弹了弹烟灰，丝毫不顾及会弄脏地板，他说，我妈看到了那些女人的照片。顾小白陡然醒悟，口罩色魔每次作案时，都会拍摄受害者的裸体，以此为要挟，警告受害者不要报案。当然，也不排除口罩色魔有收藏裸照的变态嗜好。丁俊说,当时家里有个保险箱,他把那些照片藏在里面。有一天可能是忘了锁,被我妈发现了。我妈要去报警,他跪在地上发毒誓,说以后绝对不会再干这种伤天害理的事了,要我妈原谅他。我妈心软,就答应了。但他其实用的是缓兵之计,没多久就将我妈灭口了。

顾小白不敢置信地问,他们会当着你的面为这种事吵架吗?丁俊的目光始终望着窗外,似乎在跟夜色对话,他说,不,是我偷听到的。

同学多年,顾小白发现自己从来没有真正了解过丁俊,一直以来,他就像个另类,特立独行,沉默而孤傲。现在,顾小白终于明白丁俊上初中后为什么突然性情大变了——自己敬重的父亲一夜之间沦为可耻的强奸犯,而且用卑劣的手段谋杀了他的母亲,他悲伤、愤怒、怨恨、不解、无助,他幼小的心灵如何能背负这沉重如铁的十字架?

在这个清凉的梅雨之夜,这座湘江边的小城陷入一种奇怪的寂静。丁俊继续说,他并不知道我发现了他的秘密,以为我性格变得孤僻是因为母亲去世。或许是出于补偿心理,他对我比以前更好了。但他对我越好我越厌恶,除非必要,我可以整天不跟他说一句话,完全是零交流。顾小白插了一句嘴,你为什么不举报?丁俊用手拢了拢凌乱的头发说,想过举报,而且不止一次,但最后都放弃了。顾小白问,你怕成为孤儿?丁俊说,不是!对你们来说,也许孤儿是悲惨的,可怜的,但对我来说,孤儿是幸福的。因为我无时无刻不在想着摆脱他的控制,把他屏蔽在我的世界之外。我没有举报他,是担心举报后别人会耻笑我,骂我是强奸犯和杀人犯的儿子。母亲被害后,我更加发奋读书,因为我知道,只有考上大学才能离开这个罪恶的家庭,摆脱他对我生活的影响。高考前夕,他对我说,如果我落榜了,他会安排我进厂保卫科工作。我听了不仅没有半点欣喜，反而感到一阵心惊肉跳，因为这意味着我往后余生都要面对这个恶魔，那太可怕了，我会疯的！所以我拼命复习，从某种意义上来说，我考上大学有他一份功劳。

顾小白把几盒激素放在丁俊面前，问道，你爸什么时候开始服这种药的？丁俊瞥了一眼药，不假思索地说，二〇〇四年夏天，他作恶时被人踢伤了命根子。为了避人耳目，药是他专程跑到两百多公里外的武汉开的，好像是协和医院，我见过病历，医生建议他终生服药，这也算是一种报应。我还见过他的日记，每次作案后他都会详细记录过程。他命根子受伤后，再也不能做那种事了，却更变态了，他会用一种更残忍的方式侵犯受害者。对了，那个暑假的最后一天也是他最后一次作案。那个受害者的名字我到现在还记得，叫黎乐乐。

顾小白感觉夜的深处似乎发生了某种碎裂，有更多的暗物质从裂口流淌出来。丁俊看出了他的疑惑，解释说，那天晚上我去溜冰场玩，里面有个小女生溜得特别好，跟只小燕子似的。看见我接连摔了几次，她还主动过来教我溜冰。我听到跟她一起来的女生叫她黎乐乐，好像是小学刚毕业。就在我准备壮着胆子问她是哪个学校的时，我发现他来了！虽然他穿着白大褂、戴着口罩和眼镜，推着一辆我从没见过的自行车，但我一眼就认出了他。看见他直勾勾地盯着黎乐乐，我当时就意识到了不妙。果然，散场后，黎乐乐被他骗上了车。我在后面拼命追，但没追上。那晚他回家后，身上都是血，右手还少了一截小指头，应该是被那个小女生咬掉的。我多年来压抑的愤怒像火山一样爆发了，我抄起一把菜刀说要为母亲报仇，要为民除害，然后自己再抹脖子。他吓坏了，夺下我的菜刀，哀求我千万不要伤害自己，他保证不会再干这种禽兽不如的事了。看到他跪在地上痛哭流涕，不断地抽自己耳光，我心肠一软，就答应了。就在那天晚上，他烧掉了作案用的假发、口罩、眼镜，还有照片和日记。顾小白问,你爸跟谁学的四川话?丁俊说,跟电视里学的,他喜欢看四川方言的影视剧。他反侦查意识很强,为了迷惑警方,从不抽烟的他作案前会故意抽几根香烟,弄出一身烟草味,还故意戴一副眼镜,让被害人误以为他是近视眼,其实是平光的。丁俊把目光从夜色中收回,说,小白,我真的很感激你。

顾小白有些愕然地问,你感激我什么?丁俊说,我后来分析他停止作恶的原因,一是害怕我真的自杀,断了丁家的香火;二是你那一脚废了他的命根子,让他有色心却发泄不了兽欲,这对他来说是一种痛苦的折磨。顾小白更惊讶了,因为二〇〇四年夏天那个关于江蓝的秘密,只有他和胡浩、许国巍、彭大年几个人知道,他们发过誓要一辈子保守秘密。他问丁俊,你怎么知道那一脚是我踢的?丁俊隐藏在镜片后面的眼睛闪烁着幽光,他说,是马小燕透露的。紧接着又补充道,就在孟海老师遇害前几天。

在讲述中,丁俊还原了十三年前那个夜晚发生的一幕——马金龙在县人民医院做了胆囊切除手术,周云鹏约了丁保国一起去探望。正好马小燕来送饭,马金龙叮嘱她回家注意安全,不要走光线不好的巷子,当心碰见那个口罩色魔。马小燕满不在乎地说,那个变态已经成太监了,不会再出来作案了。马金龙问她怎么知道的?马小燕就道出了二〇〇四年夏天江蓝差点被侵犯的秘密,说是彭大年告诉她的。马金龙认为这个情况很重要,就让丁保国第二天去公安机关报案。

那些暗物质从顾小白的身体内密集地穿过,他扔了一根芙蓉王给丁俊,问道,你爸是怎么把这件事搪塞过去的?

丁俊默默地抽了半根烟,才接着说,他被你踢伤后,不敢马上去医院看病,而是在乡下找了一个治跌打损伤的老郎中。因为怕碰到熟人,就要我每个礼拜去郎中那里取药。有一次,我在取药时碰见了周云鹏,他来看风湿。当时他问我来看什么病,我假装没听见,骑着单车一溜烟跑了。后来他肯定从老郎中那里得知了我来取药的原因，但这属于隐私，他当时应该没在意。二〇〇五年的那个夏天，周云鹏去医院看望马金龙时，听到马小燕说起口罩色魔变成太监的事，他肯定反应过来了。

顾小白心想，以周云鹏的精明，肯定能猜出丁保国就是口罩色魔，因为丁俊去取药的时间，跟口罩色魔受伤的时间太吻合了。丁俊说，当晚他回家后六神无主，说自己可能暴露了，抓到后肯定会判死刑。他开始交代后事，告诉我家里有多少存款，存折密码是多少，还说谁谁谁借了他多少钱，没打借条。整个晚上他都像一条癞皮狗瘫坐在地上，一会儿哭，一会儿絮絮叨叨，说对不起我和我妈。如果有下辈子，他一定好好照顾我们母子俩。我一点都不同情他，我也不希望下辈子碰见他，哪怕他是亿万富翁，我也不稀罕做他儿子。折腾到第二天早晨，他说要去自首，争取宽大处理。但还没出门，周云鹏就来了，提着一个蓝色拐包。

顾小白问，周云鹏这么早来你家干什么？丁俊说，一开始他以为周云鹏是领着警察来抓他的，脸都吓白了。但周云鹏是一个人来的，说找他谈谈摄影方面的事，豪森公司要拍一些照片用来做宣传。两个人关上门，在卧室谈了一个多钟头。周云鹏走后，他跟我说，不用自首了，周云鹏跟他达成了一个交易。顾小白问，什么交易？丁俊说，周云鹏有个亲侄子吸毒被抓，要他帮忙捞人，因为他这个保卫科长在公安机关有很多熟人。作为交换，周云鹏答应把他的秘密烂在肚子里。至于马金龙那边，周云鹏可以帮他打掩护，就说他已经报案，但公安机关没有受理。认为这是几个少年胡编乱造的恶作剧，不足采信。

顾小白努力想象着改变丁保国命运的那个早晨，他给儿子丁俊讲述的是真相吗？顾小白有印象，豪森公司有个女员工是口罩色魔的受害者，据说她还跟周云鹏传出过绯闻。周云鹏怎么会为了侄子的自由让口罩色魔逍遥法外？而且，吸毒最多也就劳教几年，周云鹏犯不着冒包庇罪的风险去帮丁保国脱罪，这个代价太大了。周云鹏是个人精，不太可能做这种得不偿失的交易。

但如果这不是真相，真相又是什么呢？

丁俊去了趟卫生间，回来后鼻翼上有细碎的水珠，显然洗了把脸。他的睫毛很女性化，又长又翘，像开屏的孔雀。他很神秘地问顾小白，你知道那个蓝色挎包里是什么吗？顾小白突然意识到自己忽略了这个细节，他还没有来得及回答，丁俊就说，是一支猎枪，五连发！这句话像黑夜里的一把锥子，陡然刺痛了顾小白记忆深处的某根神经，他不可思议地问，真的是枪？丁俊点点头说，过了几天枪就不见了，那个蓝色挎包也不见了。顾小白追问，周云鹏为什么要送枪给你爸？丁俊擦了擦眼镜片说，不知道，我也没问，他的事情我一般不打听，除非他主动告诉我。顾小白迫不及待地问，枪是什么时候不见的？丁俊说，孟老师被害那一天。顾小白还没从惊愕中回过神来，丁俊又说，我还记得那支枪是哮天犬牌，编号中有四个阿拉伯数字——8763，跟我的生日一样，我就是一九八七年六月三日出生的。

丁俊的话像一道球状闪电瞬间击中了顾小白，他的脑袋有一种缺氧的晕眩。杀害孟老师的那支猎枪的编号，最后四位数字正是8763！也就是说，杀人凶器根本不是江蓝父亲私藏的，而是来自周云鹏，而且经过了丁保国的手。但至于是不是丁保国用这支枪杀害了孟海老师，顾小白暂时不敢断定，还需要证据，但他觉得丁保国的杀人嫌疑很大。不过有一点现在毋庸置疑，江蓝是背锅的！

丁俊得知蓝色挎包里的那支枪就是杀害孟老师的枪时，也相当震惊，他说，保卫科经常会协助警方收缴一些管制刀具和枪械，平时也有人会把这些东西交到他手里，再由他转交公安机关。所以我当时并没有在意，更没有把周云鹏拿来的枪跟遗留在案发现场的枪联系在一起。如果我知道他是凶手，肯定会举报，因为我很尊敬孟老师。而且，我，我也很喜欢江蓝，我不愿意看到她背这个黑锅。丁俊说完沉吟不语，似乎某段隐藏在黑暗中的往事被照亮了，眼睛在镜片后面熠熠闪光。

顾小白问，你爸跟孟老师有没有什么矛盾？丁俊摇头说，没有，至少我没发现。顾小白相信丁俊说的是实话，保卫科和子弟学校几乎没有交集，丁保国不可能跟孟海发生什么矛盾，更不可能有血海深仇。图财也不像，丁保国家的条件在纸厂算是比较好的。既然杀人凶器来自周云鹏，丁保国很可能只是一个枪手，是受雇杀人。但周云鹏跟孟海的生活更无交集，两个人也许连一句话都没说过，甚至互相不认识，周云鹏为什么要指使丁保国枪杀孟海？难道周云鹏并非雇主，真正的雇主另有其人？顾小白认为，谋杀才是那个早晨周云鹏和丁保国在卧室里密谈的内容，而非什么捞人。案发那天中午，孟海之所以蹊跷地出现在防空洞里，很可能是被丁保国用电话骗过来的。周云鹏则是利用丁保国不可告人的犯罪秘密，把他当枪使，完成了一桩蓄谋已久的杀戮。事后，丁保国又利用自己保卫科长的身份，炮制伪证，误导警方。

让顾小白郁闷的是，丁保国和周云鹏都已相继死亡，线索断失，目前除了丁俊的口供，没有任何证据表明孟老师的被害跟这两个人有关，也就没有办法给江蓝翻案。短信提示音突然响起，就像秋夜旷野里的蛐蛐声，顾小白掏出手机一看，是技术员小宋发的：顾队，您休息了没有？顾小白回复说，还没有，有什么事？小宋说，我出差回来了，刚刚恢复了丁保国那部单反相机的内存卡数据，果然有张删除的照片。顾小白急忙问，照片上有人吗？小宋说，没有，是一辆电瓶车，能看见车牌。顾小白抑制住激动的心情，说，你把照片传给我，辛苦了。很快，小宋发来了一张照片，在几棵开花的桃树下，停着一辆很旧的电瓶车，车上一个全封闭式的头盔，车牌号清晰可辨。从这张照片来看，丁保国在摄影方面的确有较深的造诣，他很会捕捉拍摄角度——繁花和旧车叠映在一起，有一种颓靡的美。

丁俊起身倒了两杯水，他看到了顾小白手机上的照片，随口说，在送枪的那个早晨之前，周云鹏从来没有到我家来过。顾小白说，这是你爸出事那天拍的照片，被人删除了。丁俊平静地问，周云鹏跟他的死有关吗？顾小白说，暂时不能下结论，但这是一个重大发现。看着暗影里的那张脸，顾小白突然注意到，整个夜晚，丁俊提起丁保国时，都没有称呼爸爸或者父亲，而是用他代称。显然丁俊只是把丁保国当成血缘意义上的父亲，在感情意义上他早已是陌生人。

已经凌晨一点半，丁俊打着哈欠说，这次他回来会多住些日子，把老家的房子卖了再走。如果这几天警方有需要，可以随时找他了解情况，以后他可能不会再回来了。顾小白知趣地起身告辞，说谢谢他的配合。顾小白非常理解丁俊的心情，老家对他来说就是一道隐疾，离得越远后遗症越轻。送顾小白出门时，丁俊下意识地看了一眼对面的江蓝家，嘴唇翕动了几下，欲言又止。顾小白问，你还有什么话要说吗？丁俊没有回答，他站在走廊昏暗的灯光中，神情恍惚，像个梦游患者。突然，他转身进入卫生间，顾小白跟了过去，发现他从壁柜里拿出父亲的骨灰盒，将满满一盒骨灰全都倒进了马桶中。在顾小白还没来得及阻止时，丁俊已经摁下了冲水键。呼啦一声，丁保国留在这个世界上的最后一点生物学痕迹荡然无存。顾小白吃惊地问，你为什么要这样做？在他看来，丁保国虽然罪大恶极，但作为死者，应该得到尊重。丁俊把骨灰盒往墙角随意一扔，说，我看过他拍的那些照片，里面，有江蓝。

这一次，顾小白感觉击中自己的不再是球形闪电，而是天外陨石，他的整个身体，不，整个灵魂都快被气化了。虚脱了几分钟后，顾小白猛地揪住丁俊的衣领，吼道，你他妈撒谎！你爸欺负江蓝那次，根本没有得逞，哪来的照片？丁俊面无表情地说，不是二〇〇四年那次，是二〇〇三年夏天的事。照片上有时间，我记得是八月中旬。

顾小白的手松开了，如果丁俊所言非虚，十三年前的冬至，江蓝怀孕十五周就没有任何问题。换句话说，导致江蓝怀孕的并非孟海，而是丁保国。江蓝和孟老师根本就没有发生过性关系，两个人是非常纯洁的师生情。丁俊整理了一下衬衣领口，继续说，我还看了他写的日记，侵害地点在江蓝家里，是晚上。当时江蓝在弹电子琴，她外婆不在家，可能去串门了。那是他第一次在实施犯罪时没戴套，忘了，因为江蓝实在是太漂亮了。后来他一直对江蓝念念不忘，所以又有了二〇〇四年夏天那次，幸好这次没得逞。

顾小白颓然地蹲在地上，薅着自己的头发，喃喃地道：别说了！

照片和日记都已在丁保国点的一把火中灰飞烟灭，对于警方来说，这是证据的灭失，是极其遗憾的事。但对于顾小白个人来说，是一种庆幸，他不用再直面江蓝那段惨痛的经历。否则，那些影像、那些文字会如同刀锋一样切割他的心。

丁俊递给顾小白一根烟，真诚地说，对不起，我知道你很喜欢江蓝。我本来不想透露这个秘密，但江蓝怀孕那件事一直让我很疑惑，我怀疑是他干的，而不是孟老师。我也不相信江蓝会误杀孟老师，这其中肯定有隐情。我希望我提供的线索能帮你解开谜团，还孟老师和江蓝一个清白。如果线索对破案没用，小白，请你务必保密，不要再让第三个人知道这件事。

顾小白忘了自己是怎么走出单元楼的，直到段宏下车跟他打招呼，他才回过神来。两个人坐到车上，四周安静得出奇。顾小白把小宋在内存卡上的发现告诉了段宏，要他根据牌照追查那辆电瓶车的来历，并且查一查二〇〇五年夏天，周云鹏是否有个侄子因为吸毒被抓。段宏已经从语音中得知顾小白和丁俊的谈话内容，他兴奋地说,"7·12"系列强奸案、孟海枪杀案,还有丁保国和周云鹏的案子,全都串联起来了。这可是连环奇案啊,要是都破了,肯定能上央视的《今日说法》!

顾小白放低座椅靠背,打开天窗,一滴夜露无声无息地落在脸上,他说,也许马金龙的案子也是其中一环。段宏颇感诧异,他说,顾队,马金龙是死在家里,如果他的死有问题,那他的家人就有问题,这不合情理啊。马金龙的糖尿病并不影响他的正常生活,他不需要任何人照顾,家人没有任何理由谋杀他。反而是他死了以后,少了一份优厚的退休金,对家里人来说是一种损失。顾小白没有解答段宏的质疑,他现在思绪纷乱,还没有梳理好。这几天出现的新情况太多了,如同暗夜里的火花频频闪烁,让他有种微盲的感觉,他需要时间去适应这种突如其来的光线变化。手机就在这个时候响了,顾小白看了一眼来电显示,是胡浩打来的。他皱了皱眉,记忆中,胡浩从来没有这么晚给他打过电话。

刚一接通,顾小白就听见胡浩惊慌失措的声音:

小白,我不管你在哪儿,在干吗,赶紧过来,大年出事了!

二

彭大年出生的地方在樟树港镇鲶鱼村,附近有一座拥有皇家血脉的西林禅寺——相传安史之乱时,唐朝一些皇室成员南逃至此,感慨世事无常,心灰意冷,削发出家。千百年来,寺庙香火不绝。顾小白来这里春游过,是和胡浩几个骑着自行车来的,那还是初二。庙里有几株老梨树,每到春天枝头就雪白一片,在古寺红墙绿瓦的衬映下,很有点唐诗宋词的意境。但让顾小白印象最深的还是墙边的一口古井,深邃幽冷,宛如一只看破红尘的慧眼。

顾小白和丁俊交谈的这天晚上,胡浩、许国巍和彭大年去了长沙解放路的橙子时光酒吧。新闻里说，过几天这家酒吧就要拆除了。一起被拆的还有周边的十几栋民国老房子，这里要建一个大型商业中心。橙子时光留下了胡浩、许国巍和彭大年的青春记忆，那里是他们的造梦工厂，也是梦想折翼的地方。没有那段橙子一样酸甜青涩的时光，就没有他们现在的蜜糖生活。因此，三个人相约在酒吧拆除之前去狂欢一次，纪念他们逝去的青春。

三个人是晚上八点多钟到酒吧的，开着胡浩的那辆路虎。整个晚上三个人都很亢奋，许国巍和彭大年喝了几瓶马爹利，胡浩叫了三个美女斗地主——赢了他可以在美女身上随便揩油，输了就要给小费，他自然是输多赢少。后来三个人又上台客串了一会儿歌手，光着膀子，露出身上早已不再生猛的爬行动物，唱的全是那些老掉牙的情歌。

午夜十二点，三个人从酒吧出来，由没有喝酒的胡浩驾车返回县城。途经西林禅寺时，彭大年要下车方便。公路旁就是湘江，正值汛期，水流湍急。胡浩提醒彭大年不要太靠近江边。但这厮可能是喝多了，没意识到危险，也可能是想体验一下那种指点江山的豪迈，他不仅没理会胡浩的提醒，还站到了一个鹅卵石堆上。他方便前给马小燕打了个电话，说晚上不回家睡了，以免影响她休息，他就在酒店开间房将就一晚。话还没说完，他脚下一滑，啊的一声，人就掉到了江里。马小燕感觉不对，连忙给胡浩打电话。胡浩当时正在车内打瞌睡，没注意到彭大年落水。接到马小燕的电话，他连忙叫醒在后排酣睡的许国巍，两个人一起去找彭大年，但只在鹅卵石堆上找到了彭大年的手机……

顾小白在路上就通知了杜耀文，一共去了九辆警车，排场很大。水上派出所也带着搜救队赶过去了，驾着汽艇开着探照灯，在江面上来回搜索。顾小白让胡浩和许国巍当场做了酒精测试，一个没喝酒，一个醉酒。顾小白看见路边有个高约两米的鹅卵石堆，上面有滑坠的痕迹，还有一只皮鞋。按照胡浩的描述，当时彭大年就是从这里落水的，手机掉在鹅卵石上，被他捡回来了。胡浩的头发和衣服还是湿的，他说彭大年落水后，他立马跳进江里搜救，找了有半个多小时，一个影子都没看到。他精疲力竭两腿抽筋，只好叫巍子把他拉上岸。

顾小白问胡浩，路虎上有没有行车记录仪？胡浩说，本来有，半个月前坏了，不能录像，就拆掉了。这时，许国巍调来了自己名下的几条挖沙船，红着眼睛说，就算把湘江截流，河床挖个底朝天，老子也要把大年找到，不然三十年的兄弟就白做了。

江边一棵樟树下停着马小燕的红色甲壳虫，却没看见她的人，胡浩说她去西林禅寺了。交谈中，顾小白得知，胡浩他们都为西林禅寺的修葺捐了不少钱。大施主出了事，西林禅寺破例凌晨开门做法事，为彭大年祈福。当年的梨树还在，斗拱飞檐依旧，大雄宝殿内的诵经声和木鱼声不绝于耳，在树下发呆的马小燕如同禅坐，身体一动不动。顾小白走过去，问起彭大年出事前的情况，跟胡浩和许国巍的说法没什么出入。马小燕说，她在电话里清晰地听见彭大年发出的一声惊叫，还有鹅卵石滚落的声音。她连忙问大年怎么了，但大年没有回答。她隐约听见他在叫救命，可能是因为手机掉在地上的缘故，呼救声不是很清楚。她赶紧打电话给浩子，叫他过去查看情况……

顾小白问马小燕，以前大年半夜未归会不会给她打电话？马小燕满脸泪痕地说，一般不会，我平常睡得早，很讨厌被人在睡梦中叫醒。这次大年可能是喝多了，忘了我的生活习惯。我当时还骂了大年一句，半夜鬼叫鬼叫的，真讨嫌，爱死哪儿睡就死哪儿睡！没想到一语成谶，她后悔得肠子都青了。在顾小白的记忆中，马小燕小学就暗恋彭大年，追了二十几年才修成正果。同学谈起他俩时，都啧啧称羡，说两个人简直就是传说中的天仙配——一个是婚庆公司的老总,玉树临风才情出众;一个是银行信贷科的科长,有钱有权漂亮能干。谁知天妒良缘,一夜之间这对璧人就阴阳两隔。

早晨六点多钟,彭大年的遗体被打捞上岸,正在西林禅寺祈祷的马小燕闻讯当即晕倒,被胡浩开车送往县人民医院急救。顾小白要许国巍也随车回去,通知江蓝以及马家和彭家的其他人,帮忙张罗后事。技侦人员正在勘查现场,其实也就是走个程序。因为有两位目击证人,有马小燕的证词,还有鹅卵石堆上新鲜的滑坠痕迹,都可以明确无误地表明彭大年的死就是一起意外事故。昨天下了雨,泥土松软。从胡浩凌晨停车的地方到鹅卵石堆,有几个清晰的鞋印。杜耀文说,他对比过了,鞋印是现场遗落的那只皮鞋留下的。顾小白没有吭声,他蹲下来凝视着鞋印,足足过了十分钟才起身,然后对杜耀文说,把那只皮鞋拿回去做个 DNA 检测。杜耀文提醒说,顾队,马小燕已经辨认过了,这就是彭大年的鞋子。顾小白没有理会杜耀文的解释,不容置疑地说,鞋子尽快做检测,还有,周云鹏的案子先放一放。

彭大年的遗体还没拉走,躺在鹅卵石堆下面,法医姚伟明正在做尸检。遗体一只脚有鞋子,一只脚没有。衣裤背面,包括鞋后跟,都有比较明显的磨损,应该是滑坠造成的。姚伟明说,彭大年的尸体上没有发现致命伤和搏斗伤,符合溺水死亡的特征。顾队,还需不需要做进一步的尸检?顾小白看了看彭大年裸露的双臂,又端详着左手腕戴的一块劳力士,点头说,尸体带回去仔细勘验,该检查的一项都不能少!接着,顾小白又叮嘱技侦人员,把滑坠现场的每一块鹅卵石都给我检查一遍,重点查血迹和指纹。

在场的刑警都从顾小白的语气中听出了不对劲,但谁都没有多嘴。他们已经知道顾小白和彭大年是同学,搞不清他是看出了什么端倪,还是故作姿态,向外界表明他对老同学之死的重视。交代完工作,顾小白朝西林禅寺走去,想独自安静一会儿。刚跨过山门,就意外地看见了江蓝，她正在地藏殿前烧纸。顾小白上前跟她一块烧。江蓝说，她是接到魏子的电话后赶来的。顾小白问，马小燕醒了没有？江蓝说醒了，正在打点滴。纸蝶飞舞，烟雾弥漫，夏日柔和的晨光斜斜地落在江蓝脸上，她白得像尊随时会碎裂的瓷像。想起昨晚丁俊说的话，顾小白心头一阵绞痛。本来他打算今天跟江蓝好好谈谈，但彭大年出了事，他只好暂时放弃这个念头。烧完纸，江蓝说，你以后少喝点酒，别学大年。顾小白脱口而出，大年出事跟喝酒没关系。江蓝怔怔地看着他，问，那跟什么有关系？顾小白答非所问，我送你回去吧。江蓝说，不用了，我叫了出租车，在外面等着呢。

江蓝走后，顾小白在古井边坐了很久，脑袋里都是彭大年弹贝斯的样子，长发飘飘，帅气逼人。据胡浩说，在橙子时光驻唱时，有个开美容院的富婆要包养彭大年，一个月给一万块，还送一辆二手桑塔纳。彭大年没答应，说自己可以为艺术献身，但不能为了金钱出卖人格。当时胡浩和许国魏听了大为感动，说音乐人就应该有一颗高贵的灵魂，宁愿累得像条狗也不能给富婆当鸭子。他们都要像萤火虫一样，为了追寻梦想，不惜把自己化作一道光。

望着幽深的井水，顾小白突然想起丁俊昨夜说的话，是彭大年向马小燕透露了丁保国变成太监的秘密。顾小白心想，如果没有彭大年的那次泄密，周云鹏就不会知道丁保国是口罩色魔，就不会抓住这个把柄，指使他去枪杀孟海老师。江蓝也就不会主动背黑锅，而他，也可能当不成警察。一个看似不起眼的举动，竟然让许多人的命运发生了重大改变，人生真是太过奇幻。

大雄宝殿的琉璃瓦在太阳的照射下色彩斑斓，菩萨的法相威严而慈悲，让人心中安详。顾小白在西林禅寺一直坐到中午才回去，阳光落在他肩头像是披了一层金色的袈裟。这期间他给段宏打了个电话，还没开口段宏就兴致勃勃地说，顾队，您从丁俊家出来交代的事我已经查清楚了，二〇〇五年夏天，周云鹏并没有侄子吸毒被抓，两个侄子都在上初中，品学兼优。停在丁保国被害现场的那辆电瓶车查到车主了，是豪森纸业集团的门卫肖师傅的车。对了，肖师傅也是以前湘江造纸厂的门卫。据他说，那辆电瓶车在丁保国出事的前两天就被盗了，因为车快报废，不值几个钱，他也就没报案。顾小白静静地听着，然后说，周云鹏和丁保国的案子都先搁置，你去查查彭大年的财务状况。段宏忍不住问，顾队，是不是彭大年的死有什么问题？顾小白看着地藏殿屋顶上栖息的几只乌鸦，圆滑地说，查了才能知道有没有问题。

下午顾小白去了趟纸厂，那里已经面目全非——老厂房和宿舍区全部被推平，代之而起的是豪森纸业集团十几栋气派的大楼，以及一个带音乐喷泉的公园。顾小白还是喜欢当年的纸厂，颓败是颓败了点，但旮旯角里都是故事，旧砖旧瓦上全是烟火气。就像一台地道的湖南花鼓戏，尽管土味十足，演技粗糙，唱的都是生活，都是人世间最真实的悲欢，没有违和感。

顾小白在豪森公司门口给胡浩打了个电话，问他在干吗？胡浩说，心情不好，和巍子在萤火虫喝咖啡。顾小白说，你俩来老纸厂吧，哥几个去防空洞里走走，十三年没去了。胡浩问，要不要叫上江蓝？顾小白犹豫了一下说，看她自己的意愿。等待期间，顾小白到门卫室里坐了坐，肖师傅一眼就认出了他，又是敬烟又是泡茶，说好多年没见到你小子了，听说当上刑警队长了，从湘纸厂出去的子弟，就你小子最出息。肖师傅喋喋不休地说起当年老纸厂的人和事，顾小白有的记得有的不记得，但无一例外地回应说：嗯。

肖师傅问顾小白，报上说周总是被谋杀的，真的，还是假的？顾小白来了句新闻辞令，说还在调查中。肖师傅愤慨地说，周总人那么好，怎么会有人暗算他？一定是仇富！现在的社会风气比不得当年，那时候你们这帮浑小子，也就是偷个鸡摸个狗，最多打个架偷窥个澡堂子,哪有动不动就杀人的。顾小白问肖师傅记不记得彭大年?肖师傅说,当然记得,老彭家的那个小子,头发留得老长,男不男女不女的。现在也出息了,是个什么婚庆公司的老总。对了,他还是马厂长的女婿。马厂长的闺女马小燕你应该认识,子弟学校出去的,在银行当科长。可惜了,马厂长不在了,去年中秋走的。

顾小白喝着肖师傅泡的茉莉花茶,说,彭大年也不在了。肖师傅一双浑浊的眼睛在老花镜后面眯成一条缝,不敢置信地说,上个礼拜,在周总的追悼会上我还看见了他,跟马厂长的闺女一起来的。顾小白说,今天凌晨出的事,人掉江里了。肖师傅关掉收音机里正在唱的花鼓戏,惊讶地问,大半夜的,怎么掉江里了?顾小白还是那句新闻辞令:正在调查。肖师傅唏嘘道,老彭家就这个独子,绝后了,唉。给桌上的仙人掌浇了半茶缸子水后,肖师傅问顾小白,这次是来找人,还是办事?顾小白说,约了几个老同学,想去钻一下以前的防空洞。肖师傅捋了捋花白的头发说,自从你们学校的孟老师在里面出事后,防空洞就很少有人进去了,都说阴气太重。还有人说看见过孟老师的鬼魂,穿着白衬衣,一身都是血,在洞内到处游荡,嘴里说着英语。周总几次想把防空洞填埋掉,但人防办不让,说这是国家战略设施,不能随便处置。

跟肖师傅摆了半小时龙门阵,胡浩开着路虎到了,从车上下来的还有许国巍和江蓝。以前厂区有好多个防空洞的入口,现在都找不着了。在肖师傅的指点下,顾小白一行人在地下停车场找到了一个隐蔽的入口,外面有张锈迹斑斑的铁门。胡浩和许国巍有些奇怪,顾小白为什么突然提出钻防空洞?但两个人都没有问。也许顾小白是想起了跟彭大年在洞里玩耍的日子,也许他是在缅怀那段迷幻的青春。胡浩在来纸厂的路上买了两支强光手电筒,他和许国巍走在前面,顾小白和江蓝走后面。胡浩说,他十三年没来过这里了,许国巍也发出了同样的感慨。十三年前那个阳光如血的夏天,是命运的转折点，他们从此被生活的暗流裹挟，朝不同的方向奔突。

　　江蓝突然拽了拽顾小白的胳膊，说，等我一下。几乎是同时，顾小白、胡浩和许国巍发现他们来到了孟老师出事的地方。当年存放红酒的仓库就在眼前，大门早已坍塌，仓库地面长满了荒草。江蓝对着虚空双掌合十，默默无语，谁也不知道她此刻在想些什么，也看不清楚她脸上的表情。十三年前那起枪击案中，她是最大的受害者。这里留下了她的惊惶和尖叫，留下了她破碎的梦想和悲伤的爱情，还留下了一个扑朔迷离的真相。有些东西可以被尘封，但不能忘记，更需要祭奠。或许，这才是她今天愿意跟着顾小白等人重返防空洞的理由。顾小白朝着江蓝凝眸的方向深深鞠了一躬，胡浩和许国巍也鞠了一躬。不知道是不是错觉，一如当年，顾小白竟然嗅到了一股混合着香水味、火药味和血腥味的奇特气息。

　　又往深处走了两个多小时，也许更久，在黑暗中，时间的流动往往会发生扭曲，显得很不真实。四个人来到一个有螺旋楼梯的地方，顾小白马上想起来了，高二那年，在彭大年的怂恿下，萤火虫乐队打着探险的名义，来防空洞里找狗，就是在这里遭遇了所谓的鬼打墙，最后是神秘出现的马小军把大家带出了迷宫。正是那次遇险，增强了乐队的凝聚力，也拉近了江蓝和大家的距离。顾小白提议合唱几首歌，就像当年一样。这个提议得到了胡浩和许国巍的附和，江蓝没有表态，但沉默也是一种态度，说明她并不反对。四个人唱了《花祭》《我的未来不是梦》《海阔天空》《隐形的翅膀》，远去的青春似乎又回来了，在这个地下世界中熊熊燃烧，洞内的阴冷和潮湿一扫而空。唱到《明天你是否依然爱我》时，顾小白听到了一个久违的声音，胡浩和许国巍也听到了，三人同时停下来。

　　只有江蓝还在唱，四重唱变成了二重唱。

　　是马小军，他正站在几米开外的黑暗中，双手打着节拍唱着歌。谁也不知道他是怎么进来的，比十几年前的那次尾随更鬼魅。

更不可思议。渐渐地,二重唱再次变成了五重唱,歌声浑然一体,仿佛马小军一直是属于他们这个小集体的,是不可分割的一部分。

这是二〇〇五年夏天之后,顾小白第一次看到马小军。他依然那么胖,穿着白衬衣,身上有股熟悉的香水味,一如当年。在唱那句英文歌词"Will you still love me tomorrow?"时,他的英语还带着孟海老师的口音。恍惚中,顾小白像回到了少年时代,回到了高二的那次探险之旅。似乎这些年的经历都是幻象,他们其实一直在防空洞里唱歌,还没有走出黑暗的迷途。直到歌声停止,江蓝跟大家解释时,顾小白才回过神来。

江蓝说,小军大部分时间都待在家里,但有时也会到豪森公司来转悠——他不是来上班,而是喜欢钻防空洞,没有人知道他在里面干什么,转够了他就会出来,自己慢慢走回家。顾小白心想,湘江造纸厂在地面上的痕迹几乎荡然无存,但防空洞还保持了原样。也许,马小军是在这个地下世界里寻找熟悉的气息。这里藏着他的童年、他的青春、他的梦。于他而言,防空洞或许是一个比地面更魔幻的空间。顾小白突然想起防空洞里闹鬼的传闻,那个所谓的孟老师的幽灵,说不定就是马小军。他在里面东游西荡,行踪飘忽,被人误当成灵异事件一点都不奇怪。

胡浩和许国巍也有很长时间没有见到马小军了。江蓝介绍大家时,马小军的反应跟刚才唱歌时的深情完全不同。他很平静,连手都没有跟大家握,就好像他和老同学不是久别重逢,而是从未分离。跟当年一样,唱完歌,他默默地在前面带路。但不是去江边的那个隐蔽出口,而是沿着大家来时的路往回走。江蓝挽着马小军的胳膊,两个人并排走在一起,显得亲密无间。看着两个人的背影,顾小白的心情很复杂。江蓝的婚姻似乎并非他想象的那样不堪,但他对江蓝的愧疚丝毫没有减少,反而加深了许多。当曾经的女神跟一个傻子相敬如宾时,这意味着前者要么智力出了问题,要么对生活做出了重大妥协。不管哪种情况，他都负有不可推卸的责任。

这次重返防空洞，自始至终，都没有人提起彭大年，似乎这个人根本就不存在，也没有人觉得身边少了点什么。顾小白有些悲哀，生命是如此微不足道，不管谁离开这颗绿色的星球，明天太阳照常升起，月地之间的轨道不会有丝毫偏移。

回到停车场时，顾小白终究没能忍住，还是问了胡浩和许国巍一句：大年到底是怎么死的？他的声音很轻，轻得就像一根羽毛在风中飘落，却掷地有声。防空洞里的一群蝙蝠似乎受到了惊吓，哗啦一声全飞了出来。胡浩和许国巍面面相觑，一脸莫名其妙，然后看着顾小白，齐声问，你什么意思？

顾小白没有回答，他径直朝自己的车走去。启动引擎时，他朝后视镜里看了一眼，发现江蓝和马小军不知什么时候已经消失不见，好像就是跟着那群蝙蝠一起消失的。胡浩和许国巍还站在原地，他俩瑟缩着脖子，眼神闪烁不定，像是从地心世界爬出来的蜥蜴人。

三

二〇〇五年夏天，对胡浩、许国巍和彭大年来说，是一场惊心动魄的逃亡。而且，逃亡的情景在梦中折磨了他们许多年。

相对于他们三个人，顾小白的家庭条件更好，这主要是因为顾小白父母开了家皮鞋店。店面在顾小白的外公手上就有了，在县城算是老字号，位置也不错，所以生意兴隆。胡浩和许国巍的父母都是纸厂的双职工，每个月拿的那点死工资，除去日常开销，几乎存不下钱。当时纸厂效益已经在走下坡路，物价又在不断上涨，很多双职工家庭的日子过得紧巴巴的，一些子弟已经不愿继承父母的衣钵到厂里上班。彭大年的父亲是纸厂的钳工，母亲以前在厂门口摆了个水果摊，后来城管不让摆了，就当起了家庭主妇，每个月数着钱过日子。

高考后，江蓝每天要帮外婆开南杂店，顾小白本来是因为江蓝才加入萤火虫乐队的，看到她退出了，自己也就没有兴趣再去弹那把破吉他，萤火虫乐队名存实亡。胡浩、许国巍和彭大年倒是执着，经常聚在一起玩音乐，憋着劲想混出个人模狗样。但他们毫无人脉和根基，只能白日做梦。十三年前的那个夏天，是他们人生中最孤独最迷惘的一段时光，去意彷徨。

机会突然来了。

许国巍到舅舅家走亲戚，听表弟说他在长沙解放路的橙子时光酒吧当服务员。许国巍随口问了一句，酒吧要不要驻唱歌手？表弟说，当然要，没有歌手助兴，酒吧就少了很多气氛，客人都不愿意来。但橙子时光开业不久，名气不大，歌手都是过来走场子，还没有驻唱的，老板正盘算着弄个乐队吸引人气。许国巍大喜过望，连忙把这个好消息告诉了胡浩和彭大年，三个人一合计，决定去那家酒吧毛遂自荐。为了确保成功，他们打算在这个夏天好好排练，多做点原创，提升演唱技巧。有一天黄昏，三个人在江边那条废弃的驳船上排练。胡浩突然觉得他们的台风怎么看都不对，琢磨了好久才明白，是穿戴太没品位。没有时尚的衣服，没有亮眼的首饰，没有另类的文身，往台上一站，就是三个乡巴佬。要知道橙子时光酒吧可是在省城，在长沙娱乐业最繁华的解放路，客人的眼光刁钻着呢。如果土得掉渣，谁还会有兴趣看他们演唱？怎么会引起星探的注意？

想明白这点后，胡浩觉得要先包装自己。但包装需要钱，那时候三个人把兜里的钱凑一块儿，也不到两百块，连文身都不够。

防空洞的仓库里有红酒，是彭大年透露的。他在厂里的公厕解大手时，亲耳听见隔间蹲坑的丁保国打电话，叮嘱保卫科人员加强巡逻，确保存储在地下仓库的红酒不会被盗。因为每个蹲坑前都有挡板，丁保国并没发现彭大年当时也在厕所里。如果不是为了包装费用发愁，彭大年可能会忘了这件事。

那天黄昏，夕阳倒映在江面上，像一幅红色的湘绣。许国巍自我解嘲说，要不去抢银行吧，一夜暴富，我们马上就可以去红馆开演唱会了。胡浩把烟蒂弹到江里，说，卧槽，抓到了那就是死刑！老子还没活够呢，连女人都没睡过，太他妈亏了。彭大年就说起了在厕所里偷听到的秘密，说抢银行不如把防空洞里的红酒偷出来卖，基本上是零风险。

彭大年本来是开玩笑，但胡浩和许国巍听了两眼一亮，来了精神。胡浩说，一瓶红酒至少能卖二十几块，我们弄几箱出去，就能卖个两三千块，够包装费了。许国巍拨弄着吉他弦，沉思着，像是个算卦的神汉，然后说，电线杆上有好多回收烟酒的小广告，打个电话就能找到买主。彭大年知道两个人动了心思，他犹豫着说，真干啊？这可是盗窃国有资产，被发现了我们的前途就毁了。胡浩说，发现个屁！在防空洞里干这事，神不知鬼不觉。再说了，我们要是弄不到钱包装自己，前途也他妈毁了。许国巍说，就算被抓了也没事，那个谁不是要流氓坐过牢吗，唱囚歌照样火得一塌糊涂，唱片出了一张又一张。胡浩捡起一块古陶片，打了个水漂，说，资本的原始积累都是肮脏的。等我们成了名，就多做点慈善，把这笔钱加倍还回去。这不叫偷，叫借，还给利息，多有良心啊。

彭大年最终被胡浩和许国巍说服，三个人先去踩了两次点，确定了地下仓库的位置，还发现保卫人员每天在防空洞里巡逻三次，分别是上午九点半、中午十二点四十、下午四点一刻。三人准备了背包、榔头、手电筒、头套和手套，胡浩还拿了根从锅炉房里偷的撬棍。行动前，彭大年问要不要叫上小白？胡浩嚼着口香糖说，算了，小白不差钱，肯定不会入伙。许国巍也说，按照物理学原理，三角形最稳定，人多了容易走漏风声。

顾小白后来仔细想了想，那个夏天，如果他们三个人邀自己入伙，自己会不会答应？想了一夜，他觉得不会。就像胡浩说的，他家条件不错，犯不着为那几个钱去冒险。最关键的是，他要钱没用，他没有兴趣去酒吧驻唱，当歌手不是他的梦想。但他也绝对不会去举报，更不会泄密，毕竟作案的三人都是他的好朋友。那时候他还不是警察，没有法不容情的概念，哥们义气比法更重要。说不准他还会给三个人出谋划策，当回狗头军师。在他十八岁的思维意识中，这种行为不算盗窃，只能算作一个恶作剧。不就是几箱红酒吗，喝下去全都变成了马尿，不如被胡浩他们拿去变现，为梦想铺路。顾小白甚至觉得，自己有可能给三个人望风。如果当时他在场，悲剧就不会发生。不过，他的人生轨迹也会因此而改变。

有段时间，顾小白经常思考一个问题，如果没当警察，他会从事什么职业？是跟大多数子弟那样，在厂里当一名工人，还是去父母的皮鞋店当帮工？他觉得后者的可能性更大。因为那时候已经盛传纸厂要改制，被私企收购，厂内人心惶惶，想跳槽的人比想进去的人多。如果在皮鞋店上班，他肯定结婚了，孩子也会打酱油了。小县城等级观念森严，特别讲究门当户对，有铁饭碗的女人不会嫁给一个体制外的男人，除非对方是土豪。所以他的妻子只可能是个打工妹，姿色平平，文化水平跟他差不多，高中毕业，甚至更低。

对现在的顾小白来说，这种生活他根本无法忍受。每天为了柴米油盐忙碌，没有激情，没有梦想，平淡如水，一地鸡毛。最重要的是，缺乏神秘感。他喜欢的世界，是充满悬疑色彩的，由一个个谜团串联而成。每解开一个谜团，就会有很多精彩的发现。他很享受发现的快感，就像一个寻找宝藏的冒险家。他沉浸在解谜中，生活有许多不确定性。这种不确定性让他好奇、兴奋，有强烈的探索欲。

那天午饭后，胡浩、许国巍和彭大年开始了行动，他们戴上头套，只露出眼睛和嘴巴，像是动漫里的忍者。三个人是从江边那个隐蔽的出口进入防空洞的,在黑暗中走了一段路,彭大年一度想打退堂鼓,说要不算了,我们再想想其他办法筹钱。胡浩说,要想成大事就要胆子大,我们就当是练胆。酒吧鱼龙混杂,以后在那种地方驻唱,胆不肥就容易被人欺负,那还混个屁啊。许国巍也说,大年,你要是实在害怕,就负责望风,我和浩子动手。弄出来的酒也由我们来卖,你只点钞就行。话说到这个份儿上,彭大年再退缩就太不够哥们义气了,他只好硬着头皮答应。为了不被人发现,行走中三个人没有打手电筒,像蝙蝠一样无声无息。中途他们停下来抽了根烟。彭大年刚想扯着嗓子唱几句给自己壮胆,立即被胡浩喝止了,他说当心被人听到。乌漆麻黑的,谁也不知道防空洞里是否藏着其他人。万一有吸毒的、赌博的,或者偷情的,潜伏在里面做不可描述的事情,听到了他们的声音就容易暴露。

十三年前那个燥热异常的夏天,胡浩、许国巍和彭大年之所以奋不顾身地去防空洞里冒险,还有一个重要原因——他们认为江蓝肯定能考上大学,前途繁花满地。而他们如果原地踏步,未来绝对黯淡无光。江蓝是三个人心中的缪斯,是荷尔蒙和多巴胺的催化剂,是音乐创作的灵感。从小耳濡目染,三个人对社会阶层的认识是非常清晰的。父母是公务员或事业单位的孩子,会自成一个圈子,很少跟工人和农民子弟一起玩。连玩的内容都不一样,出身高贵的孩子,不会钻防空洞,不会打架,不会在午夜的街头游荡,甚至不会开粗野的玩笑。他们经常泡新华书店,喜欢在假期去旅游。他们不弹吉他,不打架子鼓,爱弹钢琴和拉小提琴。他们说话斯斯文文,少年老成。胡浩、许国巍和彭大年的心里都跟明镜似的,一旦江蓝成了天之骄子,就会看不起他们的卑微和平庸,双方就有一道无法逾越的鸿沟,江蓝在那边,他们在这边,相望却不能相遇。说相望似乎还太乐观了,有了这道鸿沟,江蓝可能不会再多看他们一眼,背影会渐行渐远,最终在他们的视线中彻底消失。

喜爱艺术的少年都是极其敏感的，好强的，他们不能容忍女神的轻视，更不能接受女神的消失。要想填平那道即将出现的鸿沟，就只有提升身份，让自己也变成世俗目光中的佼佼者。这样就能再次跟江蓝站在同一条起跑线上，双方就能平等对话。对三个高考落榜生来说，提升身份的途径只有一条，那就是逆袭，在音乐圈里混出名堂。至少在那个热得窒息的夏天，他们是这样觉得的。

顾小白当上警察后发现，很多男人的犯罪动因都跟女人有关。有的为了给女朋友送一份像样的生日礼物，不惜以身试法抢劫杀人；有的不堪妻子唠叨自己窝囊，坑蒙拐骗敲诈勒索；还有的是因为老婆给自己戴了绿帽子，恼羞成怒血刃情敌。寻衅滋事也大都是因为女人，女人，特别是美女，能引起男人肾上腺素飙升。在动物世界中，雄性为了争夺雌性的交配权不断厮杀，完全是出于一种本能。人类虽然进化了，有了高级情感，但依然没有摆脱原始的动物属性。研究性心理跟犯罪行为的关系，是刑侦学上的一个前沿课题。在成功学中，那些所谓的人生赢家背后都站着一个女人。他们征服世界的一个重要目的，就是为了征服自己心仪的女人。女人的崇拜比任何勋章的含金量更高。正如顾小白，这些年出生入死，每破获一个大案，他都希望江蓝能在新闻里看到。

那个午后，三位少年走到一条充满腐臭气息的狭窄通道里，突然听到了一声沉闷的枪响。同时无数蝙蝠从他们头顶飞过，扇起一股阴风。在湿地长大的孩子，从小见多了偷猎野生禽类的行为，对枪声非常熟悉，一听就是五连发。三个人马上停下了脚步，根据枪声来判断，开枪地点距离他们大概有八百米左右，而且在正前方。防空洞里有黄鼠狼、狐狸和兔子，偶尔会有人进来打猎。彭大年担忧地说，糟了，里面有人，我们要不要换个时间再来？胡浩和许国巍在黑暗中交换了一个眼神，同时陷入了沉思。抽了半根烟后，胡浩掐灭烟头说，不能撤，今天不干气就泄了。先摸到仓库附近躲起来，见机行事。许国巍说，只打了一枪，打枪的人应该走了，我们别自己吓自己。再说了，洞里有其他人，事发后水会越搅越浑，保卫科不容易怀疑到我们头上。

三个人又摸黑走了一段路，前面传来奔跑声和喘息声，而且越来越近，似乎一列不堪重负的火车呼哧呼哧地冒着蒸汽，就要穿过隧道迎面撞来。彭大年过于紧张，条件反射地惊叫了一声，谁？胡浩想捂住他的嘴巴，却已经来不及了。彭大年话音刚落，对面的那个声音就消失了。三位少年也屏住呼吸，身体贴在墙壁上一动不动。狭路相逢，双方都在揣度着彼此的身份，比拼着耐心。胡浩握紧了手中的撬棍，做好了发生冲突的准备。十几秒钟后，那个声音再次响起来，但跟刚才相反，奔跑的方向是背离三位少年。跑着跑着，扑通一声，那人似乎摔了一跤。胡浩等人的胆子大了起来，对方可能在防空洞里做了见不得人的事，很害怕他们。胡浩将计就计，朝许国巍和彭大年打了个手势，三个人假装追过去。那人跑得更快了，迅速消失在黑暗中。走到那人摔跤的地方时，许国巍的脚碰到了什么东西，他拧开手电筒一看，是一支五连发，哮天犬牌，在灯光中闪烁着森森寒芒。三个人迅即明白了，那人刚才可能是在追捕野生动物，碰见他们后，担心自己非法持枪和盗猎的行为被发现，于是掉头就跑。但慌乱中踩到了湿滑的青苔摔倒在地，枪支脱手。四周黑咕隆咚，那人顾不上找枪，仓皇逃离了现场。当然，这只是三位少年在当时做出的最合情合理的解释，真相其实远超他们的想象。

吓跑了盗猎分子，白捡到了一支枪，这个意外收获让三人开心不已。因为猎枪在黑市上可以卖到上千块，赚大发了！有了枪，三人作案的底气也更足了。胡浩得意地说，如果碰到保卫人员巡查，就朝地上开一枪，保准能把对方当场吓尿。许国巍说，他跟着舅舅在鹤龙湖打过大雁，会使枪，这玩意儿由他来保管。三位少年都没有意识到，这支枪是一个可怕的魔咒，根本不会带来任何好运，反而会成为他们一生的梦魇。为了摆脱这个梦魇，他们后来付出了惨重的代价。

他们关掉手电筒，拿着枪继续朝前走时，竟然看见了江蓝。她打着手电筒，提着一只锌皮桶，应该是去厂里洗澡。三个人还看见江蓝后面有人尾随，虽然看不清五官，但从身形能辨认出是顾小白。胡浩笑骂，难怪小白一放假就不怎么跟我们玩了，这狗日的心思全在江蓝身上。许国巍说，这小子重色轻友，不可深交。彭大年问，他不会去偷看江蓝洗澡吧？胡浩撇撇嘴，屁！他有色心没色胆，江蓝在他面前脱光了他都不敢睁眼睛。三个人如同蛰伏的蝙蝠，眼睁睁地看着江蓝和顾小白从附近走过。双方距离是如此之近，他们甚至闻到了江蓝身上散发出来的气息，就像顾小白说的，是一股猫尿味。这种气息有一种神秘的魔力，从他们的每一个毛细孔钻入，让通体无比舒畅，连灵魂都是愉悦的。

江蓝和顾小白离开后，三个人摸到了仓库前，拧开手电筒。门上有一把老式的挂锁，巴掌大。胡浩先是用榔头和撬棍去撬锁，但没有撬开。就在这时，负责望风的彭大年哆嗦着说，不好，有人来了！胡浩和许国巍闻声望去，一个穿着白衬衣的身影出现在不到十米远的地方。毫无疑问，那人已经把他们的所作所为尽收眼底。许国巍端着猎枪咋呼道，别过来，老子有枪！他想吓唬对方，就枪口朝下扣动了扳机。随着火舌喷射而出，白衬衣当即倒地。

三个人顿时吓傻了，胡浩踹了许国巍一脚，你他妈脑袋被门板夹了，怎么朝人开枪？许国巍哭丧着脸说，我是冲地上开的枪，不知怎么打到人了。彭大年气急败坏地问，你不是说自己会使枪吗？许国巍悻悻地说，那还是小学六年级的事，是舅舅托着我的手开的枪，而且就一枪。回过神来后，三个人朝地上的白衬衣跑去，打着手电筒查看情况。当看清对方的长相后，三个人惊得魂飞魄散，白衬衣竟然是孟海老师！他双眼紧闭，身上全是血。胸腹部位被打成了筛子，像无数条蚂蟥钻进了体内，触目惊心。胡浩大惊失色，怎么会是孟老师？许国巍绝望地说，完了，我杀人了，会判死刑的！彭大年感觉裤裆里热烘烘的，一股液体不受控制地流了出来，他说，那我们去自首吧，争取宽大处理。许国巍说，我爸要是知道我杀了人，我还没自首他就会先把我揍死。只有胡浩没有惊慌失措，他甚至点了一根烟，直到抽完才说，把枪扔了。

许国巍和彭大年都吃惊地看着胡浩，不明白他的意思。胡浩说，这里就我们三个活人，只要我们不吭声，鬼都不知道孟老师是谁杀的。彭大年忐忑地问，要是被警察查到了怎么办？胡浩把熄灭的烟蒂放进口袋，反问，我们戴了手套，没留下指纹，警察怎么查？许国巍也慢慢冷静下来，说，别把警察想得那么神，还记得口罩色魔吧，这么多年了也没抓到。彭大年不放心地说，被警察抓到了可是罪加一等。胡浩说，小偷小摸被抓了，关不了几天，但杀人就不一样了，自首也会把牢底坐穿，出来人就废了，还玩个狗屁音乐？而且我们要是坐了牢，全家人都会跟着遭殃，我爸妈不被气死也会被气疯。许国巍望着黑暗深处，幽幽地说，成了劳改犯，江蓝这辈子都不会理我们了。彭大年的内心受到强烈触动，他能忍受自己坐几年大牢，但不能忍受音乐梦破碎，更不能忍受女神弃他而去。

三个人商量了一会儿后，扔掉五连发，放弃了盗窃红酒的计划，迅速逃离现场。途中，他们还扔掉了榔头和撬棍。他们没有从江边的那个出口离开，因为太远了，不能及时知道案发现场的情况，所以他们选择从厂区一个比较隐蔽的出口上来。刚进胡浩家，他们就听见了江蓝的尖叫声，杀人了，孟老师在防空洞里被人打死了！三个人对视一眼就往现场跑，假装去看热闹……

那天傍晚，三个人在乌龙宝塔里焚香起誓，对防空洞里发生的那起杀人事件守口如瓶，如果泄露半点风声，天诛地灭锉骨扬灰。保卫科排查时，他们互相作证，说有不在场证明。在孟海老师的追悼会上，三个人卖力地演唱，甚至把自己唱哭了。虽然有演戏的成分，但感情并不虚假。孟老师平素对他们不薄，这是一场误杀，一个意外。后来听说警方怀疑孟老师盗窃红酒，枪支走火把自己打死，三个人庆幸自己逃过了警方的追查，但看到孟老师死了还被泼脏水，又深感愧疚。再后来，听说顾小白帮助警方查出了案子的真相——是江蓝误杀了孟老师，三个人的心情异常复杂。他们万万没有想到，自己不仅害死了孟老师，还把江蓝送进了深牢大狱。然而，他们都没有勇气站出来为江蓝辩护。事情已经完全失控，他们错了一步，就只能继续错下去。

那年八月底，他们硬着头皮，一身寒酸地去橙子时光酒吧应聘。他们唱了两首歌，一首是《把悲伤留给自己》，另一首是摇滚版的《浏阳河》。因为紧张，不仅唱破了音，还走了调，台风也很呆板。三个人本来没抱什么希望，老板却被他们身上那种遮掩不住的青涩打动了，仿佛看到了自己的少年时代，于是当场同意让他们试唱一个月。试用期包吃包住，每人月薪四千，还不包括客人给的小费。

当天晚上，三个人像坟地里爬出来的孤魂野鬼，脸色惨白，形容憔悴，光着膀子坐在坡子街的大排档吃宵夜。他们点了一桌烧烤，要了两箱廉价啤酒，谈起防空洞里的那个血色秘密，都后悔不迭。要是早知如此，当初何必去干那一票，让两个无辜的人一死一坐牢。胡浩打着酒嗝说，老子当时真是精虫上脑，要不是总想着在江蓝面前表现自己，也不至于去做贼。许国巍叹气道，狗日的，要是能穿越回去，阻止那一枪，老子宁愿少十年阳寿。彭大年更是痛心疾首，我们把孟老师和江蓝的人生都毁了，我们都是罪人，罪大恶极，以后得下地狱！最后三个人喝得泪流满面，吐得一塌糊涂，被摊主赶走了。

在橙子酒吧驻唱时，胡浩他们三个合住在下河街的出租屋里，每天吃喝拉撒睡都在一起。诡异至极的是，他们经常会做同一个梦，梦见在纸厂的防空洞里开枪杀人后,拼命地逃亡。在后面追赶的不仅有保卫人员、警察,还有孟海老师。有好几次,他们甚至梦见江蓝和顾小白也加入了追赶队伍。他们跑得大汗淋漓气喘吁吁,突然一声凄厉的枪响,无数弹丸钻进了身体,一阵撕心裂肺的痛苦把他们惊醒。有时噩梦是胡浩做,有时是许国巍和彭大年一起做,大部分时候是三个人同时做,然后在尖叫中同时醒来,在黑暗中捂着胸口,盯着彼此,恍若鬼魅。

这些年,胡浩他们去长沙的开福寺祈过福,去南岳大庙烧过头炷香——在那里每人还求了一块玉观音当护身符,据说大师开过光。老家的西林禅寺重修时,他们捐了不少钱,又请高僧做了一场超度亡魂的法事。但噩梦依旧缠绕着他们,怎么也摆脱不掉。菩萨不管用,他们又去了岳麓山顶的云麓宫,跪拜了道家的三位天尊。甚至去北正街的教堂,捧着《圣经》做了半年的礼拜。然而,他们的努力都是无用功,梦魇依然说来就来。最后,三个人妥协了,任由这个噩梦成为他们生活的一部分。

为了减少做噩梦的频率,他们沉浸在夜生活中,尽量让自己少睡觉。这期间三个人也想过去投案,彻底解脱自己,但随着财富的积累,勇气越来越小。当他们逆袭成功,成了传统意义上的人生赢家时,就彻底失去了自首的勇气。因为他们害怕失去现在拥有的一切,就像当年害怕失去江蓝,不惜铤而走险。虽然他们侥幸逃脱了法律的制裁,实际上依然在坐牢,是心牢,而且是终身监禁。

江蓝出狱后,胡浩他们三个竭尽所能地给予关照,以弥补对她的亏欠。但并没动过娶她的心思,不是嫌弃,而是惭愧。以老同学的身份照顾江蓝,他们很坦然。以丈夫的身份跟一个被自己伤害的女人生活在一起,他们却没有勇气。得知女神决定嫁给马小军那个傻子,三个人抓狂了,觉得这是江蓝对他们男性尊严的羞辱。但他们无法阻止江蓝这场奋不顾身的婚事,除了祝福,别无选择。直到看见马家人对江蓝的善意,看见马小军对江蓝的细心呵护,百依百顺,他们才渐渐释然。

在长沙下河街那间破旧的出租屋内,胡浩、许国巍和彭大年无数次琢磨过三个问题,那个阳光犀利的夏日午后,孟海老师怎么会出现在防空洞里?他们根本不相信江蓝对警方的解释——是和孟海老师在防空洞里约会,然后一起去打猎。这太扯淡了,因为那支五连发根本不是江蓝的,而是别人的。三个人也不相信江蓝跟孟老师发生过性关系,女神的一举一动他们太熟悉了,从来没有见她和孟老师有任何暧昧行为。但如果两个人只是纯洁的师生关系,那又是谁让江蓝怀孕的?对了,第三个问题是,那天是谁潜入防空洞开的那一枪?如果不是那家伙把枪掉在地上,误杀就不会发生。最后一个问题是,在生命的最后一刻,孟老师听出了他们三个人的声音了吗?然而,他们想破脑袋也没有找到答案,这些谜团像那个可怕的梦魇一样纠缠不休,让他们心神难宁。三个人相信江蓝知道他们不知道的一些秘密,至少是秘密的一部分。他们一度想找她打探,但最终还是缺乏胆量。随着江蓝的生活越来越平静,三个人也不再那么纠结了,有些事就锁进箱子里让岁月尘封吧,然后把钥匙扔进深海,就当从来没有发生过。

只是,他们都想得太天真了。

四

召开案情分析会的这天上午,又是梅雨霏霏,天地间阴沉晦暗,像块半透明的磨砂玻璃,显得有些压抑。雨水似乎渗透到了顾小白的胸腔内,这几天他的心脏一直隐隐作痛,跟患了风湿一样。一般来说,对于这种看似意外的死亡事件,如果家属或医生不提出质疑,现场又没有发现明显的疑点,公安机关接警后,尸检和勘查都不会太细致。尤其是在这种小县城，警力有限，不可能耗费大量人力物力去调查每一起死亡事件。彭大年的死就是这样，有他的妻子以及两个好朋友作证，现场的种种迹象也表明他的确是落水溺亡，所以一开始警方并没有仔细勘查和尸检，在顾小白督促后才重视起来。

杜耀文喝了口自己带来的可乐，说，经过仔细检测，鹅卵石堆下面的足迹有几个特征。第一，后跟重压靠后，大拇指重压前边缘，距离鞋印的前边缘在 2 cm 左右；第二，鞋印的掌内外两侧虚压明显；第三，第一跖区重压部位反映在鞋印的掌内侧下侧端，重压面的内弧距鞋印的内侧边缘在 1 cm 左右……顾小白打断道，直接说鉴定结论吧。杜耀文点点头，说，鞋子比光脚足迹大 0.8～1.5 cm，穿鞋的人为男性，年龄三十左右，身高 174～178 厘米，体重 53～55 公斤，偏瘦。而死者的身高有 180 厘米，体重 75 公斤，这不符合足迹特征。顾小白说，这是典型的小脚穿大鞋。杜耀文用可乐润了一下喉咙，继续说，在鹅卵石堆上发现了微量血迹，检测后发现是 AB 型血，而死者是 B 型血。在死者的鞋子里提取了足部皮屑，DNA 鉴定显示，并非死者所留。另外，鹅卵石堆上发现了三枚指纹，根据鉴定，也非死者所留。

姚伟明紧接着汇报，死者每百毫升血液酒精含量超过 200 毫克，属于严重醉酒，基本上会处于人事不省的状态。当然，也不能绝对，醉酒状态因人而异。死者的衣裤背面和皮鞋足后跟都有刮擦痕迹，显然摔倒后是背部着地，但死者身体上并无跟鹅卵石滑坠现场能对应的伤痕，也没有其他致命伤。我们推断，犯罪嫌疑人很可能是穿上死者的衣服和皮鞋，伪造了滑坠现场后，再把衣服和皮鞋穿回到醉酒昏迷的死者身上，然后将其扔进江中，导致死者溺亡。

会议室内，再没有人怀疑顾小白在现场说的那些话是故作姿态，刘凤娟钦佩地问，顾队，您在现场是怎么看出猫腻的？顾小白说，彭大年的胳膊不仅没有擦伤，那只劳力士的表带上也没有刮擦的痕迹,这不符合滑坠特征。足迹的着力点也有问题,不是正常形态。还有,彭大年是内八字,足迹却偏外八字。杜耀文说,这个细节勘查时倒是忽略了,还是顾队老辣。

作为发小,顾小白非常熟悉彭大年的走路姿态,知道他是内八字,也知道胡浩是外八字。如果这个案子别人来处理,可能就蒙混过去了,胡浩在现场给他打电话是弄巧成拙。前几天探访防空洞,顾小白就是想给胡浩和许国巍一个机会,在故地重游时回忆起萤火虫乐队的美好时光,唤起两个人对昔日好友的愧疚,主动投案自首,但两个人执迷不悟。当时顾小白就悲哀地意识到,青春岁月里的那只萤火虫不是消失了,而是彻底死了,被埋葬在暗黑的时光里。

毫无疑问,胡浩和许国巍有杀害彭大年的重大嫌疑。刘凤娟提出了疑问,案发时,如果有人冒充彭大年给马小燕打电话,作为妻子,马小燕怎么会听不出丈夫的声音?小宋说,通过技术侦查,在彭大年手机上发现了一个已经被删除的语音包,类似于车载导航,能模拟任何人的声音。小宋推断,犯罪嫌疑人先是在彭大年的手机上秘密下载了这个语音包,录下他的声音。作案时,再用彭大年的手机拨通马小燕的电话,让她误以为是丈夫来电,接着在通话中制造彭大年醉酒落水的假象。事后,犯罪嫌疑人再把这个语音包删除。顾小白问,语音包是什么时候下载的?小宋说,凌晨一点十二分,一刻钟后,马小燕就接到了用这部手机打来的电话。

段宏也汇报了彭大年的财务调查情况,说花好月圆婚庆公司从二〇一二年起一直亏损,截至现在,负债七十多万。奇怪的是,在彭大年办公室的抽屉里发现了一张储蓄卡,建行的,开户人却不是他,是一个叫程福海的人。顾小白插了一句话,程福海是谁?段宏说,婚庆公司秘书佟婕的表舅,本县石塘村村民,六十三岁,是个盲人,吃低保,没出过村。佟婕说,这张银行卡是彭大年要她帮表舅办的,然后交给他保管,说是公司有笔款子要打在上面,可以避税。彭大年许诺，每年会给她表舅两千块钱，还叮嘱她千万不要声张。卡办了有五年了，密码多少，余额多少，她都不知道。我专程去了趟石塘村，问过程福海了，佟婕说的都属实，这五年，佟婕每年都会给他两千块。顾小白问，卡里有多少钱？段宏说，汇入款合计七百三十万，是多人多次汇入，但现在只剩五万。顾小白把喝剩的半瓶矿泉水浇在绿萝上，说，汇款人应该是胡浩和许国巍。段宏说，除了他俩，还有一个汇款人，是彭大年的妻子马小燕，她一个人就汇了两百八十万。顾小白很吃惊，发现胡浩和许国巍涉嫌谋杀后，他怀疑两个人跟彭大年有经济纠纷。比如说，彭大年找两个人借了钱，赖账不还。或者，是两个人找彭大年借了钱，不想还。但马小燕为什么也给彭大年汇了这么多钱？

会议室里议论纷纷，杜耀文说，个人借贷不属于应税行为，彭大年避税的理由说不通。刘凤娟说，借用别人的银行卡，借款人和出借人的风险都极大，容易产生民事纠纷。胡浩和许国巍都是精明的生意人，马小燕更是银行高管，他们怎么愿意冒这个风险？顾小白从段宏手里拿过那张建行卡的流水单，发现马小燕汇第一笔钱的时候是二〇一三年十月十三日——那时候她和彭大年还没有结婚，两个人结婚是在二〇一四年五一节。顾小白抬头看着窗外浓稠的雨雾，凝思了一会儿说，汇款人可能并不知道钱是汇给了彭大年，那张建行卡是彭大年用来隐藏自己身份的。段宏问，彭大年为什么要这样做？汇款人为什么心甘情愿地打款？顾小白吐了个烟圈，仿佛一只水母刚从海底深处浮上来，他说，马小燕汇入的第一笔钱是十万，而胡浩和许国巍汇的是十五万，后来汇款的金额逐次递增。第一次作案，收款人没有把握，所以胃口不大。尝到甜头后，他的胆子越来越肥，金额也就随之加大。这是典型的敲诈手法。也许，彭大年掌握了汇款人的某个秘密。

顾小白的这句话一出，在座的人都震惊了。因为经济纠纷杀人屡见不鲜，但谁也没有想到胡浩和许国巍杀人是因为一个秘密，更没想到被害人的妻子也卷入了这个秘密中。如果顾小白的推理成立，这个秘密肯定对三位汇款人极其不利，是绝对不能见光的。

段宏给顾小白发了根和天下，问道，会不会马小燕也参与了杀人？顾小白摇头说，可能性不大，如果马小燕参与，犯罪嫌疑人就不会冒充彭大年给她打电话。而且，马小燕小学就暗恋彭大年，是真爱，不太可能谋杀亲夫。杜耀文说，看来三位汇款人有一个共同的把柄被彭大年捏住，但马小燕对胡浩和许国巍要杀害自己的丈夫并不知情。顾小白说，三个人是不是有同一个秘密还不好下结论。

大家都很好奇三个人到底有什么把柄被彭大年抓住，五年之内，居然被他敲诈了七百多万。刘凤娟好奇地问，会不会是两位犯罪嫌疑人都跟马小燕有不正当关系，被彭大年录下了证据？段宏笑着说，这也太重口味了吧，马小燕再水性杨花，也不可能同时跟隔壁老王和对门老张有染。杜耀文被可乐中的二氧化碳呛了个喷嚏，说，要真是这样，这关系也太乱了，毁三观啊。姚伟明说，一切皆有可能，有钱人的世界咱们不懂。小宋啧啧称奇，多好的题材啊，这比抗日神剧还狗血，拍成悬疑电影，票房一定过亿。段宏眉飞色舞地说，我跟导演毛遂自荐，出演里面的神探，没准儿一炮走红成了大明星。刘凤娟说，神探还是留给顾队吧，就你这形象，演凶手都不用化装。大家都笑了，只有顾小白没笑，他严肃地说，朋友妻不可欺，胡浩和许国巍很讲义气，不会干这种荒唐事。而且，以我对彭大年的了解，他不会拿自己被绿这件事敲诈勒索。

会议快结束时，顾小白摁灭烟头说，去把那三个人请过来。他说的是请，但大家都知道什么意思，也都理解他措辞中的含义——三个人都是他的老同学，大家行动时要掌握好分寸。会后，顾小白开车去了萤火虫咖啡屋，邓丽君在唱《小城故事》，江蓝和黎乐乐正边喝咖啡边闲聊，桌上搁着一部红色笔记本电脑。彭大年出事的那天上午，黎乐乐接到线报后赶到现场，本来想采访顾小白，发现他在西林禅寺静坐，就没进去打扰。彭大年也算是县里的名人，报社主编要她追踪报道这件事，细节越翔实越好，头条给她留着。

看见顾小白进来，黎乐乐起身说，顾队，我正要给您打电话核实情况呢。听说导致彭大年滑坠溺亡的那堆鹅卵石，是飞龙砂石厂的。属于在路边违规堆放，这消息属实吗？江蓝也说，昨天小燕去公安局开大年的死亡证明，没给开，说还在走程序，这到底是怎么回事？顾小白在两个人之间坐下来，说大年的死有问题。江蓝问，什么问题？顾小白说，他不是失足落水，是被谋杀。江蓝一脸惊疑，这怎么可能？黎乐乐急切地问，凶手是谁？

顾小白起身换了盒王杰的磁带，尽量控制住说话的节奏，胡浩和许国巍有重大嫌疑。江蓝和黎乐乐像是被同时捏住了脖子的鸬鹚，嘴里一点声音都发不出来，脸上全是不可思议的表情。顾小白说，丁保国也是被谋杀的。两个女人对视着，依旧处于失语状态。

丁保国的案子还在侦查阶段，保密工作做得相当好，外界尚不知道具体案情，更不知道丁保国就是一直逍遥法外的口罩色魔。顾小白把丁俊透露的一些信息告诉了江蓝和黎乐乐，但他省略了某些重要内容——跟江蓝和黎乐乐有关的部分。猎枪的事他也没提，他觉得还不到时机。当年的两个受害者静静地听着，似乎在听别人的故事，看不出内心的涟漪。

顾小白说，我刚才说的这些都属于案件机密，你们不能透露出去。黎乐乐的语言功能终于恢复正常，她问，既然是机密，你为什么要告诉我们？顾小白没有回答，他抬头看着旋转的吊扇叶片，脑袋里风声呼啸，王杰在声嘶力竭地唱《一场游戏一场梦》。江蓝也缓过神来，问顾小白，浩子和巍子为什么要杀大年？顾小白同样没有回答，在两个女人诧异和不解的目光中，他起身离开了咖啡屋。

一直到上车，顾小白都觉得脑袋里的风声没有停止，一会儿吹过来防空洞里的气息，一会儿吹过来花鼓戏的唱腔，一会儿吹过来孟老师身上的香水味。他不知道自己今天为什么要来这里，似乎是无意识，又似乎是下意识。他透露的那些案情，好像是在泄密，又好像是另外一个秘密的开始。马金龙死了，丁保国死了，周云鹏死了，彭大年死了。现在胡浩、许国巍和马小燕又被卷入彭大年的谋杀案中。这些人全都是当年湘江造纸厂的，跟糖葫芦一样串在一起。

眼下，他迫切需要找到的，就是那根串联用的棍子。

中午，顾小白靠在椅子上休息了一会儿，绿萝散发出来的那种草本气息很催眠。他一觉睡到下午两点，刚睁开眼，段宏就走过来说，老大，人都请回来了，杜副队正分头找他们了解情况。段宏很委婉，把审讯说成了解情况。顾小白低头嗅了嗅绿萝的清香，问，交代了吗？段宏泡了杯碧螺春给顾小白，郁闷地摇头，三个人都在闹情绪，都嚷嚷要见您。顾小白盯着茶杯口沿上凝结的水汽，发了一会儿呆，然后说，我先去跟马小燕谈谈。

顾小白端着茶杯走进询问室，刘凤娟正在跟马小燕做思想工作，他说，你出去吧，我来。刘凤娟刚走，马小燕就激动地问，小白，我正在办大年的丧事，你们把我带到这里来是什么意思？顾小白说，大年不是意外，是被害。马小燕神色大惊，盯着顾小白使劲看，感觉他不像是在开玩笑，她的情绪更激动了，凶手是谁？顾小白喝了口碧螺春，答非所问，大年有一张建行的储蓄卡，你知道吗？马小燕摇头说，他的所有储蓄卡，个人的和公司的，都是在我上班的工行办的。顾小白说，这张建行卡的开户人叫程福海。说完，他的目光锁定马小燕的那张脸，观察她的每一个细微表情。

听到程福海这个名字，马小燕嘴角的肌肉抽搐了一下，眨眼的频率明显提高。顾小白暗忖，果然有状况，他说，我们查过了，程福海是花好月圆婚庆公司某位女员工的亲戚，一个老农民，还是盲人。这几天，马小燕忙着操办丈夫丧事，整个人非常憔悴，听到顾小白的话，她脸色更难看了，身形微微摇晃，如同风中的芦苇。顾小白看了有点不忍心，服丧期间的寡妇，应该是天底下最可怜的人了，但办案需要，有些话他不得不说，有些事他不得不问。

在顾小白的审视下，马小燕如梦初醒，我想起来了，大年是有这么一张卡，我还往上面打过几笔钱。不好意思，大年刚走，我几天都没睡好觉，脑子有点短路，一时忘记了。看见马小燕眼神闪烁，顾小白知道她的回答水分很大。他点了根烟，没有发表任何评论，而是透过烟雾看着对面那张苍白哀伤的脸。马小燕有点坐不住了，主动说，那些钱是我汇给大年当公司周转资金的。顾小白轻飘飘地问了一句，为什么要把钱打在那张卡上？马小燕沉默了一小会儿，然后说，大年欠了债，怕这些钱打到自己账户上会被冻结。顾小白追问，他亲口说的？马小燕迟疑了几秒钟，点点头。相对于避税的说法，马小燕的这个解释似乎更合理。

顾小白质疑道，你分五次，给卡上汇了两百八十万，这么多钱，是从哪儿来的？马小燕说，找周云鹏借的。顾小白又问，打借条了吗？马小燕说，我要打借条，周云鹏不让，他说打借条就见外了。你知道的，他和我爸关系很铁。顾小白心想，马小燕到底是搞金融的，回答滴水不漏，没有借条，出借人又不在这个世界上了，死无对证。他抽着烟，微微一笑说，询问结束后是需要你签字按指纹的，而且有录音录像，这些都能当证据。如果周云鹏的妻子知道你找她老公借了这么多钱，是可以要求你偿还的。马小燕的脸色顿时由白转青，如同被霜打过的菜叶。

在这座经济不算发达的县城，身为银行信贷科科长的马小燕算是高收入了，月薪也不到六千块。当然，还有一些灰色收入，但年薪不会超过十五万。如果她汇到那张建行卡上的巨款是借款，不吃不喝不看病不养孩子，得十多年才能还清，这显然是她无法承受的。顾小白看出了马小燕内心的挣扎，他说，你是个聪明人，为了这笔钱，把自己的青春都搭进去不划算，还是讲实话吧。

马小燕低着头，不断吞咽口水，胸脯急剧地起伏着。其实她也是个美人胚子，当年在纸厂子弟学校，她和江蓝一样，是许多男生暗恋的对象。马小燕抬头问，小白，你能替我保密吗？顾小白说，那得看具体情况，如果跟大年的案子有关，那就得走司法程序，会有很多人知道。如果无关，我会尽我所能，把知情范围控制到最小。马小燕点头说，好吧，我不为难你，你尽力就行。那些钱不是我找周云鹏借的，是他主动给我的。顾小白一愣，问道，他为什么要给你钱？马小燕搓着手，抿了抿嘴，然后说，刚进银行时，我为了提高业绩，找周云鹏帮忙。他不仅给我介绍了很多资金雄厚的客户，还把豪森公司的开户行从建行换到了我所在的工行。不过，我也为此付出了代价，成了他的地下情人。

顾小白不动声色地问，那是什么时候？马小燕不假思索地回答，二〇一〇年。顾小白心中默算了一下，那是马小燕大学毕业后的第二年，朝气蓬勃，对事业和爱情怀抱美好的憧憬，她居然为了业绩委身一个老男人，太毁三观了。但顾小白没有表露出吃惊，他琢磨着马小燕话里的每一个标点符号，想知道是正常的排列组合，还是刻意搭配。马小燕说，五年前，我和大年还在热恋。我们第一次发生关系时，大年发现我不是处女，就追问原因。我被迫说出和周云鹏的暧昧关系，他非常愤怒，扬言要报复周云鹏，还要跟我分手。我很害怕，不想失去大年，就跪在地上求他原谅，说自己以后一定跟周云鹏断绝关系。大年说不能便宜了那个老色鬼，必须让他付出代价。周云鹏当时刚和电视台的那个女主持结婚，他跟我爸的关系又不错，顾及影响，他不想闹得太难堪，愿意用钱来摆平这件事。那二百八十万，就是周云鹏分五次给大年的。大年担心周云鹏事后告他敲诈，所以借用了程福海的建行卡，以我的名义，把钱打到那张卡上。都是我财迷心窍，被那个老色鬼骗了，我对不起大年。小白,求求你,一定不要把这件事告诉我妈,也不要告诉江蓝和小军。说到这里,她泪流满面,后悔不迭。

顾小白问,周云鹏的死跟你和大年有没有关系?马小燕急忙否认,绝对没有!周云鹏出事那天,我在银行上班,大年在主持湘江豪庭楼盘的开盘典礼,很多人都可以作证。顾小白内心也不相信马小燕跟周云鹏的死有关,她和大年都是有车一族,没有理由找周云鹏要一可乐瓶的汽油。顾小白好奇地问,大年掌握了你和周云鹏的什么证据?马小燕满脸羞愧地说,我和周云鹏开车出去偷情,被他跟踪了,偷拍了视频。顾小白继续问,视频呢?马小燕说,在大年手上,可能删了,也可能没删,藏在什么地方我就不知道了。他出事后。我检查过他的手机和电脑,都没发现那些视频。顾小白问,你和周云鹏平时是怎么联系的?一般在哪里发生不正当关系,宾馆还是家里?

马小燕开始沉默。

顾小白没有催促,他很有耐心地等待着。询问有时就跟蜘蛛张网捕猎一样,不能急,蛛网越是平静,那些小昆虫越容易麻痹大意。马小燕终于开腔了,她说,我不想回忆,想把那个噩梦忘掉,可是你,小白,却不断让我穿越到过去。顾小白说,抱歉,老同学,这是我的职责。马小燕点头表示理解,她说,周云鹏非常谨慎,担心手机留下偷情的证据,所以很少用手机跟我联系。他每次找我,都是直奔主题,要么在我和他的车上,要么去他家。他有好几套房,平时都没人住。

顾小白慢条斯理地咀嚼着茶叶,心想,没有频繁的通话记录,没有暧昧的信息,没有开房记录——偷情不是在车上,就是在家里,偷拍的视频不知所终,当事人又死了,根本就无据可查。在刑侦学上,越是完美的证词,越是要打一个问号。反而是那些存在纰漏的证词,往往比较可信。这就跟人一样,高大全的形象充满了虚假性,有些缺点的人设更接地气也更真实。顾小白从马小燕的讲述中挑不出任何毛病，偷情并不犯法，涉嫌敲诈的彭大年又死了，他没有理由继续留置马小燕。他说，你反映的情况我们会核实的，你的隐私我也会尽量保护，现在，你可以走了。马小燕没有动，她问，小白，你还没有告诉我，是谁杀了大年？顾小白欲言又止，他不想在这个刚刚丧夫的女人伤口上再撒一把盐。马小燕嚯地站起来，直视着顾小白：不会是浩子和巍子吧？顾小白避开她的目光说，案子还在调查，嫌疑人不一定就是真凶。马小燕突然捂着脸孔，哭着跑出了询问室。

顾小白来到走廊上，窗外的雨已经停了，湖面上蒸腾的水汽渐渐消散，云朵里隐隐透出金光。但他感觉自己还在防空洞里摸索，四周暗黑无光，他一直找不到出口。十三年来，他似乎同时生活在两个世界里，一个在地面，一个在地下。地面的那个是由无数荣誉构成的，阳光灿烂，花团锦簇；地下的那个则由许多秘密串联而成，阴冷潮湿，不见天日。不解开这些秘密，他的身体就会有一种被分裂成半的痛苦。也许，是时候治愈这种痛苦了。

回到办公区，顾小白叫来段宏和刘凤娟，要两个人分别去查马小燕的财务状况和生活作风问题。此前，他以为马小燕、胡浩和许国巍有一个共同的秘密被彭大年掌握。现在，他有一种直觉，秘密不是一个，而是两个。

五

湘江造纸厂口有棵百年桂花树，一到秋天，香透半个城区。顾小白记得在废纸堆里偷过席慕蓉的一本诗集，叫《七里香》。每次读里面那些灵动隽永的文字，他就会想起江蓝，而且是控制不住地想，仿佛诗歌里吟诵的就是江蓝，字里行间全都是她的味道。子弟学校对课堂纪律抓得并不严,每天都有学生迟到早退,甚至旷课。二〇〇三年重阳节,是个礼拜五。萤火虫乐队全体成员翘了半天课,去一个新娘子的葬礼上演出。

新娘子是农药厂的职工,洞房之夜跟新郎吵架,冲动之下喝了百草枯,没抢救过来。在顾小白的记忆中,乐队接的活白事比喜事多。大部分演出都是在葬礼上,是生者唱给逝者听,演出费用也更高。五人从最初的紧张害怕到习以为常,去的次数多了,就体会到了生命的脆弱。有时生与死相隔并不遥远,只是一首歌的距离。比如说邀请方要求乐队唱《好人一生平安》,那肯定是白事。如果必须唱《今天是个好日子》,那绝对是喜事。只要有演出邀请,萤火虫乐队都会接单。与其说他们是去赚钱,其实是寻找一个证明自己的演出平台。在这个平台上,他们让全身的音乐细胞活跃起来,在激情中释放多余的荷尔蒙。这个时候,他们眼里没有生死,只有音乐。

顾小白读警校时,有一次老师组织学生到法医解剖室观摩。看到那些泡在福尔马林药水里的人体器官,很多同学都吐了,没吐的也脸色惨白。全班只有顾小白泰然自若,老师问他为什么不害怕?他说死人见得多了,有什么好怕的?他从小在江边长大,每年总会见到几具赤裸的浮尸,通常都是男俯女仰,保持一种原始的生命繁衍姿势。高中时代,萤火虫乐队经常在灵堂演出,有时还是在凌晨。遗体近在咫尺,偶尔能闻到尸臭。夜半歌声宛如鬼哭,四周阴风阵阵。那种恐怖,比解剖室有过之而无不及。

喝百草枯的那个新娘子是横死,按当地风俗必须晚上出殡,所以萤火虫乐队的演出安排在下午。农药厂的污染很严重,隔着两里路,都能闻到那种杀虫剂的气味。整个演出过程中,五人就像田间的昆虫,被各种农药轮番喷洒。回来的路上,顾小白蹬着三轮大口呼吸新鲜空气,马小军在后面愉快地推车。江蓝坐在车厢里一声不吭,似乎是有些累了。胡浩、许国巍和彭大年晃晃悠悠地坐在车厢里，热烈讨论着从葬礼上听来的八卦——新娘子是农药厂的厂花，追求者众多，最后厂长儿子抱得美人归。热恋期间，她以种种理由拒绝厂长儿子的亲热。厂长儿子以为她守身如玉，对她越发珍爱。新婚之夜两个人同房，厂长儿子发现她不是处女，她这才坦白说，十七岁那年春天，有天晚上她去看电影，回来时遇到口罩色魔，被胁迫到油菜花田里侵犯。因为担心名声受损，事后她并没有声张，连父母都不知道。没有报案，也就没有证据，联想她身边的众多追求者，厂长儿子怀疑她婚前早已不贞，被色魔侵犯不过是一个借口。两个人因此发生争吵，继而发生了悲剧。顾小白对那个新娘子还有点印象，她安详地躺在棺材里，就像童话里的睡美人。遗照上的她，青春靓丽，身材火辣，深夜被口罩色魔盯上并不奇怪。

许国巍当时说，新娘子太傻了，结婚前应该去做个处女膜修补手术，要不了多少钱。看到江蓝昏昏欲睡，胡浩说话就无所顾忌起来，都什么年代了，还在乎一层膜，只要不影响使用就行了。彭大年却说，我在乎，这就是原创和口水歌的区别，感觉完全不同。胡浩说，别瞎扯，做爱跟做音乐没有半毛钱关系！彭大年没有争辩，他说自己以后的妻子必须是处女，他不在乎天长地久，但在乎第一次拥有。许国巍问顾小白的看法，顾小白回答说，灵魂的干净比身体的圣洁更重要。那是顾小白第一次使用灵魂这个词来造句，他至今不清楚，这句充满哲理的话是来源于自己看过的诗集，还是他的原创。现在想起来，那时候江蓝已非处女，如果她当时没有睡着，一定对三个人的讨论很在意。

很奇怪，尽管江蓝被玷污过，还堕过胎，但顾小白从来没觉得她失贞了。在他心目中，江蓝一直是冰清玉洁、完美无瑕的。在刑侦实践中，顾小白见过出卖肉体，但经常捐助贫困学生的站街女，也见过夫妻恩爱却疯狂敛财的女官员，你说到底谁的灵魂更高尚？两年前，胡浩在长沙芙蓉路新开了家火锅店，他请几个发小去吃喝。

那次顾小白喝得有点晕，他忘了当时怎么谈到了处女这个话题。胡浩说他亲自实践过，第一次和第十次并没有多大区别，他搞不懂有人为什么要因为这个杀人或者自杀。许国巍笑着说，还是有区别的，他和老婆的第十次就比第一次感觉更好。但彭大年持反对意见，说他和马小燕都把第一次看得无比神圣，甚至把床单上的落红当成圣杯收藏了起来。胡浩大笑，你应该把床单送去佳士得拍卖，吸睛率保证超过唐伯虎的春宫图，能卖个天价。

二〇一八年的这个夏天，刚刚询问完马小燕的顾小白看着绿萝出神，他想起了彭大年说过的那些话，一个有浓厚处女情结的男人，怎么会娶婚前就已失贞的马小燕呢？难道是为了把周云鹏当提款机？从财务报表来看，花好月圆婚庆公司是亏损的，彭大年这个老板徒有虚名，根本就没什么钱。他迫切需要注入资金来运营公司，发展业务，敲诈周云鹏的动机是存在的。不过，马小燕撒谎的可能性也是存在的。江湖传闻，周云鹏这个人虽然好色，但仗义，发迹后帮助过不少人。他尤其懂得知恩图报，所以经常能得到贵人相助，马金龙就是其贵人之一。周云鹏诱奸马小燕似乎不符合他做人的风格，当然，男人一旦精虫上脑，做出这种缺德事也不是完全没有可能。跟一名有妇之夫进行财色交易，对任何女人来说都是莫大的羞耻。如果马小燕在撒谎，到底是什么样的秘密，让她不惜把脏水往自己身上泼？还有什么见不得人的事比做情人更丢脸？还有，她汇到那张建行卡上的巨款，如果不是周云鹏给的，又是从何而来？也许，讯问胡浩和许国巍后会解开这些谜团。但顾小白没有急着进讯问室，他的拖延就是一种态度。他想让两个人猜测他为什么迟迟不出现，猜测他到底掌握了多少情况。

犯罪嫌疑人处在不断的猜疑当中，就会不明虚实，拿不定主意，乱了方寸，这对警方的讯问是很有利的。但此刻顾小白的心中悲凉如寒冰，他没有以往跟犯罪嫌疑人斗智斗勇的那种兴奋。他从来没有想过，有朝一日会讯问自己的发小，而且发小还涉嫌一起谋杀案，甚至被害人也是自己的发小。这也是他没有马上进讯问室的原因之一，他还没有做好角色转换的准备。

记忆的匣子一旦打开，许多往事就像见缝就钻的瓢虫，争先恐后地往外爬。有阵子，纸厂子弟学校流行玩杀人游戏。一到课间休息，就八九个人一组，玩得不亦乐乎。通常情况下，萤火虫乐队的成员会一起玩，再叫上另外几个同学，比如马小燕、马小军和丁俊。课间休息时间太短，玩得不过瘾，顾小白喜欢在放学后去防空洞玩，那里幽暗阴森，玩这种游戏更有气氛。有时候他们也会在乌龙宝塔内，在废弃的驳船上，或者在岳州窑的古窑址上玩。从警后，顾小白侦破了很多杀人案，他发现不同凶手选择的作案地点惊人地相似，大都是在老宅、荒山、密林、河滩、枯井、破庙……甚至天气和时间的选择也很相似，主要集中在黄昏、雨夜、凌晨、正午。凶手的这种选择，不完全是为了隐藏罪行，可能还有一种连凶手都没意识到的原因——荒僻的环境、极端的天气和寂静的时间段，能诱发人的原始本能，激起犯罪欲。

深夜的西林禅寺如同一口沉寂的古钟，四周更是空旷无人。二〇一八年夏天的那个凌晨，胡浩和许国巍之所以把杀人地点选择在这里，不一定是事先踩好了点，有可能是特殊的环境和时间段诱发了犯罪念头。当然，这种念头一定早就在两个人的脑海里存在，只是一直没有勇气付诸行动。

当年玩杀人游戏时，顾小白和彭大年做警察的次数最多，但彭大年不够冷静机智，屡屡殉职。有时候马小燕违反游戏规则，偷偷眨眼暗示彭大年谁是杀手，他还是不解其意，慷慨赴死。马小燕、马小军和丁俊老做平民，他们三个同样心理素质欠佳，经常被迅速淘汰出局。胡浩和许国巍则爱做杀手，觉得酷毙了。《这个杀手不太冷》两个人看了不下十遍，台词背得滚瓜烂熟。但他们也不是完美杀手，不管如何隐藏身份，总被顾小白指认出来，彭大年因此老笑话两个人是笨贼。有一次两个人偷偷做了警察，但被做杀手的顾小白迅速干掉。气得胡浩破口大骂，小白你个狗日的，真是我和巍子的克星！倒是江蓝，一直扮演法官的角色，辨正邪，断生死，干净利落，很符合她的气质。

只有一次例外。

二〇〇三年春天，也许是夏天，具体时间顾小白记不太清楚了。是一个残阳如血的黄昏，在岳州窑的古窑址上，大家玩杀人游戏。除了经常在一起玩的八人，还有另外五名同学，两男三女。这次当法官的是丁俊，他说天黑请闭眼。所有人都闭上眼睛，顾小白屏息静气，感受着身边的动静。当法官说杀手请睁眼时，一个不专业的杀手，身体会在下意识中做出反应，发出细微的声响。丁俊又说，天亮请睁眼。所有人都睁开了眼睛，顾小白发现第一个被杀的是胡浩。从他留下的遗言来看，他似乎是被冤杀的。第二个出局的是许国巍，接着是彭大年，然后是以神探自居的顾小白。江蓝和马小军的生命力很顽强，坚持活到了游戏的最后一轮。就在顾小白以为两个人即将被杀时，反转出现了，两个人竟然是杀手！这让之前被淘汰出局的人全都吃了一惊，大家没想到江蓝和马小军隐藏得如此之深，而且配合得天衣无缝。

那是顾小白第一次惊叹江蓝的心理素质和表演天赋，整个游戏过程中，她没有露出丝毫破绽。为了掩盖杀手的身份，她甚至故意制造假象迷惑别人，把她误当成警察或者平民。马小军也发挥得很出色，但他是智障，平时行为举止就很古怪，说话颠三倒四，别人误判他的角色很正常。这么说吧，在杀人游戏中，马小军其实是用来凑数的。平常他总是第一个被淘汰出局。只有那次跟江蓝合伙扮演杀手，他才笑到了最后。应该说是江蓝拉高了他的智商，提高了他的生存率。顾小白有几次想跟江蓝一起扮演杀手或警察，并自认为是强强联手，双剑合璧。但尴尬的是，他的遭遇正好跟马小军相反，每次都没有善终，死在了江蓝前面。胡浩、许国巍和彭大年也想跟江蓝合作，但同样死得很惨。后来所有人都发现了，江蓝和马小军才是一对黄金组合，无论当警还是当匪，都所向披靡。

还是那一次，顾小白也扮演了几回法官和平民。他发现只要自己不做警察，扮演杀手的胡浩和许国巍就会成为漏网之鱼。其实以前玩杀人游戏时，两个人并不笨，隐藏也并非不深，之所以很快暴露身份，是因为顾小白太了解他们了，一捉一个准。毫不夸张地说，如果在两个人身边闻到一股臭屁味，顾小白都知道是谁放的，两个人平时爱吃些什么他门儿清。

那天从岳州窑回来，顾小白内心感叹，老祖宗说，天地万物相生相克，真是一点没错。这个世界上，总有一个人是自己的毒药，但对别人来说，或许就是鸡汤。后来的事实证明，不光是在玩杀人游戏时，在游戏之外，江蓝也成了顾小白的毒药。但在马小军面前，她是一碗包治百病的鸡汤。顾小白因此充满了挫败感，自己居然连一个智障都不如。他甚至有过一个念头，往自己脑袋拍一板砖，变成傻子，江蓝是不是就可以成为他的鸡汤了？

这个念头过于荒诞，顾小白并没有实施。他是个爱做梦的人，少年时代尤其爱做那些与春天有关的梦，但他从没把梦中的行为变成现实。后来为了求得心理平衡，顾小白灵活运用起了阿Q精神胜利法——江蓝是上帝派来拯救智障的天使，他不在救助名单上，说明他足够聪明。

六

可能是杀人游戏玩多了，顾小白曾经做过一个梦，梦里有江蓝，但与那些春天的内容无关。他和江蓝穿越到了抗日年代，两个人都是我党派遣到敌占区的地下工作者,但彼此并不知道对方身份。有一次,顾小白去茶馆跟江蓝接头,不幸被叛徒出卖,而叛徒竟然是彭大年,抓捕他的特务则是胡浩和许国巍。胡浩一伙百般拷打顾小白,逼问他接头的人是谁?顾小白说不知道,他确实不知道。许国巍把茶馆老板娘带过来,问是不是她?顾小白一看,居然是江蓝,而且从她身上嗅到了那种同志才有的独特气息。原本即将崩溃的他顿时精神抖擞起来,浑身充满了无穷的勇气。他趁胡浩一伙不备,抢了一支枪奋力反抗,并叫江蓝快跑,他掩护!最后他身中数弹昏迷不醒,江蓝扶起浑身是血的他,深情地呼唤着,小白,快醒醒!他慢慢睁开眼,发现是母亲站在床前,拧着他的耳朵,满脸怒容地数落道,上学要迟到了还不起床,跟你爸一样,猪投胎,一辈子都睡不醒!

顾小白最后一次玩杀人游戏是在二〇〇五年夏天。孟老师被害后,为了帮警方找到凶手,他召集了二十六个同学到乌龙宝塔内玩杀人游戏,绝大部分是男生。萤火虫乐队的全体成员都参与了,包括江蓝。他们聚集在塔内的最高一层,也就是第七层。壁龛上供奉着一些叫不出名字的菩萨,飞檐下的风铃不停地发出叮当声,如同在替孟老师招魂。这次的游戏规则跟以前不同,是顾小白自己定的。那时候,大家虽然对顾小白的线人身份一无所知,但都知道他的用意,没有一个人表示反对。此时反对也是不明智的,越配合越能洗脱自己的嫌疑。

游戏中没有警察,只有法官、杀手和平民。算上顾小白,塔内一共有二十七个人。顾小白当第一任法官,他拿出一个日记本和一支红铅笔,把所有人的名字写在上面,然后说,天黑请闭眼。大家都闭上了眼睛,他把日记本和笔随机塞到一个人手里,示意对方睁开眼,在嫌疑人的名字下打叉。打完后,对方再次闭上眼睛,他再次把日记本和笔随机塞到另外一个人手里……如此循环,直到每一个人都完成这个步骤。接着,他说,天亮请睁眼。大家睁开眼的第一反应都是把目光投向日记本,看看谁的叉最多。结果发现是丁俊,有二十多个叉。

按照游戏规则,丁俊出局前,要发表一段辩护词来证明自己不是凶手。他说孟老师被害时,他正在家里午休。顾小白问,谁能证明你在午休,你爸吗?丁俊说,当时我爸不在家,在厂内巡逻呢。马小燕撇嘴道,自己证明自己,你这个辩护词太没有说服力了。胡浩一本正经地对马小燕说,你冤枉丁俊同学了,梦里那个长发飘飘的女人也可以替他作证。许国巍说,看看他的裤衩脏没脏就知道有没有撒谎了。彭大年说,巍子你傻啊,都过了好几天,丁俊的裤衩肯定洗好几遍了。在场的男生全都怪笑,女生都涨红了脸。

丁俊急了,梗着脖子说,隔壁高科长两口子可以证明我没有作案时间。那时丁俊还住在纸厂宿舍,他家隔壁是质检科科长高宝生,老婆秦娟是厂幼儿园的老师。顾小白问,他们怎么给你证明?丁俊吞吞吐吐地说,我午休时,他们一直在做……那种事,声音很大。你们去问高科长,就知道我是不是在撒谎了。塔内先是一阵沉默,接着胡浩说了一句,什么狗屁午休,原来你在听房呢。大家都哄笑起来,估计那会儿丁俊跳下宝塔的心都有了。只有江蓝没笑,她说,你们无聊不无聊啊。顾小白也觉得场面有些失控,只好憋住笑,说游戏继续。

马小军名字上的叉仅次于丁俊,他被淘汰前也要为自己辩护。因为他是智障,由妹妹马小燕代为辩护。她说案发时,她和她哥正在家里看电视,湖南文艺频道,是黎明的演唱会。大家都了解马小军的嗜好,只要有演唱会,地震了都不会离开。在场的一个男生说,那个演唱会他也看了,确实是湖南文艺台在案发时段播放的。大家都没有反驳马小燕的辩护,之所以给马小军打叉,并非真的怀疑他是杀害孟老师的凶手,而是因为他智障,适合背黑锅。至于给丁俊打叉，那是因为这家伙性格孤僻，惹人生厌。按照游戏规则，名字上叉最多的前两名被判处了死刑。

第二任法官是马小燕，她喊了声，天黑请闭眼。第二轮投票随即开始——大家可以擦掉之前打的叉，重新考虑谁是凶手。顾小白记得，他和江蓝是最后出局的。江蓝是报案人，顾小白是她叫到案发现场的，两个人都没有作案时间。胡浩说，案发时，许国巍和彭大年在他家斗地主。三个人的辩护词互相应证，说服力很强，所以他们三个也死得很晚，是在倒数几轮公投时才出局的。游戏的第一阶段是分析作案时间，结束后进入第二阶段，所有被判死刑的人自动复活，这一阶段是分析作案动机，因为不在场证明是可以伪造的。

丁俊人缘太差，他再次成了头号嫌疑人。照惯例，出局前他要留下遗言。他说孟老师平时对他很关照，高考前还给他开小灶补习外语。有一次他爸给了他五十块钱买复习资料，结果钱掉了，被隔壁班的一个男生捡到，耍赖不还，是孟老师替他追讨回来的。他说他脑子又没坏，怎么可能恩将仇报去杀孟老师？

毫无悬念，在游戏的这一阶段，马小军又成了第二号嫌疑人。马小燕替哥哥辩护，孟老师在她哥心中的地位，不亚于篮球迷眼中的乔丹。一个铁杆粉丝怎么可能去杀害自己的偶像呢？马小军突然用英语吟诵起了裴多菲那首著名的《自由颂》，口音是如此纯正，像极了孟老师。吟诵时，他凝视着檐角摇摆的风铃，表情神圣，目光圣洁。他甚至还掏出那条跟孟老师花色完全一样的手帕，擦了擦鼻子。就在那一瞬间，在场所有人都闻到了一股熟悉的香水味。一个身上还带着孟老师气味的人去杀孟老师，这太不合逻辑了！

在后来的投票环节中，马小燕、胡浩、许国巍和彭大年相继出局。马小燕为自己辩护说，当初孟老师大学毕业时，因为没有任何背景，被分配到了乡下的一所中学，那里交通闭塞，条件非常艰苦，待遇也差。她爸跟教育局的黄局长关系不错，爱才心切，把孟老师调到了纸厂的子弟学校。为了表示感激，逢年过节，孟老师都会拎着礼物上门拜访她爸。她评为全县优秀学生干部是孟老师推荐的，高考志愿也是孟老师帮忙填写的，她杀孟老师毫无理由。

胡浩说，他更没理由杀人。那次全县教育系统文艺汇演，萤火虫乐队一首《我的未来不是梦》征服全场，夺得头名，就得益于孟老师的关照。如果他是凶手，母猪就能上树，公鸡就能下蛋，还是咸鸭蛋。许国巍和彭大年的辩护词跟胡浩差不多，总之，孟海老师是他们三个音乐道路上的提灯人，他们比谁都恨那个凶手。

游戏的这一阶段，顾小白和江蓝依然是最后出局。虽然顾小白也是萤火虫乐队的成员，但辩护时，他没有说胡浩他们陈述过的那个理由。他说，孟老师的一个亲戚是东莞某皮鞋厂的厂长，我爸不知从哪里打听到了这个消息，专门请孟老师吃了顿饭，想做那家皮鞋厂在本县的销售代理。在孟老师的帮助下，我爸如愿以偿。有了这个代理，我家皮鞋店每年要多挣上万块钱。就冲这，我也不会去杀孟老师，除非提前几十年得了老年痴呆。

江蓝说，她是英语课代表，全班学生中，就数她从孟老师那里得到的照顾最多。高考前夕，她上夜自习，孟老师怕她回去不安全，每次都会送她回家，一路上还会给她讲解题思路和考试要点。江蓝说的这些大家有目共睹，而且她是女生，柔柔弱弱的，平时从没见她跟谁发生过争吵，跟傻子马小军都能相处融洽，怎么看都不像杀人犯，倒像是含冤待雪的窦娥。若干天后，江蓝向警方自首，说她误杀了孟老师。得知这个消息，那天在乌龙宝塔内玩杀人游戏的人都惊呆了。有人说，江蓝心机太深了，忽悠了所有人，难怪她能在杀人游戏中生存到最后。甚至有人说她的表演天赋来自遗传，她母亲刘素梅就是厂里的文艺活跃分子，会弹会唱，把很多男人迷得神魂颠倒。

在那次的杀人游戏中，第三阶段是分析杀人凶器来自何人之手。

丁俊说，他爸是保卫科长，他从小就知道无证持枪是犯罪。给他一百个胆子也不敢私藏枪支，被他爸发现，会打个半死。马小燕说，她和她哥从小就不爱看枪战片，觉得太血腥太暴力了，家里连玩具枪都没买过，他们兄妹俩怎么敢拿真枪？胡浩说，他二叔就是小时候玩猎枪走火，打瞎了一只眼睛，从此整个家族把枪当瘟神，避之唯恐不及。许国巍苦笑着说，他舅舅非法持枪猎杀野禽，被判了八年，到现在还没出来呢，舅妈也跟别人私奔了。前车之鉴，教训惨痛，他哪还敢碰枪，而且是杀人。彭大年更是把自己撇得一干二净，说他是近视眼，还有点斜视，拿着枪也打不准。

顾小白的辩护理由也比较充分，说初三那年夏天，他到江边捡碎陶片打水漂，在挖沙船挖上来的沙子里发现了一支步枪，锈迹斑斑，他立即报告了厂保卫科。县武装部派人来到现场，经检验，是日本鬼子的三八大盖，侵华战争的遗留物。一个见到枪就主动报告的人，怎么可能私藏枪支？江蓝的辩护词最简单，她说自己有先天性心脏病，鞭炮都不敢放。枪一响，估计她会当场心梗。

杀人游戏没有任何结果，参与者纷纷离开。只有顾小白没走，他掏出那部旧手机，拨通了梁斌的电话，详细叙述了整个游戏过程。那天顾小白在宝塔内一直坐到深夜，他把那本打满红叉的日记本点燃，从宝塔上扔了下去。被风一吹，日记本迅速化成一群火蝴蝶，四散开来，惊慌地飞向漆黑的江面。那时候青春无邪，顾小白以为每个游戏的参与者都说了实话。后来才知道，其实大家多多少少都隐瞒了一些秘密，包括他自己，就省略了把那支三八大盖的刺刀据为己有的细节。还有一点他也没想到，当年好几个参与游戏的同学，确实跟孟老师被害案有关。

更出乎顾小白意料的是，十三年后，酷爱在游戏中扮演杀手的胡浩和许国巍，竟然真的涉嫌谋杀。有一年冬至，他在田汉大剧院看省花鼓戏剧团的演出《刘海戏金蟾》。演出期间，掌声、口哨声、喝彩声此起彼伏。他突然有种错觉,台上的那个故事是真实发生的,而台下的观众才是演员。这种错觉在散场后纠缠了他很久,他一个人走在深夜十点的芙蓉路上,感觉身边的霓虹、站牌和车辆全是戏曲中的道具,而他连跑龙套的角色都算不上,只是一个没有台词的路人甲。如果人间真是一台有着宏大叙事的戏,那导演是谁?是造物主吗?

难道所有的悲欢离合都是预先安排好了的,人类是因为入戏太深而不自知?

想到这里,顾小白就不寒而栗。

绝　响

一

顾小白直到下班时才进入讯问室，胡浩刚吃过杜耀文泡的方便面，正坐在那里发呆，神情显得很疲惫。看见顾小白，胡浩的眼里顿时迸射出亮光，但很快就熄灭了，因为他发现这位老同学的脸冰冷得像块生铁。顾小白挥手示意所有人离开，然后在胡浩对面坐下。两个人就这样静静地对视着，谁也没有说话，但目光里似乎全是语言。这种沉默的相视对两个人来说并不陌生，少年时代，在水塔上，在废窑里，在江边，他们经常玩这样的游戏，谁憋不住先开口就算谁输，要给赢的人一根香烟。十有八次都是顾小白赢，他凝视对方时可以神游天外，脑海里全是各种奇异的画面。对方在他眼中似乎只是一棵树，一条船，甚至只是空气，丝毫不影响他游历那个臆想出来的奇幻世界。胡浩则不能，他的思想是跟着视线一起走的。上课时他只要一打野，眼珠就会滴溜溜乱转，所以经常被老师抓现行，罚抄课文或算术公式。他看顾小白时总忍不住发笑，输出去的香烟应该有两三条了。这次却是例外，顾小白担心对视太久，会回忆起很多不该回忆的东西，迷失自己的警察身份，他率先开口，说出了彭大年的尸检结果和现场勘查情况，还有那张神秘的建行卡，他要胡浩给他一个解释。

胡浩继续沉默，顾小白没有催促，他掏出一盒芙蓉王，给胡浩点了一根，自己也吞云吐雾起来。他没有说大道理，那是影视剧里的情节，没用。他只是淡淡地说了一句，你和巍子的DNA样本已经送去检验了，案发时，是谁穿了彭大年的皮鞋，是谁在鹅卵石上留下了血迹，比对一下就知道了。抽完那根香烟，胡浩又找顾小白要了第二根、第三根。每次递烟时，顾小白似乎听到胡浩胸腔内传出轻微的咔哒声，仿佛有把锁被打开了。他的心也为之震颤了一下，他渴望看见门里面的秘密，但又害怕看见。每次破案时，抵达真相的过程，都是快乐并且痛苦的。

　　胡浩抽完第五根烟时，顾小白听到了铁锁坠地的声音，比之前任何一次声音都沉闷。他知道，那扇紧锁的门彻底打开了。让顾小白意外的是，胡浩没有直接谈案子，而是回忆起了十三年的那个夏天，说出了一个惊心动魄的秘密。顾小白被这个秘密惊骇到了，就好像亲眼目睹了一次彗星撞地球。

　　这些年来，孟老师被害的场景无数次出现在他梦里。场景各异，凶手面目各异——有时是瘾君子，有时是输红了眼的赌徒，有时是流窜犯……但胡浩、许国巍和彭大年从来没有出现在相关的梦中，一次都没有！当黎乐乐说，丁保国就是口罩色魔时，顾小白惊得脑袋里升起了一大团雾。然而，从胡浩嘴里冒出来的这个秘密，不仅让他脑雾弥漫，他的呼吸都快停止了。为了筹钱出道，胡浩他们三个居然冒险盗窃，结果惊慌中误杀了孟老师。如果事实成立，胡浩他们在防空洞里捡到的那支枪就应该是丁保国扔下的。但问题又来了，如果丁保国没有枪杀孟老师，那他持枪去防空洞里干什么？胡浩他们听到的那声枪响又是怎么回事？难道丁保国真的是去防空洞里打黄鼠狼？

　　这不可能！

　　顾小白又设想了另外一种可能——那批红酒锁进地下仓库后，丁保国萌生了监守自盗的念头。案发那天中午，他背着五连发悄悄进入防空洞。孟老师不知什么原因恰好出现在仓库附近，丁保国担心自己的盗窃行为暴露，撒腿就跑，孟老师在后面穷追不舍。为了脱身，丁保国开了一枪，虽然没打中孟老师，但把他吓住了。在逃离现场时，丁保国遇到了胡浩他们，这才有了丢枪的一幕……

但顾小白很快否定了这个推理，就算丁保国在盗窃红酒时被孟老师撞见，他也不至于惊慌失措。身为保卫科长，他完全可以声称自己是在巡逻。而且，周云鹏神秘兮兮地把枪交给丁保国，绝不是要他拿着壮胆偷酒的。顾小白再次想到了一种可能——丁保国谋杀孟老师时，第一枪并没有打中。等他准备开第二枪时，孟老师已经躲了起来。防空洞里漆黑一片，丁保国四处寻找，不料跟胡浩他们撞个正着，被迫放弃追杀。丁保国逃离后，孟老师以为危险消除，从藏身处走了出来，很不幸，他不偏不倚地撞到了许国巍的枪口上……

对，应该就是这样！

此刻，胡浩蔫头耷脑地坐着。那个秘密就像聚集在他体内的水分，在吐露出来的瞬间蒸发殆尽，他变成了一株脱水的植物，毫无生气。顾小白已经大致明白彭大年为什么被杀了，他问，大年的公司经营不善，他缺钱，就不断匿名敲诈你和巍子，对吗？胡浩点头说，第一个敲诈电话是二〇一三年清明节打过来的，是个陌生号码。我后来找人查过，是黑卡，没有实名认证。电话里的声音明显做了变音处理，要我当天记得去给孟老师烧香，然后说出了防空洞里的那个秘密，限我三天内往一张建行卡上打十五万，当封口费。巍子同一天接到了敲诈电话，内容差不多。最开始，我和巍子都不知道敲诈的人是大年。当时，大年也说自己接到了敲诈电话。我们怀疑误杀孟老师时，有人躲在暗处看到了这一幕。为了隐瞒这个秘密，我和巍子被迫往那张建行卡上打钱。大年也说自己打了钱，还拿出了汇款证明，我和巍子信以为真。

彭大年应该是看到两位老同学事业有成，而自己的公司却举步维艰，他心理极度不平衡，于是萌生了敲诈的念头。也不排除一种可能——当年，胡浩和许国巍极力反对报案，导致彭大年长期饱受噩梦折磨，他心存怨恨，因而敲诈报复。顾小白问胡浩，你和巍子是什么时候发现大年就是敲诈者？胡浩说，第五次，也就是今年春天那次。我和巍子雇用私家侦探，查到了收款人程福海的底细，还查出大年的汇款证明是伪造的。

顾小白冷冷地看着胡浩，问，所以你们就决定杀人灭口？

胡浩摇摇头，他又找顾小白要了一根烟，脸上带着怨恨的表情说，刚发现时，我和巍子虽然愤怒，但没想过要杀大年。只要他不再干这种蠢事，我俩就当一切没发生，那些钱就当是资助他的。顾小白问，那为什么最后又下了杀手？胡浩狠命地抽着烟，似乎要把那些痛苦的回忆都吞进肚子里。他说，完全是临时起意！那天晚上，我们三个去橙子时光酒吧嗨皮。许国巍喝高了，开玩笑地问大年，是不是你小子在敲诈我们？如果是，就把这杯酒喝了，以后咱们三个还是朋友。手紧了，就跟哥俩说一声，不要玩阴的。但大年死活不承认，也没喝巍子倒的那杯酒。他说，自己也是受害者，他整天提心吊胆，害怕敲诈者再给他打电话。他甚至说，他有种直觉，下一个敲诈电话很快就会来——正是这句话，彻底激怒了我和巍子，我们觉得大年为了钱，完全罔顾兄弟情义，他太贪婪了，敲诈肯定会无休无止。但那时候，我和巍子还没下决心杀他。

顾小白想起了凌晨的西林禅寺，想起了寂黑的江面，果然跟自己之前的猜想一样，特殊的环境和时间段成了谋杀的诱因。胡浩继续说，返回县城的路上，大年醉得不省人事，倒在后排呼呼大睡。巍子睡不着，一直坐在副驾驶抽烟。路过西林禅寺时，我停车下去小便，巍子悄无声息地跟了过来，把我吓了一跳。我说幸好是你龟儿子，要是打劫的，把老子推下江鬼都不晓得。这本来是一句玩笑话，巍子听了却动了心思，他说，既然大年无情，我们也可以无义。我当时没说话，但我知道巍子是什么意思。那地方鬼都见不到一个，也没有监控，太他妈适合杀人了。抽了大概两根烟，我和巍子就动了杀心。留着大年是个祸害，不仅会被他一直当提款机，十三年前的那个秘密迟早也会泄露。我和巍子虽然谈不上是富豪，但也算是土豪，至少在这个小县城，要什么有什么。如果大年泄了密，我们现在拥有的一切就会化为乌有，包括自由。小白，换了你，你会甘心吗？

顾小白没有回答，平心而论，换了自己，同样不会甘心，但这跟犯罪是两码事。胡浩眼神空洞，目光似乎在漆黑的江面上游离，声音也像是从水面下发出来的，带着一股鱼腥味，只有做掉大年，我和巍子才能安生，这都是他逼我们的，是他自己作死！顾小白走过去，拍了拍胡浩的肩膀，又给他点了根烟，说，别激动，慢慢讲。胡浩的情绪渐渐平复下来，说，我和巍子商量了一下作案细节后，回到车上。我拿到大年的手机，下载了一个语音包，然后把他推醒，录下了他的几句话。顾小白问，什么话？胡浩说，具体内容不太记得了，好像是问我到了哪里，车怎么不走了？那时候我和巍子还在想，如果大年不再睡了，就算他命大，我们就不杀他了，至少那天晚上不会杀。但他发了几句牢骚后又睡着了，我们就铁了心。他醉成一摊泥，我把他的衣服鞋袜脱下来，自己穿上，他一点感觉都没有。然后我拿着他的手机，走到那个鹅卵石堆上，给马小燕打电话，制造了大年落水的假象。其实是我故意滑进水里的，你知道的，我水性好，但大年不行，他是半个旱鸭子。我从另外一个地方上了岸，把大年的衣服鞋袜穿回他自己身上，然后和巍子一起，抬着他扔进了江里。接着我又删除了大年手机上的语音包，抹掉作案的所有痕迹后，我就给你打了那个电话。

胡浩长叹一声，我和巍子都以为，这是一起完美谋杀，福尔摩斯来了也查不出来。没想到还是被你发现了破绽,小白,你个狗日的,这么多年了,玩杀人游戏,我和巍子还是算计不过你。栽在你手里,老子认了!杀人我不后悔,大年这家伙太不是人了,他该死!我后悔的是十三年做的那件蠢事,不该去偷红酒,害了江蓝,也害了孟老师,也害了我和巍子。

当顾小白把黎乐乐和丁俊透露的秘密告诉胡浩时,他惊讶得头发都快竖了起来。顾小白又把自己的推理告诉了他,说十三年前的那个午后,丁保国持枪进入防空洞,很可能是在追杀孟老师。而不是打猎。胡浩问,丁保国为什么要杀孟老师?顾小白说,迄今为止,这还是一个秘密,应该跟周云鹏有关。他问胡浩,马小燕是不是跟周云鹏关系暧昧?胡浩坚决地摇头,这不可能!县城就这点大,能排得上号的土豪不到五十个,大家经常聚在一起吃喝玩乐,谈得最多的是女人。周云鹏和马小燕大家都认识,如果两个人有什么风流韵事,在圈子里早传开了。顾小白就把下午询问马小燕的情况说了一遍,然后问,如果马小燕跟周云鹏的关系是清白的,那她为什么要往自己头上扣屎盆子?她为什么也往那张建行卡上打钱?胡浩回答不出来,只是反复说,马小燕绝对没有卷入十三年前的那次误杀事件,去防空洞里盗窃红酒的只有他们三个。

讯问完胡浩,顾小白又进入了另外一间讯问室,坐在了许国巍的对面。有了胡浩的供词,击垮许国巍的心理防线就容易多了。抽了两根烟,许国巍说,小白,借一下你的手机,我给晓茹打个电话,安排一下家里和沙厂的事。许国巍说的晓茹就是他的妻子,县花鼓戏剧团的当家花旦辛晓茹。顾小白把自己的手机递过去,许国巍和妻子的通话持续了半小时,辛晓茹一直在电话那头哭。

挂了手机,许国巍就坦白了。无论是谋杀彭大年的过程,还是十三年前误杀孟老师的细节,他的交代都跟胡浩说的一样。乃至马小燕和周云鹏的关系,许国巍和胡浩的说法也毫无二致——马小燕不可能是周云鹏的情人。许国巍说，晓茹和马小燕是闺蜜，两个人无话不谈。马小燕曾经向晓茹透露了自己的一个隐疾——先天性处女膜闭锁，也就是民间俗称的石女。这个病，是马小燕新婚之夜跟大年同房时才发现的。后来她去省人民医院做了手术，调养了半年才好。

顾小白很清楚，石女是不能过性生活的，马小燕说她二〇一〇年就成了周云鹏的情人，这明显不可能，因为她二〇一四年结婚后才去做手术。顾小白问许国巍，晓茹有没有听马小燕说过她被敲诈的事？许国巍说，没有，如果有，晓茹肯定会告诉我。但马小燕跟她哭诉过，帮别人做担保时被骗了，欠了一大笔钱。顾小白没有问许国巍，马小燕是给谁做的担保，她显然在撒谎，答案没有意义。如果她真的欠了钱，就不会接连不断把巨款汇入那张建行卡。顾小白问，马小燕是什么时候跟晓茹哭诉那件事的？许国巍回忆了一下说，二〇一四年五一节前，马小燕和大年正在筹办婚礼，她找晓茹借钱，说是被人追债，一开口就借二十万。晓茹没借，她也没有这个能力，一个月工资才三千多块，算上演出补贴，也不到五千，哪来的二十万？晓茹没找我开口，她是个聪明的女人，知道朋友之间最好不要涉及借贷。不然，友谊的小船说翻就翻。

二十万对周云鹏来说是九牛一毛，如果马小燕是他的情人，又是因为他被敲诈，马小燕根本用不着去找辛晓茹借钱，周云鹏分分钟就能搞定。顾小白更加认定，在之前的询问中，马小燕撒了谎。

讯问结束，顾小白随便吃了点东西当晚餐，然后开车在街头游荡，他脑袋里的浓雾还没散去，有些恍惚。当车子进入一条两旁都是香樟树的水泥路时，他听到了阵阵蛙鸣。打开车窗，在灯光的照射下，他看见了远处的稻田和水塘，这才发现车是往龙泉殡仪馆方向开。彭大年的遗体就冷藏在那里，还没有开追悼会。

殡仪馆灯火通明，不断传来阵阵哭声和奏乐声。这种声音顾小白再熟悉不过了,萤火虫乐队成立的那几年,他经常抱着一把破吉他出现在灵堂里或者葬礼上。曲目也没什么变化,还是那些能安抚灵魂的老歌。说实话,在那种场合,顾小白一滴眼泪都没掉过,甚至偷笑过,笑生者的矫情。只有一次例外,那就是在孟老师的追悼会上,他唱着唱着就哭了,乐队成员也都哭了。现在,顾小白以另外一种身份前来,来到这个给亡者摆渡的地方。当年那个帅帅的贝斯手如今躺在冷藏柜里,成了被摆渡的对象。

一群人簇拥在追悼大厅里,悼念一个老太太,那些悲伤是真是假无从知道。从警后,顾小白发现这个世界远不是表面看上去的那样,许多人都戴着面具。生活是被美颜过了的,真相往往比表象更狰狞。

在冷藏室,顾小白见到了两个人,一个死人,一个活人。死人是彭大年,活人是马小燕,她也来看自己的丈夫,哭得跟个泪人似的。在这个生死渡口,顾小白把胡浩和许国巍的杀人动机以及行凶过程和盘托出,马小燕惊得五官错位,两眼瞪得状如夜叉。走出冷藏室,顾小白以为马小燕会上她的红色甲壳虫,但她说自己是打车来的……她害怕悲伤过度,不能安全驾驶。

顾小白说,正好,我送你回去。在车上,马小燕怨恨地说,十三年前,如果不是胡浩和许国巍阻止大年报警,大年就不会落得现在这个下场。顾小白很想问她,当年如果大年报警了,蹲了监狱,她还会和大年结婚吗?但他终究没有问,因为他知道不会有答案,即使有,也不一定真实。马小燕还表达了对江蓝的深切同情,说江蓝的悲剧命运也是胡浩和许国巍一手造成的,两个人都应该判死刑!回去的路上,顾小白注意到一辆黑色宝马一直尾随在自己的车后,开车的是个男子。

跟江蓝一样,马小燕也住在水岸东湖小区,但两家隔着好几栋楼。父亲去世后,马小燕把母亲接到自己家里住。顾小白本来想探望马母，但听小燕说，她母亲因为大年的死受到刺激，住进了康复医院，他就打消了上门的念头。马小燕邀请道，上我家喝杯茶吧，你还没去过呢。顾小白说，下回吧，等伯母康复后我再来。两个人正在车里告别，丁俊背着一个包走过来，他在马小燕家单元楼前驻足，从包里掏出一张 A4 纸，抹了点胶水，贴在墙上，然后去了另外一个单元楼。

他一直没发现坐在猎豹车里的两个人。

马小燕说，丁俊回来了，这几天在小区里到处贴卖房告示。顾小白说，我知道。马小燕诧异地问，你们见过面了？顾小白点点头，说他爸就是口罩色魔。马小燕说，小白，别开这种玩笑，太损了。顾小白没有解释，只是对着反光镜笑了笑。马小燕也没再说什么，她下了车，默默地走进楼道，孤单的背影被夜色团团包裹，像一个身穿黑袍的修女。

经过小区的停车位时，顾小白发现了那辆尾随自己的宝马——还没来得及熄火，正在倒车。他现在看得更清楚了，是宝马 X5，驾驶员三十岁左右，穿着很体面，戴副眼镜，气质比较儒雅。顾小白记住了车牌，给杜耀文发了条信息，要他去查查宝马车主的信息和今晚的行车轨迹，说最迟明天上午要知道结果。

彭大年的案子基本告破，但顾小白认为谈结案还为时过早。因为对马小燕的秘密调查尚未结束，也许还会有新的情况出现。另外，周云鹏指使丁保国谋杀孟老师的动机依旧不明，马金龙的死也存在问题，把这几个案子串联起来的那根糖葫芦棒还没找到。尽管有许多谜团亟待解开，但让顾小白欣慰的是，现在终于可以确认江蓝没有误杀孟老师，她是背锅的。但她这种行为在法律上如何界定，确实是个难题——她为了纠正错误的侦查结果，不惜做假证，制造了另外一个错案。她既是受害者，又涉嫌犯罪。

从顾小白的刑侦经验来判断，江蓝因为已经坐了几年牢，再被判刑的可能性不大，应该是免于刑责，受到批评教育。因为她当年是自愿顶包，获得国家赔偿的可能性微乎其微。但不管如何，她可以彻底摘掉杀人犯的帽子了。在世俗的眼里，她已经是一个无罪之人。

然而，顾小白很快想到了江蓝的那次堕胎。

胡浩和许国巍的供词，只能证明江蓝没有杀人，并不能完全改变世俗对她的成见——念高中时她就怀孕堕胎，生活作风肯定有问题。尤其怀的还是班主任的孩子，那就更不正经了。除非警方替她澄清，说她是口罩色魔的受害者，当年她怀的是强奸犯的孩子，跟孟老师无关。但警方的声明，看似还了这对师生的清白，却会重新撕裂江蓝的伤口，对她造成二次伤害。在世俗的道德标准里，女人被强奸是可耻的，甚至比生活作风不正派更可耻。

当年，江蓝误杀孟海案引起了轩然大波，成了社会热点事件。迫于巨大的舆论压力，全县教育系统进行了一次师德作风大整改，纸厂子弟学校的孙校长被撤职——他第二年就退休了，退休不到一年，就死了，脑溢血。尽管警方说孟海是被误杀，但坊间有不同的猜测，流传最广的一个版本是——孟海生活腐化，师德败坏，江蓝一入校就被他盯上了。在下晚自习时，孟海把江蓝骗到防空洞里，强奸了她。在他的花言巧语下，江蓝打消了报警的念头，当了他的地下女朋友。高中三年，两个人一直保持着不正当的关系，江蓝因而多次怀孕堕胎。江蓝本来成绩优异，考上大学是板上钉钉的事。但在这种不伦恋的影响下，高考发挥失常。上大学无望后，江蓝想跟孟海结婚，但被他拒绝，因为他已经玩腻了江蓝，又有了新欢。江蓝不甘三年白白受辱，因爱生恨，决定报复。案发当天，她以发生性关系为由，把孟海骗到自己当年失贞的防空洞，用猎枪射杀了这只披着人皮的色狼。为了减轻刑责，智商颇高的江蓝向警方编出了一个误杀的故事。这个版本说得有鼻子有眼，逻辑也通顺，似乎孟海强奸江蓝，以及江蓝射杀孟海，都有人亲眼目睹。

想起江蓝，顾小白心里就五味杂陈。他把车开出一段距离，停到小区的一棵玉兰树下，点了根烟，闷声抽着。他猜测，高一时，江蓝从乌龙中学转到纸厂子弟学校，很可能跟她被丁保国强奸有关。孟老师应该是知道真相的，所以才会陪她去做堕胎手术。正是因为孟老师的关照，江蓝对他产生了一种特殊的感情。听说孟老师是因为盗窃厂里的红酒，枪支走火误杀了自己，她很愤怒，觉得这是往自己的偶像身上泼脏水。她相信孟老师的人品和师德，他绝不可能去做贼，也不会非法持有枪支弹药。但她没有证据来证明孟老师的无辜，只好采取一种极端的方式，自背黑锅，谎称是她误杀了孟老师。她编造出一段根本不存在的师生恋，是为了强化证词的可信度。在她少女的梦幻世界里，师生恋一定是美好而浪漫的。但她太天真了，那不过是爱情小说里的情节。在世俗观念中，师生恋是不道德的，受到谴责的。

江蓝最初的想法肯定非常单纯，只是想证明孟老师的清白。但事情在她自首的那一刻失控了，尤其是那份病历的出现，使她和孟老师成了桃色新闻的主角，确切地说，是色情文学的主角。两个人被舆论口诛笔伐，特别是孟老师，名誉尽毁。相对于盗窃，作风问题更能唤起老百姓的关注，让他们津津乐道，并且以口头加工的方式，制造出一个又一个耸人听闻的版本。

在舆论风暴中，儿子成了教师队伍中的害群之马，孟海的父母感到脸上无光，提前从电机厂办理了退休手续，到乡下租了个小院子，每天种菜养鸡，据说日子过得很凄凉。两个人六十岁不到，头发就全白了。这种结果肯定是江蓝自首前没有料到的，如果早就想到，她也许不会干如此疯狂的事。然而，世界上哪有那么多的如果。在讯问时，顾小白经常听到"如果"这个词从犯罪嫌疑人嘴里冒出来——如果她不劈腿，我就不会杀她；如果父母不离婚，我就不会沉迷游戏，就不会去抢劫……顾小白认为，在汉语词典中，"如果"这个词是最没意义的。

按照办案程序，警方是需要为孟海老师恢复名誉的，他没有和女学生发生性关系这件事，肯定要通知他的家属。就算警方为了保护江蓝的隐私，不公开她被丁保国强奸的秘密，也难保孟老师的家属不说出真相。各自的立场不同，选择就不同。对孟老师的父母来说，证明儿子的清白是天大的事。幸好现在还没到结案的时候，为孟老师恢复名誉的事不用提上日程，否则，怎么处理这件事会让顾小白伤透脑筋。

夜深了，顾小白掐灭烟头，把车开出了水岸东湖小区。他没有回自己住宿的湘江宾馆，而是直接去了萤火虫咖啡屋。从龙泉殡仪馆回来，驾车路过东湖时，他看见咖啡屋还没有打烊。一天之中，顾小白两次过来，江蓝有些惊讶。顾小白问她，都十点多了，怎么还在营业？她说，大年走了，婆婆住进了医院，小军这几天都跟唐甜在医院陪母亲。我回去早了也没什么事，就和乐乐在这里闲聊。

顾小白看见临窗的一张桌子上摆着一部红色笔记本电脑，还有两杯喝了一半的咖啡。他刚把视线收回，黎乐乐就从洗手间出来，笑盈盈地说，顾队，晚上好，又来看老同学了？顾小白不置可否地说，刚忙完手头的事，过来喝杯咖啡。

江蓝去泡咖啡，顺手放了盒磁带，张雨生的。顾小白径直坐到那部红色电脑前，咖啡屋里没有其他客人，他也就不再顾忌，点了一根芙蓉王。黎乐乐问，顾队是不是又有猛料要爆？顾小白弹着烟灰说，现在可以确认，胡浩和许国巍就是谋杀彭大年的凶手。江蓝正端着咖啡走过来，听到这句话，脚步停顿了一下，但并没有表露出太多的惊讶。上午顾小白来过，透露了一点案件信息，她已经有了心理准备。顾小白喝着咖啡，把胡浩和许国巍的作案过程简单说了一遍。黎乐乐问，作案动机是什么？顾小白说，暂时不能透露。

黎乐乐不解地问，为什么？

夜晚就像咖啡，溶解在顾小白的杯子里，他晃了晃那些黑色的液体，说，这起谋杀牵扯其他案件，案情复杂，还需要保密。黎乐乐追问，那这个案子现在可以报道了吗？顾小白点头说，可以，但要注意措辞，只能写胡浩和许国巍涉嫌谋杀，目前已被抓捕归案，两个人对犯罪事实供认不讳，案件还在进一步侦办中。黎乐乐答应了，她说，凶手和被害者都是本县知名人士，而且跟负责侦破此案的刑侦队长是发小。作案手法又是如此诡异，就凭现有的这些料，足够吸引公众眼球了。我得赶紧回报社写稿，让编辑留出版面。这个案子明天不上头条，我请你和江蓝姐吃大餐。走到咖啡屋门口时，黎乐乐突然想起什么，回头问顾小白，对了，丁保国的案子呢，解密了吗？顾小白说，还没有，他的死因彻底查清楚了才能报道。黎乐乐说，那我再等等。

咖啡屋里只剩下顾小白和江蓝，两个人面对面坐着。咖啡重新续过了，磁带换成了迪克牛仔的。顾小白觉得，黎乐乐是故意离开，把私人空间留给他和江蓝。否则，在哪儿不能写稿，非要回报社？她背着电脑来咖啡屋，不就是写作的吗？没有古灵精怪的黎乐乐在中间当润滑剂，顾小白和江蓝的相处有些尴尬。

沉默地喝光一杯咖啡后，江蓝说，顾队，不早了，我也该回去了。顾小白说，再等等，你不想知道浩子和巍子的杀人动机吗？江蓝反问，你刚才不是对乐乐说无可奉告吗？顾小白凝视着对面这张夜色一样沉静的脸，说，对她保密，对你不需要。江蓝笑了笑，你还是恪守职责吧，不要因为我们是老同学就徇私。顾小白说，不是徇私，是案情跟你有关。江蓝微微诧异，问道，跟我有什么关系？

顾小白掏出一根芙蓉王，烟嘴向下，在桌面上夯实了才点燃，他说，大年的案子，跟孟老师被害案有关。江蓝浑身一怔，问了句，你刚才说什么？顾小白就把胡浩和许国巍的口供说了一遍，他注意到，在自己的叙述过程中，江蓝一直在发抖。她身体震动的频率从椅子传到了桌面，又传到了地板上。杯盘碗碟似乎都在摇晃，吊扇也在摇晃，甚至整栋咖啡屋和整个夜晚都在摇晃，随时都可能支离破碎。顾小白有些晕眩，感觉失去了平衡感。就跟一个哮喘病患者吸氧一样，他贪婪吸了几口烟，努力让自己的心跳和血压平复下来。

晕眩渐渐消失后，顾小白把丁保国从周云鹏那里获取枪支的事告诉了江蓝。他还说，我知道你当年怀孕跟孟老师无关，是丁保国造的孽。江蓝用双手捂住耳朵，拼命地摇头说，不要再讲了。顾小白没有理会，继续说，孟老师的案子会重新侦查，你不要再作伪证了，要配合警方，彻底还原真相。江蓝带着哭腔说，小白，求求你，不要再提这件事了。顾小白说，案子错了，就必须纠正，我是警察，不能渎职。江蓝突然起身朝门口冲去，顾小白反应迅速，一把拉住了她，你要干什么？江蓝尖叫着，放开我！顾小白没有放手，他盯着江蓝说，不要再逃避了，该面对的终究要面对。无论是你，还是警方，不能一错再错，我们都要有纠错的勇气。

江蓝悲愤地问，纠错有什么用？孟老师会起死回生吗？顾小白沉吟了一下说，纠错让生者安慰，死者安息。像是太阳照在刀锋上，江蓝的瞳仁里闪烁出一缕锐利的光，她说，让死者安息的最好方式，是让作恶者得到报应。顾小白似乎被这道目光割疼了，身体微颤，他说，巍子当时是朝地面开枪，可能角度没掌握好，霰弹的杀伤半径又大，所以误杀了孟老师。

江蓝重新坐回桌前，端起咖啡杯一仰脖子。其实里面的咖啡早已喝光，只是一个空杯子，她却像是真的喝了什么，也许是寂寞，或者别的。放下杯子后，她说，枪杀孟老师的不是巍子，是丁保国！顾小白说，巍子亲口承认，是他开的枪，浩子也说是。江蓝没有纠结这个问题，她说，送我回家吧。

顾小白一直把江蓝送到她家门口，才转身离去。他特意去看了一眼那辆黑色宝马停车的地方，车还在，马小燕家的窗户还亮着灯，不是客厅，而是卧室。顾小白靠边停车，给马小燕发了条信息：明天可以过来办理大年的死亡证明。

半分钟后，马小燕回复了：知道了，谢谢你。

顾小白问，还没休息吗？千万要节哀，别伤了身体。马小燕说，早就睡了，手机忘了静音。顾小白抬头看了一眼马小燕家的灯光，是橙黄色的，很柔和，只照亮了局部房间，应该是台灯或者床头灯。他发了个抱歉的表情：对不起，吵醒你了，晚安。

马小燕回复说：晚安，老同学。

二

早晨七点四十，顾小白从湘江宾馆的长包房里醒来，他在床上刷手机，发现黎乐乐没有吹牛，彭大年谋杀案的确上了《岳州日报》的头条，要她请客吃饭是不可能了。这条新闻也被各大网站转载，迅速上了热搜。刷机没多久，一个电话打进来，是梁斌的，他连忙接听。

梁斌说，在早间新闻里看到了彭大年谋杀案的报道，想问问他是怎么回事。梁斌女儿的婚礼，就是花好月圆婚庆公司一手策划，梁斌因此跟彭大年打过一些交道。顾小白就讲了他怎样从芦苇荡的那场神秘大火中察觉端倪，发现周云鹏和丁保国都是被谋杀的。他顺藤摸瓜，锁定丁保国就是当年的口罩色魔。他说现在可以确证江蓝是故意背锅，误杀孟海的其实是许国巍。经营不善的彭大年为了获取周转资金，不断利用这个秘密敲诈胡浩和许国巍，结果引来杀身之祸。他还说，现在还有一些谜团没有解开，比如十三年前，周云鹏为什么要指使丁保国枪杀孟海？十三年后，又是谁杀了周云鹏和丁保国？马小燕到底有什么把柄抓在彭大年手里，被他不断敲诈？另外，马金龙的死也有蹊跷。

梁斌听了大骂，臭小子，这么多新情况到现在才告诉老子，太不厚道了！当年真不该推荐你这个白眼狼上警校，一点感恩的心都没有。顾小白笑嘻嘻地说，梁老前辈，我可是比小白菜还冤啊。您不是在养病吗，情绪不能激动，心态要平和。这些案情实在太劲爆了，我怕您听了三高两梗。万一您出了什么意外，那可是警界的一大损失。我是个有觉悟的人，绝不能对不起伯母，对不起组织。所以就没有立即跟您汇报案情。我想等彻底结案以后，再慢慢跟您说。这也是为了谨慎起见，案情太复杂了，还没有完全捋清楚，说不定还有反复。

梁斌又骂，你小子回老家后是不是应酬太多了，猪油蒙了脑子，变傻了？老子的玩笑话都听不出来！说着说着，他语调哽咽，真没想到，丁保国那个狗日的竟然是口罩色魔，老天有眼啊，让我在临死前还能看到破案。对了，江蓝的案子你小子也给我查明白了，结案后，要是我还活着，我亲自给她赔礼道歉。顾小白听出梁斌的情绪越来越激动，他连忙答应下来，说您老放心，不查个水落石出，您亲手扒了我的警服。

驾车去上班时，顾小白特意绕了一段路，从萤火虫咖啡屋门前经过。江蓝来得很早，她穿着一身紫罗兰色的旗袍，正在开窗透气，录音机里放着《一生何求》，张国荣唱的，很忧郁。少年时代唱这首歌，顾小白很有感觉。那时候他对这个世界的要求很少很少——只要跟自己喜欢的人在一起，一生还有何求？年轻时他才发现自己很贪婪——拥有心爱之人，就是拥有了全世界。但人到中年后，他对爱情又有了新的感悟——没有谁是谁的全世界，每个人只是生活的一部分，而且是很小的一部分。

顾小白没有跟江蓝打招呼，他径直开车去了局里。刚进办公区，段宏和刘凤娟就同时迎上前来汇报调查结果。段宏说，顾队，我查过了，没有发现马小燕挪用银行公款的情况。从二〇一三年十月，她往那张建行卡汇入第一笔钱开始，她的个人账户上就再也没有存款。也就是说，第一笔汇款掏空了她的积蓄，此后她应该一直处于借款、汇款、还债的窘迫状态。顾小白在办公椅上坐下来，问道，她有借款记录吗？段宏掏出一包和天下说，没查到，可能她借的是现金。不过，这五年内，她的父母一直在给她打款，有十几笔，金额不等，但总数不小，加起来有六十多万，性质暂时不好确定，可能是借，也可能是赠与。其中金额最大的一笔是二十万——二〇一四年四月二十三日，从她父亲的存折上转账过来的，那时她父亲还在。

抽着段宏给的烟，顾小白想起许国巍说过，二〇一四年五一节前，马小燕曾找辛晓茹借二十万，但被婉拒。后来马小燕应该是找父亲求援，才解了燃眉之急。段宏继续说，马小燕的甲壳虫是二〇一二年买的，购车款是从她母亲的存折上转过来的。工行的一个女同事说，以前马小燕生活很讲究品位，穿戴都是名牌。但结婚后，她就简朴了很多。连车子脏了都自己洗，化妆品也是大路货。那个女同事说，可能是马小燕有了爱情，就不太在意物质了吧。段宏冷哼一声，要我说啊，这纯粹是扯淡！这几年马小燕成了彭大年的取款机，钞票只吐不进，哪还有钱高消费？

刘凤娟在旁边一直没闲着——泡茶、清理烟灰缸、给绿萝剪枝浇水，轮到她汇报时，她面露欣赏之色，说，马小燕是借贷科科长，找她贷款的生意人很多，大部分是男的。但她平时很注意跟男客户保持距离，几乎不参加任何应酬。特别是婚后，她很少跟男性有工作之外的接触。闲暇时间，要么是跟几个闺蜜在一起搓麻将，要么就是陪家人。除了家人，胡浩和许国巍应该是她日常生活中接触最多的男性，但仅止于同学关系。她的手机通话记录也查过了，没有联系频繁的异性，连同学群她都没有加入过。据银行同事反映，她性格开朗，但并不轻浮，从不说荤段子。无论婚前婚后，她都没有跟谁闹出过绯闻。她还多次跟别人说，她和老公是彼此的初恋。段宏说，哟，这可是银河系硕果仅存的好女人，可惜啊，年纪轻轻就当了寡妇，天妒红颜啊。刘凤娟瞥了段宏一眼说，马小燕有个隐私我需要汇报顾队，你能回避一下吗？段宏不满地说，刘凤娟同志，您不过是比我大半岁，就把我当未成年人呢？我告诉您，在情场上我可是老司机，什么状况没遇到过，见识多了！刘凤娟反唇相讥，这么说，你这个老司机出过不少交通事故，没有肇事逃逸吧？如果有，赶紧投案自首，争取宽大处理。段宏正要回怼，顾小白轻咳一声：小刘，你说的是马小燕的隐疾吧？刘凤娟惊讶地问，顾队，您已经知道了？顾小白点头说，这事就不用说了，我心里有数。

这时，杜耀文走过来说，顾队，查到那辆宝马车主的信息了——戴飞。三十二岁，本县人，未婚。二〇〇九年大学毕业后，在我县农行先锋路营业网点当柜员，两年后辞职，创办了燕归来粮油有限公司，注册资金十万。戴飞很有经商头脑，他开发的燕归来植物油是行内知名品牌，产品远销东南亚。我家炒菜用的就是这个油，挺香，还不粘锅。

顾小白的眼前浮现出一大片油菜花田，那是老家春天最美的风景，里面藏着他许多美好的回忆。杜耀文继续汇报：短短几年，这家公司的规模急剧扩大，现在有近百名员工，公司市值数千万，是县里的明星企业。戴飞个人的荣誉也不少，什么优秀青年企业家、劳模、青年创业标兵，等等。刘凤娟脱口问道，这不是钻石王老五吗，怎么还没结婚？杜耀文说，这就不知道了。段宏调侃道，凤娟姐，赶紧上，你还有机会。刘凤娟翻了他一个大白眼，去你的！

顾小白的身体往椅背上靠了靠，示意杜耀文接着说。杜耀文看了一眼手上打印出来的资料，说，昨晚七点后，戴飞开车来到水岸东湖小区，接上马小燕，去了龙泉殡仪馆。然后一直尾随在您的车后面，再次进入水岸东湖小区。凌晨五点半他才离开，回到了自己在丽景花园的家。

昨晚被宝马车尾随时，顾小白就猜到，马小燕不是打车去殡仪馆的，而是坐后面那辆宝马去的。戴飞今天凌晨五点半就驾车离开水岸东湖小区，显然是为了避人耳目。段宏冷笑道，这女人可真是个绿茶婊，丈夫尸骨未寒就留宿异性，保不准平日也经常在一起鬼混。刘凤娟疑惑地问，那为什么一点风声都没有传出来？戴飞这个名字我有印象，在马小燕的手机通讯录里。我排查过，两个人有联系，但并不密切。杜耀文说，可能两个人还有别的联系方式。马小燕是银行高管，行事应该比较谨慎，这是职业习惯，不奇怪。

顾小白没有发表意见，他脑海里亮着一盏灯，昨晚马小燕卧室里的那盏灯，他有点为彭大年难过。段宏揶揄道，凤娟姐，你看走眼了，姓戴的不是真钻，是假钻。刘凤娟说，真钻假钻本姑娘都不稀罕。段宏问，那你稀罕什么？刘凤娟甩了甩刘海，抢白了一句，反正不是你。

顾小白和杜耀文听了相视一笑，这对年轻人经常抬杠，倒是活跃了队里的气氛，估摸着彼此有点意思。杜耀文问，彭大年会不会是抓住了戴飞和马小燕偷情的把柄，然后敲诈勒索？段宏质疑道，往那张建行卡上汇款的不是戴飞，是马小燕。妻子的钱也是彭大年自己的钱，不过是从一个口袋放到另外一个口袋，他敲诈马小燕，有意义吗？刘凤娟说，当然有意义！彭大年知道妻子拿不出这笔钱，肯定会找戴飞想办法。实际上，冤大头还是戴飞。杜耀文点头说，没错，这就是彭大年的聪明之处，借妻生财。段宏笑了，能把一顶绿帽子卖出高价，也算是商界奇才。

顾小白把脑袋里的那盏灯关掉了，说，请戴飞过来，不要惊动马小燕。

早晨本来还有几缕阳光，此刻全都消失在云层里。天阴沉沉的，像一个遭遇了丈夫背叛的绝望主妇,随时会泪流满面。顾小白翻看着杜耀文留下的几页资料——戴飞是自来水厂的子弟,高中跟顾小白同届,读的城南中学。资料上面有他的照片,比较书卷气,不像商人,更像一个教师。有个细节让顾小白微微惊讶,戴飞跟马小燕上的是同一所大学,而且是同专业同班。顾小白琢磨着,这两个人到底是旧情复燃呢,还是逢场作戏?

顾小白接连抽了几根芙蓉王,烟雾把他的身体包围了,像是被回忆吞没。马小燕当年考上的是长沙一所财经大学,顾小白读警校时跟她见过几面,都是在大排档上,胡浩、许国巍和彭大年全在。那时候没看出来马小燕在大学有男朋友,每次吃饭都跟彭大年眉来眼去,让同桌的另外三人像吃了一大把花椒,全身发麻。

一个小时后,段宏向顾小白报告,戴飞来了。

在询问室,顾小白见到了照片上的那个男人——昨晚他应该没睡好,眼圈有点发黑。他对自己被带到这里来有点莫名其妙:顾队,我犯什么事了?顾小白问,你认识我?戴飞说,中学时代,我看过萤火虫乐队的演出,很喜欢。顾小白说,不谈过去的事了,谈现在吧,彭大年的案子你知道吗?戴飞擦了下眼镜片说,早晨看了新闻,很意外,人心险恶啊。顾小白的眼睛眯成针芒状,盯着他说,不是早晨才看到的吧,昨晚你应该就知道了。戴飞愣了一下说,对,昨晚小燕就告诉我了,我还以为她是悲伤过度,出现了臆想。今早看了新闻,才知道是真的。顾小白问,你们什么关系?戴飞说,大学同学。哦,我跟彭大年也是朋友,公司有几个大型庆典都是他策划的。顾小白冷冷一笑,朋友妻不可欺,你不知道吗?戴飞皱了皱眉,反问,你这话什么意思?顾小白说,大年还没过头七呢,你就急着鸠占鹊巢,你就不怕他半夜来找你吗?

戴飞跟顾小白对视了一会儿,然后说,这几天小燕很伤心,昨晚我送她去殡仪馆看大年,回来时她上了你的车。我知道你把她送回家后就会离开，我不想她一个人在房间里胡思乱想，就跟着你的车过去了，想陪陪她。顾小白话中带刺，看来是我把你的好心当成色心了。戴飞辩白道，我和小燕的关系，真不是你想象的那样。顾小白问，那是哪样？戴飞再次反问，这属于隐私，我有必要跟你们警察解释吗？顾小白说，必须的！彭大年的案子还在侦查，发现可疑情况警方都需要搞清楚。戴飞有点无奈地说，那好吧，我尽量配合。我和小燕是大学同学，我对她一见钟情，但她始终对我不冷不热，因为她心里有大年。我这个人不会死缠烂打，但比较理想主义，如果得不到自己的心爱之人，我宁愿把心中的那个位置空出来，而不是随便找一个女人替代。心里有了空白，就会有遐想的空间，也是很美的。

顾小白的心被触动了，这些年来，他又何尝不是在心里留了一个空白，为一个不属于自己的女人。戴飞说，我以前在农行工作，只干了两年就辞职了。因为我不想平庸，我想做一番大事业，证明自己的优秀。说实话，最初我是想跟大年比拼，他那时候也在创业，干得风生水起，至少表面上是这样。我年轻气盛，不愿服输，想超越他，让小燕知道，她的选择是错误的。我的公司名字叫燕归来，你知道什么意思吗？就是希望有一天，我心中的小燕子不再迷失方向，能飞回来，无论是身体还是灵魂，永远都不会离开我。

戴飞的话很有感染力，顾小白的眼前浮现出一个诗意的画面，一只小燕子飞翔在辽阔的油菜花田里。远方有个孤独的稻草人，朝天空伸展手臂，向小燕子指引回家的路。顾小白把想象的翅膀收回来，继续听戴飞讲述，可以说，是小燕成全了我。如果不是为了追求她，我现在还是一名普通的银行职员。但不管我表现得多么出色，小燕子依然没有飞到我身边来。她始终和我保持着同学关系，连请她喝一杯咖啡的机会都不给我。直到二〇一四年秋天，这个状况才有所改变。

顾小白问，发生了什么？

戴飞说，我记得是一个黄昏，小燕打电话给我，那是她第一次主动给我打电话，很焦虑的样子，问我能不能借给她一笔钱。我说借多少，她说三十万。我约了她在茶楼见面谈，问她为什么要借这么多钱。她说她挪用客户的存款炒股，亏了。现在客户要提取这笔款子，她得把这笔钱补回去，不然得坐牢。我又问她，大年知不知道这个事？她说不知道，她不敢跟大年说。不怕你笑话，我当时有种受宠若惊的感觉，在她心目中，我居然比她的丈夫更值得信任。我二话没说，就借给了她三十万。

顾小白想起了那张建行卡的流水单，二〇一四年十月份，马小燕的确汇过一笔钱，那是她一年之内第二次往上面汇款，正好是三十万，应该就是借戴飞的钱。顾小白问，是转账吗？戴飞摇头说，是现金。顾小白又问，她为什么要现金？戴飞解释，我公司的开户行就是她上班的那家银行，她说直接把钱转到她的个人账户上，容易被同事发现，影响不好。

围绕那张建行卡的钱，马小燕有四个不同的说法——丈夫欠债，她找周云鹏借钱解困；丈夫抓住她偷情的把柄，敲诈周云鹏；她帮别人做担保被骗，借钱还债；她炒股亏空客户存款，要还钱平账。

显而易见，她一直在编造谎言。

刚当警察时，顾小白被派去扫黄打非。他发现不少失足妇女，在跟嫖客鬼混时，都是丈夫或者男友在外面望风。当时他很不理解，现在理解了。为了钱，人性可以扭曲到一个不可思议的程度，彭大年拿妻子当摇钱树就是一个很好的例子。戴飞继续说，在那以后，我又借给小燕几笔钱，合计有二百五十万，都是现金。顾小白问，借条在哪儿？戴飞说，小燕要给我打借条，我没让。我觉得我现在的成功都是她赐予的，我的就是她的，还要什么借条？

顾小白对戴飞的印象有所改观，在内心深处，他们都有一片隐秘而圣洁的油菜花田。他接着问，后来马小燕找你借钱的理由是什么？戴飞说，她想还我的钱，又开始挪用客户的钱炒股，但总是亏。我告诉她，我的钱不用还，叫她不要再炒股了。她听不进去，说不想欠我的人情，我只好一次次给她补窟窿。

顾小白递过去一根烟，戴飞没接，说不会。他要了杯水，慢吞吞地喝着，只是一杯白开水，他却像在喝咖啡。这是一个能把平淡生活过得有滋有味的男人，马小燕能把他长期关在心扉之外，也算是用情很专了。遗憾的是，大年并没有珍惜。戴飞说，马小燕有几次哭着找大年借钱补漏，都遭到了拒绝，大年叫她自己想办法。她觉得自己的感情被辜负了，灵魂如浮萍，没有了寄托。顾小白问，她就是这个时候跟你好上的？戴飞点头说，没错，我成了她唯一的依靠，也可以叫救命稻草。但那个时候，她只是精神出轨，跟我并没有发生实质性的关系。我们都很克制，不常联系，见面的次数也不多。一个月也就幽会一两次，都是去野外，在车里，拥抱、接吻、聊天，仅此而已。可能你不会相信，但事实真的如此。顾小白指间夹着一根芙蓉王，烟雾缭绕上升，像是点燃了一炉香，有些空灵的意味。他沉默了几秒钟，然后点点头，我信。

戴飞说，谢谢。

跟戴飞对话的过程中，顾小白心底最柔软的一部分不断被触动。他不得不承认，对面这个男人身上有他的影子。如果没有彭大年这个案子，两个人也许会成为朋友。但现在不可能了——在法理上，彭大年涉嫌敲诈，顾小白不会徇私。但在情感上，对夺发小之妻的人，他不会有好感。顾小白问，昨晚是你们第一次在一起过夜吗？戴飞迟疑片刻说，是，但没有发生关系。她一直哭，我一直在安慰她。对了，你怎么知道的？顾小白说，我看见你的车了，还有她卧室里的那盏灯。

戴飞扶了扶眼镜框，两道不满的目光从镜片后面射出来，他的鼻翼翕动着，但欲言又止。他很有风度，善于控制情绪。至少在中年这个阶段，很多方面，他确实比彭大年优秀。顾小白说，不要藏着掖着，有话就讲吧。戴飞喝掉了杯子里的最后一滴水，压抑着愤懑说，你问了这么多，就是想知道我和马小燕有没有滚床单？顾小白说，不，我只是想知道她为什么找你借钱。戴飞问，这跟彭大年的案子有什么关系？顾小白答非所问，她没有说实话。戴飞有点惊讶，但旋即微笑道，你是说她借钱的理由吗？讲实话，我也怀疑过，但并不在意。她肯定是遇到了困难，走投无路时才找我开口，我能帮她解决麻烦就行了。每个人都有自己的秘密，既然她觉得还不到跟我分享秘密的时候，我也就没必要去问。

顾小白心中感叹，马小燕以后要是能跟戴飞在一起，那是最好的归宿。他说，你可以走了。戴飞似乎猜到了顾小白的心思，他起身说，我等了十二年，燕子终于归来了。顾队，如果你不介意，能给我当伴郎吗？

马小燕是二〇〇五年考入大学的，戴飞自称对她一见钟情，应该暗恋了十三年才对，怎么是十二年？连初相遇的时间都能记错，那算什么真爱？顾小白陡然对戴飞说的所有话都产生了怀疑。

戴飞说，顾队，这事不勉强，听小燕说，你和大年是发小，我能理解。顾小白揶揄道，你和马小燕认识了十三年，你却只等了她十二年，有一年是不是追别的女生去了？戴飞说，不，我和她只认识了十二年。看到顾小白一脸纳闷，戴飞解释说，小燕是大二转学来的。顾小白更加纳闷了，当年马小燕考上大学后，马家请人唱了几天花鼓戏，他还跟着爸妈去吃了升学宴。整个纸厂的人都知道马家闺女考上的是长沙一所财经大学，顾小白从没听说马小燕转过学。他问戴飞，马小燕是不是从分校转过来的？戴飞说，我们学校没有分校，就一个，靠近桐梓坡。顾小白问，她从哪个学校转过来的？戴飞摇头说，不知道。她刚转学过来时，很多同学也问过她，但她不愿说，只说那个学校不好，专业也不对口。

顾小白再次在记忆中搜索了一下，没错，马小燕当年考上的就是那所财经大学。他清晰地记得，二〇〇五年平安夜，他和马小燕在橙子酒吧狂欢，看胡浩、许国巍和彭大年的演出。凌晨飘起了小雪，一行人坐末班车去了河西桐梓坡，在马小燕上学的校门口吃宵夜，她请的客。

当时胡浩酒壮色人胆，说财大好多美女，都是大长腿，要马小燕给她介绍一个。马小燕笑着说，等他成了歌星再开这个口，不然，以他现在的这个德行，会祸害良家妇女。那个凌晨天气有点诡异，宵夜吃到一半时，小雪停了，半个月亮爬到校门口的一棵槐树上。许国巍问邻桌的一个女生，美女，能告诉我你的手机号码吗？那女生问，凭什么？许国巍指着夜空说，月亮作证，我一眼就看上了你。那女生笑道，是不是想说月亮代表我的心？太老土了！许国巍一本正经地说，错，月亮都代表不了我的心！那女生被纠缠不过，说了自己的手机号码。次日酒醒后，许国巍给这个号码发了好多条肉麻的短信。对方打电话过来，破口大骂，你精神病啊，老子是男的！许国巍这才知道，自己被那个女生忽悠了。

往事历历在目，但按照戴飞的说法，马小燕是二〇〇六年秋天才转学到财大来的。难道二〇〇五年平安夜发生的一切，只是顾小白的一个梦境，或者幻觉，抑或是灵异事件？

送走戴飞，顾小白驱车去了看守所，提审了羁押在那里的胡浩和许国巍，问两个人是否知道马小燕转过学？两个人都说不知道，也从没听大年提起过。他俩的记忆跟顾小白完全一样，二〇〇五年平安夜，长沙下第一场雪的时候，他们几个在财大门口吃了宵夜。许国巍比胡浩和顾小白的记忆更清晰，说吃完宵夜，是他和大年把马小燕送回女生宿舍楼的。

从看守所出来，顾小白给段宏打了电话，要他查查马小燕上财大的档案。段宏咕哝了一句,顾队,彭大年的案子,凶手都抓到了,您怎么老揪着马小燕不放?她往那张建行卡打钱虽然莫名其妙,但不违法啊。顾小白说,叫你查就查,哪那么多废话。段宏连忙说,我现在就查,您等着,顶多小半天。

放下手机,顾小白有点走神,在一个红绿灯路口跟前车追了尾。前车司机开的是辆奔驰,光头,脖子上吊根大金链子,他气势汹汹地冲过来,一开口就索赔两万。顾小白说,走程序吧。光头男骂骂咧咧,抡起胳膊就要打人。交警过来,认出了身穿便服的顾小白,但并没声张,而是瞪着光头男说,碰掉了一点漆就敢要两万?你再胡搅蛮缠,就是敲诈!光头男被交警唬住了,不敢再嚣张跋扈。

协助交警处理完事故,顾小白驾车沿东湖兜了一圈。他不知道自己为什么心神不宁,也许是焦虑症又犯了。其间他靠边停车,抽了一根烟。隔着数百米宽的湖面,他似乎闻到了从江蓝店子里飘来的咖啡香,还听到了她用电子琴弹奏的《无言的结局》。跟挡风玻璃上凝结的水汽一样,他的心突然变得潮湿,有种落泪的冲动,但他忍住了。当上警察后,他只掉过两次眼泪,一次是在战友严翔的追悼会上,一次是在肯德基餐厅里遇到严翔的女朋友小惠。

下午四点,顾小白正在看案卷,段宏快步走过来,卷起一阵风。他说,顾队,马小燕在财大的学籍档案查到了,她二〇〇五年秋季入学,会计专业。大学四年,品学兼优,拿过两次奖学金,还是学生会的干部。顾小白心里一沉,难道是戴飞的记忆出了问题?段宏继续说,我联系上了她当年的班主任唐颖。唐老师已经退休,但对马小燕还有印象,说她是大二转学过来的。但蹊跷的是,学籍档案里并没有这个纪录。顾小白急忙问,唐老师怎么解释?段宏说,她也不知情,可能是遗漏了。那时候电子档案还不普及,有些资料需要手工抄写,干扰因素比较多,个别信息遗漏是有可能的。顾小白问,唐老师还记得马小燕是从哪里转学过来的吗?段宏说,记得,是湘雅医科大学,好像是临床医学专业。当时唐老师还觉得奇怪,学医的怎么转到财大来了,这也太跳跃了。对了,唐老师说,当时学校有领导给她打过招呼,叫她保密,不要跟任何人说马小燕是从哪里转学过来的。

顾小白感觉心脏在突突突地狂跳,他抚摸了一下胸口问,为什么?段宏惊讶地看着顾小白,顾队,您紧张什么?顾小白提高了声音分贝,回答我的问题!所有人都被顾小白的声音吸引过来,那声音里透着一股悲凉和绝望,像是一个临刑之人走向断头台时的呐喊。段宏被吓住了,赶紧回答,校领导对唐老师说,马小燕的转学程序不太规范,要低调处理。当时唐老师也没多想,就把这事瞒了下来。

顾小白没再说一句话,他像个中了风的患者,脚步不稳地走出了办公区。所有人都在背后看着他,目光惊讶。刘凤娟想跟上前去询问,被杜耀文拉住了。出了公安局大门,顾小白在马路牙子上坐下,就像十三年前,他等梁斌从局里面出来一样。他掏出烟,刚点上,一辆洒水车开过来,奏响《有多少爱可以重来》,把他的烟浇灭了。他抹了一把溅在脸上的水,对一个背着吉他从身边走过的中学生说,同学,能借一下你的吉他吗?那个中学生犹豫了一下,把吉他递了过去。

顾小白抱着吉他,边弹边唱:常常责怪自己,当初不应该……

歌声中,顾小白感觉脸上又湿了,他抬头看了一下,酝酿了一天的雨,并没有落下来。把他淹没的,是眼泪。

三

彭大年头七那天中午,顾小白在龙泉山陵园见到了马小燕。她胸口别着一朵小白菊,脸上有种美丽的哀愁。一袭黑色套裙把她的身材衬托得很有型,宛如一把弧线优美的大提琴。顾小白没有带花来,他带的是一把贝斯,在彭大年父母家找到的,扔在床底下,全是灰垢,他擦了小半天。彭大年端坐在墓碑上,还是那么帅气逼人。他眺望着湘江边的老纸厂,那下面的防空洞里埋藏着许多秘密,而他,就死于其中一个秘密。

马小燕感激地说,小白,谢谢你来看大年。顾小白说,我想跟你谈谈。马小燕问,弹《吻别》吧,大年很喜欢这首,我也喜欢。顾小白望了望辽远的天空,说,我不弹贝斯,是以警察的身份,跟你谈话。马小燕摘下墨镜,看着顾小白。两个人的视线接触,像是两条河流交汇,形成了一个巨大的漩涡,马小燕感觉体内有某些东西被撕碎了,但她努力保持平静,你说吧。

顾小白问,二〇〇五年平安夜,你还不是财大的学生,对吗?马小燕的脸瞬间变得比胸前的雏菊还白,迟疑片刻她才点头,对。顾小白又问,那天凌晨,你请我们去财大门口吃宵夜,是故意的,对吗?马小燕仍然只回答了一个字,对。

顾小白掏出一盒芙蓉王,先在墓碑前点了一根,然后自己才点着,长长地吐了口烟圈后,他问,这些年,你的良心痛过吗?马小燕的身体痉挛了一下说,痛,经常痛,但我也是受害者。顾小白有点诧异,你的意思是,这并非你的本意?马小燕点点头,财大录取通知书是寄给我的,上面写了我的名字,我后来才知道,是我爸找人伪造的。顾小白问,你什么时候知道内情的?马小燕说,去长沙上大学的头天晚上,我正在卧室收拾行李。我爸进来把门关上。我还以为他是叮嘱我上大学后的注意事项,没想到,他跟我说,我上的不是财大,是湘雅医大。我听糊涂了,问他到底是怎么回事?他就把真相告诉我了。

顾小白说,你先别说,我来推理一下,你看对不对。马小燕不置可否,她重新戴上墨镜,把自己的半张脸都掩盖在镜片后面。顾小白说,纸厂改制的消息传出后,周云鹏想出资收购,但有好几个竞争对手，他并不占优势。为了收购成功，他找到你爸。但事关重大，你爸一开始并没有承诺他。那年高考，你临场发挥不佳，知道自己大学梦破灭，非常伤心。周云鹏察觉后，为了讨好你爸，就出了个移花接木的馊主意——让你冒名顶替别人上大学，这就是悲剧的起源。周云鹏跟你爸打包票，他人脉广，手眼通天，可以搞定这件事。你爸爱女心切，就同意了。两个人仔细考量后，发现江蓝是个很好的顶替对象，第一，她父母都不在了，她跟外婆相依为命，势单力薄好欺负；第二，她成绩优异，上大学十拿九稳。但这件事牵扯到方方面面，你爸和周云鹏能耐再大，也不能两个人说了算，需要一些相关人员配合，比如子弟学校的孙校长、班主任孟海老师。说到这里，顾小白望着墓地西南方向，那里是孟老师的安葬地，回老家上任后，他去吊唁过一次。

马小燕看向墓碑上彭大年的照片，这个男人曾是她整个少女时代最甜蜜的秘密，如今却成了她最不堪的回忆。她说，我插一句嘴，我爸答应周云鹏，不光是心疼我，也是为了让我远离彭大年。顾小白哦了一声，他有点惊讶，但并不太意外。马小燕说，我爸偷看过我的日记，知道我暗恋大年。他嫌彭家穷，大年又考不上大学，我嫁过去没前途。如果我高考落榜，就会整天跟大年在一起，这是他不希望看到的。顾小白说，你爸的这种心情我能理解，我不理解的是，他为了自己女儿的锦绣前程，不惜断送别人的前途。马小燕咬着嘴唇说，如果我早知道，肯定会阻止的，但我知道的时候，木已成舟，我只能逆水行船。

顾小白说，好了，我继续推理——孙校长马上就要退休了，不怕出事，他同意配合你爸，周云鹏应该也给了他不少好处。但孟老师不愿意配合，这让你爸很无奈。孟老师当时之所以没有揭穿这个阴谋，应该是没想到事态会这么严重，以为这只是你爸开的一个玩笑。或者，他认为只要自己不配合，顶包的阴谋就不会得逞。那个时候,他已经考上了湖大的研究生,正在办离职手续,不想得罪你爸,所以他没有声张。对了,不想破坏你和江蓝的友谊,可能也是孟老师考虑的一个重要因素。马小燕说,也许吧。我爸告诉我,他请孟老师在福临门酒家吃饭时说的这件事。如果孟老师拒绝,他就借口喝多了。当时周云鹏也在场,故意借着酒劲说,事成之后,可以给孟老师五万块钱。但孟老师一口拒绝了,还显得很生气。

顾小白继续推理——顶包这个链条,少了任何一环都玩不转。孟老师不配合,这事就黄了。你爸很着急,周云鹏更着急,为了得到你爸的帮助,在收购纸厂时竞标成功,他决定铤而走险,除掉孟老师。可杀手并不那么好找,这时,机会来了。大年向你透露了口罩色魔的线索,被周云鹏得知,他猜到色魔就是丁保国。马小燕说,我爸告诉我真相的晚上,也说了这件事,叫我以后离丁保国远一点。对不起,小白,那天晚上我装傻,骗了你。

顾小白似乎没有听见她说的话,兀自保持着自己的推理节奏,周云鹏抓住把柄,跟丁保国做了一个罪恶的交易——他提供猎枪,指使丁保国把孟老师骗到防空洞里,秘密杀害。不料行动时出现了意外,孟老师躲过了丁保国的枪击,躲了起来。在追杀时,丁保国遇到了浩子、巍子和大年,他仓皇中丢了枪,逃跑了。之后防空洞里发生的事你都知道了,我就不啰嗦了。案发后,丁保国利用保卫科长的身份破坏现场,做假证,扰乱警方侦破视线,致使警方错误地把孟老师当成盗窃红酒的嫌疑人。这场悲剧彻底失控了,已经不按你爸和周云鹏编写的剧本上演了,但对他们来说,这反而是最好的结局。很多同学都知道,江蓝一心想考医大,她高考的第一志愿填写的就是湘雅医科大学,而你想上财大。为了把戏演真,你爸指使孙校长截留了江蓝的医大录取通知书,又伪造了你的财大录取通知书,并故意大摆升学宴,请戏班子唱戏,制造你被财大录取的假象。你上医大用的是江蓝的名字,一年后,你改了名。其实算不上改，是恢复了你的本名。周云鹏再采用非法手段，通过暗箱操作，把你从医大转学到了财大，并要求相关人员替你保密，你的冒牌身份就这样洗白了。转学之前，为了让身边的熟人确信你考上的是财大，二〇〇五年平安夜，你故意把我和浩子他们叫到财大门口吃宵夜，还让巍子和大年送你回宿舍。江蓝出狱后，你和你爸极力阻止你哥跟她好，因为你们害怕江蓝介入你家太深，发现顶包的秘密。直到你哥受到刺激，疯病越来越严重后才妥协。为了保护那个秘密，你们一家可谓用心良苦啊。

马小燕愧疚地说，在整个顶包事件中，我只是个木偶，任人摆布。如果孟老师没被杀，我肯定会拒绝这样的荒唐安排，但后来出了人命，江蓝顶了罪，坐了牢。事态发展到不可收拾，我就身不由己了。顾小白狠狠踩灭了烟头，说，这场阴谋，不仅害了孟老师、江蓝和你，还害了浩子、巍子和大年，包括他们的家人。周云鹏、丁保国和你爸也自食恶果，把自己的性命弄丢了。马小燕说，也许吧，是老天在惩罚他们。顾小白把目光从远处移回来，看向马小燕说，不是老天，是有人杀了周云鹏，还有你爸和丁保国。

啪嗒一声，墨镜掉在地上，马小燕的眼里全是惊骇。前阵子，听说周云鹏是被害时，她很吃惊，也暗暗高兴，因为知道她顶包上大学的人越来越少了。但她没想到自己的父亲和丁保国也是死于谋杀，这颠覆了她的认知。她问，我爸不是胰岛素注射过量猝死的吗？还有丁保国，警方已经结案了，说他是马蜂蜇死的，怎么又成谋杀了？顾小白说，这两个问题我以后再回答你。我现在只能告诉你，因果报应也许没有，也许有——除了孙校长是病死，策划了这场阴谋的人都死于非命。凶手可能在玩一场杀人游戏，游戏还没结束。

马小燕的脸上呈现出恐惧之色，今天没下雨，是晴天，她暴露在太阳下的身体却在微微发抖。顾小白问，告诉我，还有谁卷入了这场阴谋？马小燕摇头说，我不知道，都是周云鹏和我爸他们操作的，背着我，也不让我问。顾小白问，你妈参与了吗？马小燕的头摇得更剧烈了，急忙说，我妈绝对不知情！她有道德洁癖，我爸有时为了应酬，去洗脚城放松一下，她都会愤怒。顾小白颔首道，我也相信伯母的人品。他又在墓碑前点了根烟，问道，当着大年的面，说吧，你到底做没做周云鹏的情人？马小燕斩钉截铁地说，没有！他毁了我的人生，我恨他还来不及。再说了，在结婚前，我有妇科病，先天的那种，不能过性生活，周云鹏是个老色鬼，怎么可能包养我这种女人。上次我跟你说的那些话，都是瞎编的。

顾小白问，在我告诉你真相之前，你知道是大年在敲诈你吗？马小燕摸了摸那张冰冷的照片，幽怨地说，不知道，做梦都想不到。顾小白问，大年是怎么知道你的秘密的？马小燕想了想说，二〇一二年十一月份，我陪大年去湘雅医院看病，他有肾结石。大年去查尿的时候，我在走廊上等他。我以前在医大念书的一个男同学突然走过来，认出了我，他是泌尿科一个教授带的博士生。他叫我江蓝，问我来这里干什么？当时我紧张得要死，谎称他认错了人。我的激烈反应把他吓走了，我在医大只待了一年，同学印象不深，可能他真的以为自己认错了。这几天，我估摸着就是那个时候被大年发现了顶包的秘密，但他没有声张。你们是发小，应该了解他，嘴巴不设防，其实很腹黑。他应该是顺着这条线索，暗地里查了我在医大的底细。

彭大年的确有心机，当年他以跳楼为要挟，成功捍卫了一头长发。事后顾小白问他，如果威胁失效，会不会真的跳楼？他得意地说，我才没那么傻呢。学生自杀会追究校领导责任，我算准了孙校长为了头上的乌纱帽，会同意我留长发。

彭大年第一次敲诈马小燕是二〇一三年十月，距离他去湘雅医院看病将近一年。由此可见，他最初并没有把马小燕当成敲诈对象，只是出于好奇才去调查在医院里发现的秘密。而他敲诈胡浩和许国巍是在二〇一三年清明节，也就是说，他在花光勒索来的钱，公司经营再次陷入困境之际，才拿马小燕当钱包。确切地说，彭大年是拿马小燕的父母当钱包，因为他知道马小燕个人并没有什么积蓄。而且两个人很快就要结婚了，马小燕的钱也就是他的钱。二〇一四年四月，彭大年在筹办婚礼，手头紧张，于是再次匿名给马小燕打了电话，勒索二十万。与此同时，他也给胡浩和许国巍打了电话，张口要钱。也许钱来得太容易了，他的胆子和胃口也越来越大，一旦资金紧张，就把手伸向了那三个人肉提款机，最终赔了性命。

退出音乐圈，胡浩和许国巍华丽转身，成了身家千万的企业家。彭大年的创业却很不顺利，他心理失衡，于是把自己包装了一番，假装成功人士。他的这种人设迷惑了很多人，包括胡浩和许国巍，还有马小燕。马金龙夫妇俩也受到蒙骗，同意女儿嫁给彭大年。马小燕说，大年太要强了，也可以说是太要面子。如果他早点告诉我，公司经营困难，需要资金周转，我一定会想办法筹钱帮他渡过难关，他没必要采取敲诈这种极端方式。但他在我面前，总是报喜不报忧，打肿脸充胖子。婚房是他一个人出资买的，没让我出一分钱，装修也没让我操心。

顾小白问，他公司的开户行就在你上班的银行，你就没发现他的户头上没钱吗？马小燕苦涩地说，发现了，他的解释是，为了避税，做了假账。这是行内潜规则，我就没怀疑。顾小白把贝斯放在彭大年的墓碑前，问道，如果你早知道他的人设是假的，还会嫁给他吗？马小燕毫不犹豫地说，会！我爱的是他这个人，而不是他的身份。顾小白拨弄了一下琴弦，一个声音仿佛从遥远的少年时代传来，很清澈很温暖。他问，你跟戴飞到底是什么关系？马小燕愣了一会儿，然后说，算是情人吧，只是精神上的依恋，没有发生肉体关系。顾小白点点头，她跟戴飞的说法一致，应该没撒谎。

马小燕悲愤地说，敲诈电话不断地打来，掏空了我和我爸妈的积蓄，也掏空了我对大年的感情。我借口炒股亏空了客户的存款，找他借钱周转。但他见死不救，说我认识那么多有钱人，可以找他们借。我心灰意冷，这才投向了戴飞的怀抱。要不是戴飞一次次帮我，我可能早就跳楼了。我精神出轨，都是大年逼的。他心里根本就没有我，从来没有。顾小白说，不至于吧，他不爱你，怎么会跟你结婚？马小燕凄惨一笑，他爱的是江蓝，得不到她才娶我。因为我家境好，工作好，他可以把我当摇钱树。你知道吗，很多个晚上，大年做梦叫的都是江蓝的名字。顾小白叹了口气，你既然早就知道，为什么还要嫁给他？马小燕沉吟半晌才说，爱是没有理由的，也没有理智的。

顾小白心里有点堵，像是血管突然出现了大面积栓塞，他换了个问题，是周云鹏一手导演了这个悲剧，出了事，你为什么不找他这个大金主借钱？马小燕说，我想过，但害怕。敲诈者没有找周云鹏，说明他并不知道周云鹏跟这件事有关。如果周云鹏发现我被敲诈者盯上了，为了自己不受牵连，他很可能杀我和我爸灭口。我不想引火烧身，就没找他借钱，他也不知道我被敲诈了。

顾小白比较认可马小燕的这个解释，周云鹏黑白通吃，心机很深，为了收购纸厂，讨好马金龙，他不惜雇凶杀人。现在，马家对他来说没有任何利用价值了，只有隐患。一旦他发现马小燕有可能危及自己，将她和她爸灭口是完全可能的。顾小白再次把目光投向西南边，白银色的阳光落在那座坟茔上，像是孟老师经常穿的白衬衣。他问，周云鹏收购纸厂成功后，给了你爸多少好处？马小燕摇头说，具体金额我不清楚，我只知道，我爸在水岸东湖买了两套房子，都是周云鹏给的钱。其中一套就是丁俊现在要卖的那套，我爸去世后，我妈睹物思人特别难过，就卖给了丁保国。顾小白问，你确定大年一直到被害，都不知道周云鹏是顶包事件的幕后策划者，对吧？马小燕说，我确定。她急切地问，小白，看在老同学的面子上，你给我交个底，我顶包上大学这件事，性质很严重吗？我说的是我，不是我爸。顾小白犹豫再三，还是选择了一个模棱两可的回答，严重不严重不是我说了算，是法律说了算。马小燕嘤嘤地哭了起来，说，我真希望回到十三年前的那个夏天，让一切重来，包括爱。

顾小白转身离开时，马小燕擦了擦眼泪，在后面提醒道，大年的贝斯你忘了拿。顾小白头也不回地说，我特意带给他的，就留在他身边吧，让他在那个世界里当一名真正的歌手。马小燕没再说话，她跟着顾小白走到孟老师的墓前，说，我每年清明都来，给他送瓶香水。顾小白看见墓碑前果然有好几个香水瓶子，已经沾满了灰尘。他蹲下来，用手把香水瓶子擦得透明清亮，然后说，孟老师，我是您当年的学生顾小白，萤火虫乐队那个蹩脚的吉他手，半个学渣，您还记得吗？现在，我是个警察，负责重新调查您当年的案子。对不起，这十三年来，让您蒙受不白之冤了。我知道您是一个好老师，好男人，真正的绅士。我向您保证，等结案后，一定召开新闻发布会，恢复您的名誉。说完，他深深地三鞠躬。马小燕也跟着他鞠躬。并把胸前的白菊花摘下来，敬献在墓碑顶端。

回到陵园停车场，马小燕准备去开自己的红色甲壳虫，顾小白却朝她摊开手掌。马小燕以为顾小白没开车来，想开她的车回去，就把车钥匙交给了他。但顾小白把车钥匙递给了身后的一个女人——从一辆黑色桑塔纳上下来的刘凤娟。马小燕还看见桑塔纳后排坐着两个男人，一个是杜耀文，另一个是段宏，都穿着警服。顾小白说，你坐他们的车回去，协助调查。马小燕点点头，一声未吭地坐进桑塔纳。等桑塔纳和甲壳虫都开走后，顾小白才上了猎豹。引擎发动的瞬间，他听到贝斯弹奏的《把悲伤留给自己》，好像是被风从山坡上吹过来的，拐了几道弯，隐隐约约。他关掉引擎，想听得更真切一点,却什么都听不见了。

从龙泉山陵园出来,顾小白去了县里的几家医院,忙活了一个多小时,然后才回到局里。进了电梯,顾小白忘了掐掉手里的烟。有个女同事跟他打招呼,他也没理会,他整个人好像魔怔了一般。不仅如此,他还摁错了楼层,下到了位于底层的法医室。直到浓烈的福尔马林气味扑面而来,他才清醒。姚伟明从一堆器官标本上抬起头,惊讶地问,顾队,您找我有事?顾小白连忙说,哦,没事,走错了。他正要离开,姚伟明在后面说,谭局找您有事。顾小白一看手机,有好几个未接电话,都是谭局的。手机没有静音,他却没听见,真是咄咄怪事。

进了八楼局长办公室,谭局放下手里的案卷,不满地看着顾小白,怎么不接电话,谈女朋友了,在幽会呢?顾小白撒了半个谎,说,查线索去了,手机扔车上,没听见。谭局的脸色缓和了一些,说,外面已经有了传闻,说丁保国就是那个口罩色魔。不少市民打电话到局里询问消息是否属实,特别是当年那些受害者和她们的家属,情绪比较激动。接线员已经招架不住了,不知道该怎么解释。再拖下去,群众要过来拆局里的招牌了。顾小白说,再等等吧,就说还在调查。谭局沉声问,等什么?顾小白说,等丁保国的死完全弄清楚。

谭局拍了拍桌上的案卷,说,丁保国很有可能是周云鹏谋杀的,现在两个人都死了,你找阎王爷调查去?顾小白说,如果周云鹏想杀丁保国灭口,不会等到十三年后。就算是他杀的,他应该还有同伙。谭局一愣,你怎么知道他有同伙?顾小白上前打开案卷,指着夹在里面的一张照片说,这是丁保国被害现场发现的车胎印,电瓶车留下的。我到现场模拟了一下,以周云鹏一个人的体重,后胎印不至于这么深,车上应该有两个人。谭局戴上眼镜,打量着照片,良久才说,有道理。顾小白说,我准备把彭大年的案子,还有之前马金龙、丁保国和周云鹏的死，以及十三年前孟海老师的被害，并串起来查。谭局问，相关案情我知道一些，但还不全面，并案侦查你有把握吗？顾小白点点头。谭局追问，几分把握？顾小白很干脆地回答，十分。

在谭局那里立了军令状，顾小白带着案卷走了，他没坐电梯，而是走进消防通道。刚到刑侦队所在的三楼时，就接到谭局发的信息：老梁快不行了，案子抓紧点！顾小白的两条腿一下子就麻木了，再也迈不动。他正要给梁斌打电话，号码调出来后却没勇气按下去。仿佛那个绿色的通话键是引爆器，按下去就会把自己炸得粉身碎骨。他想，还是结案后再打吧，有些事他现在说不清楚，梁斌也听不明白。谭局和梁斌是警校同学，互相为对方挡过刀子，有着过命的交情。十三年前，谭局还是刑侦队队长，孟海老师被害案告破后，他被提拔为局长，梁斌则由副转正，接替了他的位置。

顾小白给谭局回了信息，只有两个字：明白。

梁斌送的那部旧诺基亚，顾小白一直珍藏着，里面封存了一段奇妙而心痛的往事。很多个寂静的夜晚，他拿起这部诺基亚，似乎能听到十三年前那个夏天的声音从里面传出来。他经常对着这个神秘的魔盒自言自语，仿佛在跟过去的时光对话。此时此刻，二〇一八年下午的阳光透过走廊的玻璃窗照进来，落在顾小白身上，他突然热泪盈眶。从那天坐在马路牙子上弹吉他起，他就发现自己变脆弱了，眼里和梦里经常汹涌着一片海，咸涩的海。

四

顾小白有些虚脱地靠在办公椅上，连抽了三根烟，才把眼里的那片海慢慢蒸发干净。杜耀文走过来问，顾队，现在大家都腾出空来了，周云鹏的生活圈子要不要再查查，找到那个托他买散装汽油的人？顾小白摇摇头，不用查了。杜耀文有些不解，为什么？顾小白说，我知道凶手是谁。但顾小白没有说出名字，他弹着烟灰，瞳仁里像是裸露着一片干涸的海床，寂寥而空旷。其实烟蒂已经熄灭了，根本没有灰可弹。杜耀文掏出自己的芙蓉王递过去，试探着问，凶手是不是马小燕？周云鹏一死，她顶包的秘密就没几个人知道了，她是有杀人动机的。顾小白再次摇头，不是。杜耀文有点蒙圈，他问，顾队，那要不要把凶手控制起来？顾小白还是那副花岗岩一样僵硬的表情，说，暂时不需要。杜耀文明白了，顾小白不急着动手，肯定是证据链还没有闭环，存在变数。他就不再多嘴了。

　　顾小白去馆子里吃了一碗炸酱面当晚餐，面馆老板一眼就认出了他，伸出油腻的双手，有些激动地说，这不是老顾家的儿子小白吗，听说你当刑警队长了，给我们老纸厂的人挣了大脸啊。握着那双手，顾小白想起来了，是以前湘江造纸厂人事科的科长，姓曹，名字忘了。顾小白说，曹叔好，您身体还是这么硬朗。后半句话是顾小白违心说的，对方一头花白的头发，脸上全是沟壑般的皱纹。老曹说，硬朗个屁，就剩一把老骨头了。都是马金龙那老混蛋害的，把厂子贱卖了，狗日的吃得满嘴流油，我们连潲水都捞不着。

　　顾小白是在老曹的牢骚中吃完面的。买单时，老曹死活不收钱，跟打架似的，他只好妥协。在湘江宾馆的长包房，顾小白翻看带回来的案卷。他看得很仔细，一个标点符号都不放过。不到三十页的内容，他看到深夜十一点多，抽了两包烟。手指都熏黄了，像个胡萝卜。合上案卷，顾小白心里憋闷，迫切想出门找人说说话。他翻开电话簿，老家最铁的三个朋友都叫不出来了，其他同学在他上警校后都没了联系。他看见黎乐乐还在发朋友圈，发的是她今天在湿地采访时拍的照片，候鸟遮天蔽日，蔚为壮观。他就在照片下留了言：大美女，要不要去吃个宵夜？我请。黎乐乐几乎是秒回：好呀，不吃白不吃，我在报社，顾队在哪儿？

去接黎乐乐的路上,顾小白发现老曹的店子还开着,但摊位摆到了门口,正在烤串。在报社门口接上黎乐乐后,顾小白把车开到老曹的店附近,闪了两下大灯。老曹一看又是他,热情地迎上前来说,小白,又来照顾你叔生意了,坐那边,那棵樟树下,蚊子少。又问,这是你对象吧,跟画里的人似的,你小子真有眼光。顾小白连忙解释,不是对象,是我一个朋友。老曹笑呵呵地说,哟,还不好意思。行,叔不当电灯泡了,吃点什么?

顾小白看向黎乐乐,她倒是挺大方,一点都不窘迫。接过老曹递过来的单子,熟练地勾画了十几笔说,就咱俩,差不多了。两个人在樟树下的一张矮桌前坐下,黎乐乐用纸巾擦了擦桌面:顾队,听说彭大年的妻子马小燕进去了。顾小白说,你消息还挺灵通,队里有你线人吧?黎乐乐笑道,必须的,否则怎么吃这碗饭?马小燕会坐牢吗?这时,老曹把烤串端上来,还免费送了一扎啤酒。谢了老曹后,顾小白才回答,仅凭包庇杀人那件事,她就得蹲班房。几年就不好说了,案件还在侦查当中。银行的工作肯定是没了,赔偿也少不了,反正下场挺惨。黎乐乐边撸串边说,自找的,不值得同情,江蓝姐的一生都被她毁了,太气人了!顾小白倒了两杯啤酒说,你知道的还挺多,规矩你懂,没到时候,不该写的不能写。

黎乐乐嘬了一口酒花子说,我懂。

长沙的夜像一个性感妖娆的少妇,而老家的夜不一样,更像一个不施粉黛的少女,看一眼都很清凉。从内心深处来说,顾小白是愿意在这种小城生活的。每次听到邓丽君的《小城故事》,他都特别有亲切感。歌里的每一句词,都像是在写他身边的人和事,很接地气。而大城市里的一切,都是虚浮的,没有根。

一个长头发的小青年抱着吉他卖唱,一首歌五块钱。顾小白叫他过来,弹了两首,《恰似你的温柔》和《酒干倘卖无》。黎乐乐啃着鸡爪,吃相像一个邻家小妹,她说,这小哥哥弹得不咋的啊,顾队,听说您前几天坐在马路牙子上弹吉他,一首歌的工夫,局里的警花全都成了您的迷妹,怎么样,也给本小姐露一手呗?顾小白笑笑说,我那三脚猫的水平,就不拿出来丢丑了,听了你今晚会做噩梦。黎乐乐不依,说,您什么水平我还不知道,中学时代就见识过了。她口无遮拦,打着哈哈,噩梦没做过,春天的梦倒是做了不少。

顾小白推辞不掉,只好找小青年借了吉他,弹唱了首《梦醒时分》。

歌声响起的瞬间,周围的食客都把目光落在顾小白身上。小青年满脸羞愧,没想到自己是班门弄斧。周围一片叫好声,黎乐乐更是兴奋得连连举杯说,顾队,我敬你,也敬青春。其实顾小白的弹唱技巧并不比小青年娴熟,只是多了份人到中年的练达和沧桑。把吉他还回去后,那小青年执意不收刚才卖唱的钱,但顾小白还是硬把钞票塞给了他。黎乐乐由衷地说,顾队,你要是走音乐这条路,没准儿就是现在的赵雷。这个歌手顾小白听说过,因为一首《成都》一夜爆红。顾小白说,自嗨可以,上不了台面。黎乐乐继续撸串,您太谦虚了,孟老师都说,萤火虫乐队的水平能开演唱会了。

顾小白的目光立即变得强烈起来,他盯着黎乐乐问,你认识孟老师?黎乐乐擦了擦嘴说,认识呀。顾小白问,什么时候认识的?黎乐乐不假思索地回答,二〇〇四年冬天。顾小白心算了一下——黎乐乐是二〇〇四年八月的最后一天出事的,也就是说,出事没多久她就认识了孟老师。但她并非纸厂子弟,两个人怎么认识的?

顾小白突然觉得对面坐的不是一个女人,而是一个秘密。黎乐乐掏出一根薄荷烟点着,她脸上的光顿时黯淡下来。没等顾小白追问,她就解释道,我出那事后,我爸每晚拎把杀猪刀在街头转悠,找丁保国那个王八蛋。对了,这个好像跟你说过。顾小白点头,别说你爸,说你和孟老师。黎乐乐说,别急,孟老师是先认识我爸,才认识我的。顾小白哦了一声,发现自己有点急躁,他喝了口啤酒压了压。黎乐乐继续说，有天凌晨，在日杂公司后面的巷子里，我爸看见一个男青年，推着辆自行车，鬼鬼祟祟的。双方狭路相逢，二话不说，都亮出了腰里的家伙，对方是菜刀。要不是我爸机灵，突然想起报上说口罩色魔是烟枪，而对方身上一点烟味儿都没有，两个人当场就见血了。我爸问他，你是谁，大晚上的在这里干什么？对方说，我还想问你呢！我爸就说自己是变压器厂的职工，刚下夜班。对方也掏出了自己的工作证，说他是纸厂子弟学校的老师，叫孟海。试探了几句，两个人这才互相交底，原来都是来找那个变态的。

顾小白觉得奇怪，他问，孟老师为什么要找口罩色魔？黎乐乐朝夜色中吐了口烟圈，回忆道，孟老师跟我爸说，他班上有个女生，不久前被欺负了，他想亲手抓住那个畜生。那天晚上，我爸和孟老师跟我们现在一样，一起吃宵夜，都喝高了。

顾小白猜测，孟老师得知江蓝在小树林里差点受辱后，气愤难平，就跟当年他们四个男生一样，深夜上街找口罩色魔寻仇。受辱这件事是江蓝的绝对隐私，羞于启齿，她叮嘱四个男生不要外传，孟老师却知道，很可能是江蓝主动透露给他的。两个人的关系虽然并非师生恋，但也应该很密切。

黎乐乐说，我爸那晚在孟老师面前哭了，跟个孩子似的。我那时候的情况很糟糕——孤僻、自闭、恐惧异性，我爸说那个变态把我毁了。我要是有个三长两短，他也不活了。孟老师安慰我爸，说他认识的那个女生被侵犯后，也曾经跟我一样想不开，差点自杀，通过他的心理疏导才好起来。我爸一听，像是抓住了救命稻草，连忙请孟老师有空去我家坐坐，开导开导我。他们就这样认识了，第二天放学后，孟老师就去了我家。

记忆是一部卡式录音机，顾小白把带子倒回到二〇〇四年夏天。他记得那晚丁保国的侵犯并没有得逞，他们几个男生及时赶到，救下了江蓝。他正要质疑黎乐乐的话，但很快想到了那份病历，江蓝第一次遇到丁保国时，确实被侵犯过，她自杀应该跟这件事有关。至于孟老师是怎么得知江蓝被侵犯的，目前还是一个谜。但可以肯定的是，是孟老师修复了江蓝破碎的心灵，给了她第二次生命。顾小白现在有些理解江蓝对孟老师的感情了，不是少女情窦初开的那种爱，也不是纯粹的师生情，而是感恩，是敬仰。

月色撩人，香樟味、烧烤味和啤酒味混合在一起，闻起来有点古怪。黎乐乐去了趟厕所，回来继续说，一开始我很排斥孟老师，还抓伤过他。但他很有耐心，不气不恼，只要有空就过来给我做心理疏导，还给我补课。慢慢地，我就接受了他。那时候，除了我爸，孟老师是唯一可以接近我的男人。不是他，我可能已经死了，死在我最美好的年华里。

顾小白问，孟老师就是你之前跟我说的那个人吗，关心你，后来又离开了你的那个？黎乐乐点点头。顾小白倒了两杯酒，说，这杯我们一起敬孟老师。两个人一饮而尽，眼睛里都闪烁着星光。每个人的青春中都有一些暗黑的角落，对黎乐乐，对萤火虫乐队，对整个纸厂子弟学校的学生来说，孟老师就像一道闪电，照亮了这些隐秘的角落。

顾小白谨慎地问，孟老师说的那个女生是谁？黎乐乐狡黠一笑，顾队，你是明知故问。顾小白说，这是隐私，我不能随便猜疑。黎乐乐拿起顾小白放在桌面上的烟盒，抖出一根芙蓉王，说，这烟劲大，适合深夜讲故事时抽。顾小白说，你继续。黎乐乐在舌尖上玩了朵烟花，说，是江蓝。顾小白问，孟老师告诉你的？黎乐乐把烟花吐出来，说，不是。

顾小白有些意外，如果不是孟老师透露的，黎乐乐怎么会知道江蓝被侵犯？黎乐乐解开了他心中的疑惑，孟老师给我做心理疏导时，说过江蓝的一些情况，但没有点名。孟老师被杀，江蓝自首后，我就知道她肯定是孟老师说的那个女生。我不相信他俩有不正当关系，以我对孟老师的了解，他不是那种人。顾小白问，你刚才说我明知故问，你怎么知道我猜的是江蓝？黎乐乐说，警方通报上写了，口罩色魔作案后，会强拍被害人的裸照。丁保国的狼皮被扒下后，您肯定搜查过他的房间，找到了那本相册，认出了江蓝是其中的一名被害人。顾小白说，你的推理并不完全对，江蓝是丁俊认出来的，相册已经被烧了。黎乐乐说，就算丁俊没有指认，我相信您也能猜到，江蓝堕胎是丁保国作的孽，跟孟老师无关。顾小白点头说，是。

黎乐乐凝视着越来越空旷的街道，说，江蓝没有杀孟老师。顾小白问，是线人告诉你的，还是江蓝自己告诉你的？黎乐乐说，都不是。顾小白问，又是你推理出来的？黎乐乐从街道收回目光，看向顾小白，也不是。顾小白打趣道，你会看相？他摊开手掌递过去，帮我看看，什么时候中五百万，我好去买彩票。黎乐乐没有碰他的手，而是用一种带着回音的腔调说，我亲眼看见的。

顾小白想笑，这个女记者也太不胜酒力了，才喝了几杯，脑子就不清醒了，居然开这种玩笑。但笑容只在顾小白脸上逗留了不到一秒，黎乐乐的神情根本不像是喝高了的样子。她再次从他的烟盒里抽出一根芙蓉王，手不抖，眼不眨，倒是他开始心律不齐。他缩回手掌问，你刚才什么意思？黎乐乐说，就是我话面上的意思。顾小白问，你在构思穿越小说吗？黎乐乐用打火机点烟，脸在火焰的映照下的确显得有些诡异，她说，顾队，信不信由你。

一片树叶旋转着飘下来，正好落在顾小白头顶，他像是被什么坚硬的东西撞击了一下，有点懵。黎乐乐吞吐着烟圈说，每年高考后，都是纸厂子弟学校最死气沉沉的时候，能上大学的没几个，绝大部分学生都成了社会闲散人员，没有朝气，没有梦想，看不到前途，眼前一片迷惘。哦，这是孟老师跟我说的。

顾小白绝对相信这是孟老师的话，而不是黎乐乐瞎编的。他是纸厂的子弟,每年夏天,厂里的闲散人员都会突然增多,各种治安案件也随之增多——今天变压器被盗,明天废弃仓库里有人聚赌,后天厂门口打群架……高考后,一股悲伤、沮丧和彷徨的情绪从子弟学校的围墙内弥漫开来,穿过家属区,穿过烟囱和水塔,穿过食堂和篮球场,渐渐扩散到全厂,甚至渗透到地下防空洞。这种不良情绪比蚊虫还凶猛,它无处不在,无孔不入,让人提心吊胆,烦躁不安。对纸厂人来说,夏天是一个人心惶惶的季节,危险的季节,原本有条不紊的生活节奏,会在这个时候突然失控。十三年前的那个夏天,顾小白就是处于这样一种状态,胡浩、许国巍和彭大年也是如此。他们突然告别了校园生活,来到社会上,成了无业游民,身份的巨变让他们很不适应。自卑、失意、烦恼、迷茫,像一床浸透了汽油的棉被,他们被严严实实地包裹在里面,呼吸困难,两眼发黑。一个小小的火星,有可能将他们的身体点燃,或者将他们身边的世界烧成灰烬。

已经是凌晨一点,吃宵夜的人都走光了,卖唱的小青年背着吉他渐行渐远,背影消失在街道尽头。只剩下顾小白和黎乐乐还坐在樟树下聊天,烤串吃完了,啤酒喝光了,烟盒抽空了。老曹倒是没说什么,自己开了一瓶啤酒,就着一碟花生米,坐下来优哉游哉地吃喝。顾小白却不好意思了,他起身结账,和黎乐乐摇摇晃晃地上了停在东湖边的车。他喝了酒,没有移动车子,而是敞开所有窗户,让蛙鸣、荷香、晚风和夜色一起涌进来。

两个人的对话改在车里进行——顾小白坐在驾驶座,黎乐乐坐副驾驶,车载播放器里放着轻音乐,莫扎特的。

顾小白问,那天你到底看见了什么?

黎乐乐没有急着回答,她从包里掏出化妆盒,往脸上涂脂抹粉,似乎是想冲淡那个夏日正午的血腥味。化完夜妆,她才慢悠悠地说,那天上午我逛新华书店时,看见了一本瑞士作家写的小说,叫《阿尔卑斯山的少女》。孟老师以前推荐我看一本书,也是这个作家写的,但书名叫《海蒂》。两本书写的都是发生在阿尔卑斯山上的故事,我就出门给孟老师打了个电话,问他是不是同一本书。顾小白问,你什么时候打的电话,在哪里打的,用的什么电话?

黎乐乐说,新华书店出门左拐有家奶茶店,那里有部公用电话,时间大概在十点五十左右——我记得那天是周日,我爸用自行车送我去书店的。周日他一般睡到十点才起床,吃完早餐就十点二十了。顾小白血液里的酒精顿时被蒸发殆尽,头脑变得无比清醒。孟老师案子里的每一个细节他都记得很清楚,案发当天上午,孟老师的确接到了一个电话,是从新华书店旁的奶茶店打过去的,时间是上午十点四十九分。

这个细节并没有向外公布,只有看过案卷的人才知道。

因此,黎乐乐叙述的可信度非常高!

黎乐乐的目光像陶片一样在湖面上打着水漂,她说,孟老师在电话里告诉我,那两本书内容是一样的,只是书名不同。他还在电话里跟我说了一件事,他想要在纸厂的防空洞里搞一个大型活动,需要事先向厂里的保卫科报备。就在接我的电话之前,他接到了保卫科长的电话,同意了他的活动安排。哦,保卫科长就是姓丁的那个混蛋。

孟老师的案卷如同《圣经》,顾小白研读了无数遍。他记得很清楚,孟老师接奶茶店打来的那个电话之前,还接过一个电话,是从汽车站旁边打来的,用的 IC 卡电话,时间是十点四十五分。黎乐乐说,孟老师告诉她,当天中午,他要和丁保国去防空洞里实地查看,确定活动场所。

听到这里,顾小白浑身的肌肉紧绷起来,案发当天,孟海为什么现身防空洞,是一个始终困扰警方的谜。黎乐乐说,孟老师问我要不要一起去看场地,我答应了。我们约了下午一点半,在纸厂水塔下面的防空洞里碰头——那里有口古井，井口是莲花形，很多人都知道，比较好找。纸厂和变压器厂的防空洞是连通的，小时候，我也经常去里面玩，对地形还算熟悉。

顾小白听见自己的声音有些变调，孟海老师去防空洞搞什么活动？黎乐乐转过头来看着顾小白，眼神比凌晨还沉静，她轻轻地说，演唱会。

顾小白没听清楚，追问了一遍，你说什么？

黎乐乐再次回答，演唱会。

顾小白有点没反应过来，他极力让自己的肌肉松弛，把演唱会这三个字在脑袋里放大。黎乐乐在旁边解释，孟老师跟我说，萤火虫乐队快散伙了，除了一个叫江蓝的女键盘手，乐队其他成员都萎靡不振，完全没有了少年热血。他想把乐队重新组织起来，在防空洞里开一个地下演唱会。吸引那些刚刚走出校园，意志消沉的待业青年都来看演出，一起互动。演唱会的主题是——把眼泪洒在黑暗里，用歌声来迎接明天，让青春重新燃起来！

顾小白的眼泪掉了下来，掉在这深邃的黑暗里。

他万万没有想到，萤火虫乐队的所有成员都没有想到，他们人生中的第一次演唱会，就这样夭折了。

顾小白透过天窗，仰望着浩瀚星空，脑袋里全是歌声、琴声、掌声、欢呼声，无数烛光、灯光、荧光棒在眼前晃动。所有人尽情地释放着荷尔蒙，他们呐喊、哭泣、歌唱、摇摆。黑暗被他们燃烧的激情照亮，他们的迷惘一扫而空。

顾小白脑补着各种场面，似乎那场演唱会已经如期举行，而且一直在他的灵魂深处巡回演出，十三年来，从没有停止过。

那是青春最美丽的绝响啊。

那也是人世间最激荡人心的一场演唱会，没有之一！

第十三双眼睛

一

演唱会终于在顾小白的脑袋里落幕了,他口干舌燥精疲力竭,靠在驾驶椅上直喘粗气。他拿起一瓶矿泉水,咕咚几口喝了一大半,体力这才恢复了一些。黎乐乐也显得有些疲惫,她眼神慵懒表情倦怠,仿佛刚从一个与春天有关的梦中苏醒,原本挽着的发髻披散开来,像一道充满黑色诱惑的冰川。在顾小白灵魂出演的那台演唱会上,他清晰地看见了少女时代的黎乐乐,她发育还不成熟,穿着一条有些松垮的牛仔裤,但她是叫得最响唱得最欢的那一个。

顾小白问,后来呢?

这三个字吐出来时,顾小白发现自己的喉咙有些嘶哑,似乎刚才真的声嘶力竭地演唱过。二〇一八年的这个夏日凌晨,夜色浓得就像调色板上的颜料,湖泊和树林,房屋和路灯,行人和狗,不,是整个世界,都被强力粘贴在一张巨大而魔幻的画布上,每个人的命运都逃不过那双看不见的上帝之手。黎乐乐没有直接回答顾小白的问题,她下车去街边的自动售货机上买了两包香烟,上车后,一包扔给顾小白,一包自己抽。

顾小白没见过抽烟这么凶的女人,平素也没闻到她身上有烟草味。这一夜,她像是要借助某种道具,把许多东西掏心掏肺地说出来,那天从新华书店回去后,我十二点四十就到了跟孟老师约定的地点,那口古井边。我是从变压器厂下面的防空洞里走过去的,一路上没碰见一个人。这台演唱会是孟老师一手策划的,他对保卫科能否批准心里没底,所以事先没有声张。但我知道这个秘密,因为我爸是电工,孟老师说,如果保卫科批准了,他就请我爸负责演唱会现场的灯光。顾小白心想,孟老师向保卫科报备活动时,应该是直接找了丁保国,其他人没有经手,因此案发后没有人知道这个事。黎乐乐说,孟老师之所以邀请我去看场地,是因为我从小对舞台设计很感兴趣。他策划演唱会时,我提出了一些很有创意的点子。顾小白打断了一下,问她,那你大学怎么没学设计?黎乐乐笑容酸楚地说,孟海老师被害后,我就改变了志向,想当一名警察。高考填志愿,我有轻微的色盲,通不过公安院校的体检,就改填了新闻院校。从某种意义上来说,记者和警察有相同的职业属性,都是寻求真相。

顾小白内心感慨,这又是一个被那个夏天改变了命运的人。黎乐乐继续说,那天我去得有点早,百无聊赖的时候,突然冒出一个念头,想捉弄一下孟老师。我关掉手电筒,躲在离那口莲花井五百多米远的一个岔洞里,那是孟老师的必经路段。我想等他过来时,就从暗处冲出来,装神弄鬼吓他一大跳。黎乐乐深深叹了一口气,说,那是我最后悔的一个决定,也是我年少无知时犯的最大的一个错误。大概一点钟的时候,我看见孟老师走了过来,打着手电筒。就算他没打手电筒我也能认出,他的白衬衣在防空洞里很显眼,还有他身上的香水味,我老远就能闻到。顾小白看见,黎乐乐在回忆起这些细节时,眼睛里突然点亮了一盏小灯笼,慵懒的表情生动起来,脸上有一种怀春少女的娇羞,连呼吸都是潮热的。

毫无疑问,孟老师曾经无数次进入过她那些粉红色的梦中。

黎乐乐换了张CD,是花鼓戏,凌晨听起来有些怪异。少年时代,顾小白很喜欢看这种戏,厂里只要有演出,他每场必到。他并不是个戏迷,他迷的是里面唱花旦的胡大姐,杏眼桃腮丰乳肥臀。黎乐乐说,孟老师离我还有三百米远时,我看见一个男人从他身后钻出来,他没打手电筒,看不清样子。孟老师应该是听到了脚步声,他停下来,转身看后面,喊了声,丁科长。那个人就是丁保国。孟老师的手电筒照在他身上,我看得很清楚,他肩上背着一把枪!

顾小白心里一紧,似乎黑暗中有个人拿着枪口走向自己。

黎乐乐说,孟老师当时还笑丁保国,又不是去抓坏人,你带枪干什么?顾小白急切地问,丁保国怎么说?黎乐乐说,丁保国回答,最近躲在防空洞里吸毒和聚赌的比较多,他在巡逻。说到这里,黎乐乐的身体条件反射地哆嗦了一下。顾小白问,你怎么了,是不是有点凉,要不我把窗户关了?黎乐乐摇头说,不是,我不冷。是丁保国一开口就把我吓到了。顾小白反应过来,问道,你听出他的声音了,是口罩色魔?黎乐乐点点头,说,这个声音我太熟悉了,经常在我耳边响起。我吓得趴在墙上不敢动,眼睁睁地看着他们往另外一个方向走去。顾小白问,往哪个方向?黎乐乐说,娘娘庙方向。

顾小白曾经听老辈人讲,距离乌龙宝塔不远有座娘娘庙,明朝修建的,抗战时被日本人的炮弹炸塌了。纸厂的防空洞,有一段路就是从娘娘庙原址下经过。那段路铺的地砖都雕了花,是以前建庙用的。出于对神仙娘娘的敬畏,钻防空洞的人,很少会去那个方向。也正因为如此,那里苔藓深厚,积水成潭,非常荒僻,据说藏着一只成了精的黄鼠狼。

顾小白问,他们去那边干什么?黎乐乐说,是丁保国叫孟老师去的,说刚才他来的时候,发现有几个小青年在那里聚赌,都是子弟学校的学生,他要孟老师跟他一块去抓赌,抓完后再去看演出场地。孟老师看了下手机,可能觉得时间还早,不会耽误跟我碰头,就跟着丁保国去了。我犹豫了一下,也跟在了后面。顾小白看了黎乐乐一眼,问她,你不是害怕吗?黎乐乐说,我是很害怕,但我也怕声音听错，就想看看丁保国的右手，是不是少了半截小指头。顾小白问，看清楚了吗？黎乐乐摇头说，路上没看清楚，我一直跟着他们走到了娘娘庙附近。丁保国停了下来。孟老师问他，聚赌的学生呢？丁保国说，孟老师，这里没有聚赌的学生，我骗你的。孟老师问，丁科长，你什么意思？丁保国说，想跟你谈件事。孟老师问丁保国，什么事搞得这么神秘兮兮？丁保国干笑了几声，说就是马厂长的闺女那件事，她这次高考没考好，想顶替江蓝上大学。你能不能行个方便，帮马厂长这个忙？孟老师当时笑了一下，说，丁科长，原来你是来当说客的。丁保国说，听马厂长讲，你下半年就要去读研究生了，脑瓜子肯定聪明，应该知道与人方便就是给自己方便。前几天在福临门酒家，周云鹏打了包票，说这事要是成了，给你五万好处费。周云鹏要我转告你，他可以再加三万。

顾小白现在确信黎乐乐不是在编故事，因为马金龙请孟老师在福临门酒家吃饭这件事，案卷上都没记载，他也是昨天才知道的，马小燕在龙泉山陵园告诉他的。也就是说，如果不是亲耳听到，黎乐乐不可能知道这个细节。

顾小白问，孟老师什么反应？黎乐乐望着车窗外，陷入了回忆中，似乎是想把当时的场景更真实地还原出来。沉默了好一会儿，她才开口，他说我是老师，不能干这种下作的事。他还说，丁科长，你是搞保卫工作的，比我更懂法，应该知道这样做是犯罪。顾小白的血液在加速流动，肾上腺素飙升，这是他每次遇到危险时的本能反应。此刻，似乎危险不是在靠近孟老师，而是自己。黎乐乐说，孟老师准备离开，我看见丁保国把枪从肩头摘下来。顾小白紧张地问，他在背后开枪了？黎乐乐说，没有，他叫住了孟老师，说你挡别人前途就是不给自己留活路。孟看着他手里的枪，用一种很不可思议的声音问，丁科长，你敢杀人？丁保国说，是你逼我的。顾小白问，孟老师是不是掉头跑掉了？黎乐乐的声音显得有些痛苦，他没跑。

顾小白深感意外，问道，他没跑？不可能啊，这么近的距离，丁保国怎么可能没打中？黎乐乐说，孟老师抓住了对准他的枪口，估计是想夺枪，但还没抢过来枪就响了，他倒在了地上。顾小白的五脏六腑一阵痉挛，喉咙里咸咸的，有股血腥味，仿佛被枪打中的是他自己。顾小白揉了揉腹部，疼痛有所缓解后，他问，你确定丁保国是在娘娘庙那一段开的枪吗？黎乐乐点头说，我确定！十三年了，孟海老师被害现场的每一块砖头是什么样，我都记得清清楚楚。顾小白问，然后呢？黎乐乐说，丁保国背着枪，左手拿手电筒，右手放在孟老师的鼻孔前，试探他还有没有呼吸。

黎乐乐的叙述不断把顾小白代入到那个至暗时刻，仿佛他就躺在地上，丁保国的手指就快触碰到他的鼻子了，他屏住呼吸装死。黎乐乐咬牙切齿地说，就是在那个时候，我发现这王八蛋右手缺了半截小指头，就是那个变态！

顾小白关掉了车载播放器，他想屏蔽掉任何干扰音，专心听黎乐乐讲述，他生怕漏掉任何一个细节。黎乐乐说，丁保国杀人后似乎很害怕，他并没有在现场逗留，慌慌张张地跑掉了，跟鬼赶了似的。顾小白问，你呢？黎乐乐说，直到听不见那个畜生的脚步声，我才敢从暗处出来。我冲到孟老师面前，发现他身上都是血。我哭着喊他。过了一会儿，他睁开了眼睛，认出了我，叫我快跑，说这里危险。我没有走，我扶着他站了起来，说我送你去医院。顾小白急不可耐地问，他还能走路吗？黎乐乐点头说，能，但很虚弱，走得特别慢。我扶着他往来时的路上走，他摔了好几次，手电筒也摔坏了，扔了。顾小白心想，难怪案发现场没有找到孟老师的手电筒。

黎乐乐说，我也摔了几跤，但那时候我一点都不觉得疼。顾小白有种很无力的感觉，似乎他就在旁边看着，却没有办法去扶孟老师一把。黎乐乐说，往外走的时候，孟老师跟我说，他要是死了，我就去报案,凶手是丁保国,纸厂保卫科的科长。我说我都看见了,也听见了,知道是怎么回事,叫他别说话,因为他一说话伤口就流血。也不知道走了多久,我听见远处有脚步声,因为担心丁保国回来,我和孟老师都不敢吭声,我还关掉了自己的手电筒。等脚步声消失后,我们慢慢走到莲花井的位置,孟老师走不动了,我就扶他坐下来,休息了一会儿。

顾小白推测,黎乐乐这次听到的脚步声,不是丁保国的,而是胡浩他们三个的。如果当时她呼救,胡浩他们很可能会中止作案,去抢救孟老师,整个事件的走向就完全不同了,许多人的命运也会因此发生改变。但极度的恐惧充斥在黎乐乐和孟老师的心中,沉默是他们最合情合理的选择。顾小白问,孟老师当时的身体状况如何?黎乐乐说,一路走一路流血,意识有点模糊,完全是求生的本能在支撑着他。

当年的案卷上详细记载了现场勘查情况,防空洞的许多地方都发现了血迹和鞋印。血迹经鉴定,是孟海的。但大量鞋印纵横交错叠加在一起,已经无法辨别鞋主人的身份。警方推断,因为现场没有保护好,很多群众听说防空洞里发生凶杀案后,从各个出入口涌进来看热闹,把现场的血迹带到洞中各处……从黎乐乐的叙述来看,顾小白发现当初警方的推断是不准确的。

黎乐乐说,我们坐下没多久,就听到前面传来砸门声,还有几个人的说话声。我很害怕,准备扶着孟老师离开。但他说,那几个人的声音有点熟悉,像是他以前的学生,他过去看看,但要我留在原地。我答应了,因为当时我已经扶不动他了,要是碰见熟人,就可以早点送他去医院。但他走后,我又有点不放心,就偷偷跟在后面。走了没多远,就发现了三个人,一看就不是好人。顾小白问,为什么?黎乐乐说,他们都戴着头套和手套,背着大包,一个拿着手电筒,一个拿着撬棍和榔头,还有一个拿着枪,跟丁保国拿的那支枪一模一样!

黎乐乐的话印证了胡浩和许国巍的口供,他们拿的枪是丁保国仓皇逃跑时丢弃的。湖面传来扑通一声,似乎有鱼高高跃起,搅碎了这夜的宁静。黎乐乐夹烟的手指在微微发抖,她好像还是当年那个躲在黑暗中的小女孩,神色惊恐不安,她说,我当时心想,糟了,又碰见坏蛋了。我正要叫孟老师离开,就听见那个拿枪的人叫道,别过来,我有枪!他话音刚落,孟老师就朝后面倒去,枪也在这个时候响了。顾小白感觉枪声就在耳边炸响,他的声带都在颤栗,你说什么,枪响之前,孟老师的身体就在往后倒?黎乐乐说,没错,应该是体力透支了。我正要冲上前去搀扶,就听见枪响了,间隔可能也就一两秒。

顾小白两眼紧盯着黎乐乐,问道,枪是朝孟老师开的吗?

黎乐乐摇摇头,说,不是,我看见枪口的火光了,是朝地上开的。

枪声再次响起,是在顾小白的脑海里。曾经盘旋不散的一团脑雾像是被枪口吐出的火舌撕开了一条裂缝,顾小白现在明白了,地下仓库并非孟老师的被害现场,许国巍根本就没有打中他。被丁保国开枪打中后,孟老师经过长时间的行走,流血过多,神经高度紧张,在再次面对枪口威胁时,他的身体终于支撑不住,倒了下去。也就是说,许国巍不存在误杀,是丁保国枪杀了孟老师!

三位少年的逃亡其实是一场自我放逐的游戏,纠缠他们的梦魇不过是心魔在作祟。这之后,彭大年对胡浩和许国巍的敲诈,以及后者对前者的谋杀,本来都可以避免的。但他们入戏太深,自己把自己杀死在角色中。

枪声回荡了十几分钟,渐渐在顾小白的脑海里沉寂,他听见黎乐乐说,我从那三个人的交谈中,知道他们都是孟老师的学生。他们逃走后,我才敢上前叫孟老师,但他已经叫不醒了,死了。黎乐乐泪流满面,她化的夜妆被泪水冲洗得斑斑驳驳,像是一张没画好的脸谱。她哽咽着说,我吓坏了,不知该怎么办,就跑回了家。我爸正好下班回来,看见我身上有血,就问我怎么回事?我把事情经过告诉了他,要他赶紧报警。但他没有报警,也不准我报警。顾小白问,为什么?黎乐乐说,我记得那天我爸比我还紧张,他说要是丁保国那个王八蛋被抓了,肯定会拔出萝卜带出泥,供出自己是口罩色魔。丁保国知道我的名字,警方就会找到我询问。这么一来,所有人都会知道我的那些事,以后我就没法做人了,一家人的脸都会丢光。我妈也不准我报案,说丁保国可能已经跑了,他如果知道是我报的案,肯定会报复。我被我爸妈的话吓住了,就打消了报案的念头。我想孟老师反正已经死了,也救不回来了,他的仇,等我长大以后再给他报。

顾小白没有责怪黎乐乐,她当年还是一个未成年的小姑娘,毫无社会经验和阅历,要她在极度惊吓中做出理智的选择,是很不现实的。他也能理解黎乐乐父母当时的态度,虽然有点自私和愚昧,但并非不可理喻。在孟老师的关爱下,黎乐乐那时候的精神状态刚刚稳定,不能再遭受刺激了。对父母来说,女儿的身心健康比什么都重要。黎乐乐看着顾小白,愧疚地说,顾队,对不起,我没跟你说实话,十三年前,我就知道丁保国是那个变态色魔。对了,那年冬天,我爸找了个机会,把丁保国堵在黑巷子里,从后面打了他一闷棍,算是为我出了口恶气。顾小白想起来了,在丁保国的案卷中,的确有这样一个案子——二〇〇五年十二月的某天晚上,十点多钟,丁保国参加同事母亲的葬礼回来,经过粮食局后面的一条巷子时,遭到不明身份人员的偷袭,被打成严重脑震荡,住了一个月院。凶手一直没找到,警方怀疑是被丁保国处理过的违法犯罪分子,行凶动机是报复。顾小白心中哑然失笑,没想到是黎乐乐她爸干的。黎乐乐补充说,我爸前年去世了,食道癌。顾小白知道她的意思,行凶者和受害者都已经去世，这个案子就翻篇了。黎乐乐说，孟老师被害后，我的精神又垮了下去，越来越神经质。这些年我心里一直没安生过，经常从梦里哭醒。我对不起孟老师，对不起江蓝。我那时就知道江蓝顶包的动机，她是想替孟老师脱罪，我打心眼里钦佩她，说真的，我做不到。

顾小白感觉有点饿，这次是他下车，去自动售货机那里买了一堆零食。一条流浪狗和一个拾荒老汉从十字街头走过，很有些动漫的意味。一股暗香从夜的最深处弥漫过来，一些人还在沉睡，一些人已经在梦醒的路上。黎乐乐塞了一块巧克力到嘴里，继续说，我当上记者后，江蓝已经是咖啡屋的老板娘。出于内疚，我故意接近她，和她成为好朋友，想为她做点什么。也就是在那时，我通过她认识了胡总、许总和彭总，并且猜出他们三个，就是孟老师在生命的最后时刻，见到的那三个学生。他们对江蓝很殷勤，甚至有些讨好。我知道，这三个男人跟我一样，都是怀着一颗戴罪之心，想弥补对江蓝的亏欠，救赎自己的灵魂。但最后我发现，我既没有救赎自己，也帮不了江蓝。她骨子里有一种非常坚韧的东西，个性很独立，从来不会主动求人。我唯一能做的，就是在那里多喝几杯咖啡。

顾小白嚼着饼干说，你在送给丁保国的橙汁里下安眠药，应该不是为了取证吧？黎乐乐重新把头发挽成一个好看的髻，说，不是。十三年前，我一无所有，都不敢站出来指证丁保国，我现在拥有了这么多，更是缺乏勇气。我拿到证据，交给警方，对我个人没有任何好处。顾小白的眼神阴郁起来，那你下药到底想干什么？黎乐乐突然笑了，笑得很肆意，顾队，你忘了吗，我十三年前就发过誓，长大后，要替孟老师报仇。顾小白心中一惊，你想趁丁保国昏迷后杀了他？黎乐乐狡黠地说，你这是诱供，我可没这样说。他昏迷后我有多种选择，第一，把他痛打一顿；第二，把他绑起来，等他苏醒后，逼他写下认罪书，签字画押，攥在我手里，这样他一辈子都会提心吊胆，惶惶不可终日；第三，暂时没想好，要看临场发挥了。

顾小白没有深究，这种含糊的态度是他从警以来第一次。十三年前的那个夏天，许多原本并不搭界的事，因为各种偶然纠缠到了一起，打成了死结。一场由蝴蝶效应掀起的剧烈风暴最终横扫了这个世界，无数人成了受害者，生活满目疮痍。顾小白希望这场风暴彻底停歇，不要再波及任何一个人。但他很清楚，这不过是自己美好的幻想，那些被卷入风暴眼中的人，注定身不由己，在劫难逃。

二

天边露出了第一缕微曦，就好像在防空洞里走了一整夜，终于看见了出口的亮光，顾小白和黎乐乐又累又困，靠在座椅上睡着了。醒来已是七点整，黎乐乐下了车，她坚持不要顾小白送，说自己喜欢走在早晨的人行道上，沐着光，吹着风，有一种朦胧的诗意。顾小白不懂这种文艺的调调，他问黎乐乐，为什么要把隐藏了十三年的秘密告诉他？黎乐乐没有正面回答，丢下一句语焉不详的话就走了：让一切结束在黑暗中吧，今天太阳照常升起。

顾不上洗漱，顾小白驾车去了看守所，提审了胡浩和许国巍。说是提审，其实是闲聊。他把马小燕和黎乐乐袒露的秘密都告诉了两个人，胡浩听后粗野地大笑，笑出了眼泪。顾小白问，你笑什么？胡浩抹了一把眼泪说，我他妈也不知道，真的。许国巍的反应跟胡浩截然相反，他长久地沉默，直到顾小白不耐烦了，问他，你想什么呢？许国巍愤恨地说，我想我真是瞎了眼，拿你这个狗×的当哥们，你为什么要告诉我这些？

顾小白愕然，他没料到许国巍会这样想。撇开警察和罪犯的身份，他一直把这两个人当朋友。他们有共同的成长记忆，有一起爱过的人，这些都是橡皮擦擦不掉的。许国巍说，你把老子打回了原形，原来这十三年就是一个梦，老子意淫出来的梦。人生过成这样，太他妈失败了。顾小白沉默了，生活就是一个造梦大师，不断地制造各种幻象，让人类沉醉其中。当我们清醒后。发现在这个现实世界里，自己一直在错误的时间里做错误的事情，爱错了人，搭错了车，走错了路，然后用一个错误来修补另外一个错误。

当顾小白离开时，胡浩和许国巍提出了同样一个请求，小白，看在发小的情分上，到此为止吧。顾小白不置可否，他没有问这两个人到此为止是什么意思。但他知道他俩想表达什么，也知道自己该做什么。

在路边摊买了几个糖包子，顾小白驱车去了凌晨停车的地方。透过车窗，他看见江蓝正在萤火虫咖啡屋里浇花。一只野猫蹲在门口，像是一个孤独的守护神。顾小白吃完包子，下车走了过去。江蓝放下花洒迎上前来，招呼说，这么早。顾小白说，早起的鸟儿有虫吃。江蓝笑着问，想喝点什么？顾小白说，随意，有点事想跟你谈谈，关于案子的。我预先申明一下，今天不做文字记录，也不录音，纯粹闲聊。江蓝的脸上依旧荡漾着笑意，我是有前科的，懂规矩，肯定配合警察同志。她示意顾小白坐在靠窗的那个位置，然后去泡咖啡。

趁着这个空隙，顾小白往录音机里放了一盒磁带，齐秦的，第一首歌是《花祭》，萤火虫乐队演出时唱过。齐秦把这首歌唱到四分之三时，江蓝端来了咖啡，上面浮着一层奶昔，味道比较独特。顾小白喝着咖啡，目光有点飘。这栋阁楼很像江蓝外婆开的那家南杂店，外观、面积和内部格局都差不多，只是卖的东西不一样，江蓝一定是带着对外婆的怀念来选择门面的。换句话说，阁楼像个年迈的太婆，老朽不堪，却和蔼慈祥，而且有一肚子的故事。在地板上每走一步都会发出吱吱呀呀的声音，像极了老人的絮絮叨叨，有点烦，但更多的是亲切。

顾小白打量着四周,突然有种很奇怪的感觉,咖啡屋里似乎少了点什么,他仔细看了一下,摆设还是那些摆设,装修风格也没变。齐秦唱《大约在冬季》时他突然明白了,是因为浩子和巍子进去了。虽然顾小白从没在这里遇见过两个人,一次也没有,但他们其实一直以某种形式生活在里面。这间咖啡屋其实是萤火虫乐队的精神纽带,维系了一种不可名状的感情。现在这根纽带解开了,有些东西就不复存在了。

江蓝似乎知道顾小白今天要谈的内容非同寻常,她在门口挂了块"今日盘点,暂不营业"的牌子,然后给自己泡了杯咖啡,坐在顾小白对面,问道,谈谁的案子?马小燕的?听说她昨天进去了,我婆婆要我找你问问怎么回事,警方一直没给个说法。对了,昨天我给你打了好多个电话,你都没接。顾小白有些诧异,他掏出手机看了看,并没有未接的手机号。江蓝解释说,是座机,店里的。顾小白这才想起,昨天是有个座机号给他打了几次,他以为是广告推销,就没接。这年头也就江蓝还在用座机,胡浩说她一直没买手机,是不想要,她生活圈子里没几个人。她的很多习惯还停留在十三年前,那个夏天似乎太热了,时间像松脂一样被融化了,把她凝固在里面,成了美丽而悲伤的琥珀。她的色调是半明半暗的,有时似乎看得很真切,有时又似乎什么都看不清楚。

顾小白找了个借口说,抱歉,昨天一直忙,没听到手机响。马小燕是协助调查,今天她会出来,需要取保候审,随传随到。江蓝惊讶地问,她犯了什么事?顾小白反问,你不知道吗?这几天,他有一种越来越强烈的直觉,江蓝对那个夏天的秘密早就了然于胸。他还记得那天告诉江蓝,巍子是误杀孟老师。江蓝却坚定地说,不是巍子,是丁保国杀了孟老师。事实证明,的确是丁保国开了致命的一枪。江蓝打断了顾小白的神游,她很聪明地把问题抛了回去,小燕是经济方面的问题吗?顾小白再次反问,你为什么会这样想?

江蓝说，大年冒险敲诈浩子和巍子，说明他公司的经营已到了山穷水尽的地步。作为妻子，小燕不可能不知道自己的老公资金短缺。为了帮大年翻身，在银行工作的她，有可能利用职务之便做些不该做的事。顾小白摇摇头，说出了马小燕顶包上大学的秘密，他说彭大年就是抓住这个把柄敲诈马小燕，并且迫使她出轨倒向戴飞的怀抱。他还把黎乐乐透露的那段隐秘往事告诉了江蓝，说现在可以确定，胡浩、许国巍和彭大年跟孟老师的死没有直接关系。

江蓝静静地喝着咖啡，心底没有任何波澜。顾小白更加确定自己的直觉没有错，这些事对江蓝来说早已不是秘密。她上次的激烈反应，不是因为惊讶，而是伤疤被揭开后的下意识抽搐，一种本能的疼痛。现在，她已经用自己的方式止痛了，她可以镇静地面对伤口。这种镇静顾小白还做不到，当他从马小燕和黎乐乐口里获悉整个事件的真相时，他的内心在翻江倒海，只是因为职业的缘故，他强迫自己淡定。案子还没有结，他还没有时间释放积压在灵魂深处的地震波。他的不动声色是装的，而江蓝不是，她是一种很自然的反应，或许也有掩饰的成分，但并不多。顾小白问，你很早就知道真相了，对吗？江蓝迟疑了一会儿，点点头，说，算是吧。顾小白问，你为什么要瞒着？江蓝反问，我为什么要说出去？

顾小白被这句反问噎住了，的确，把真相说出来对江蓝好像没有什么好处。这场阴谋的主要策划者是她的公公，她丈夫在另一个主谋的公司里吃空饷，冒名顶替她上大学的则是小姑子。如果阴谋揭穿，她的家庭将发生巨变——公公不判死刑，也会把牢底坐穿；小姑子会开除公职，移送司法机关处理；有智障的丈夫将不再享受吃空饷的特殊待遇，家庭失去一笔可观的收入；她在马家会众叛亲离，等待她的是离婚，咖啡屋门面被马家收回，生活限于困顿；被丁保国强奸怀孕的事传出去，她会遭受新一轮的荡妇羞辱……孟老师已经死了，牢她坐过了，大学梦早就破灭了，她追求真相不仅无利可图，反而会让自己的生活变得更糟糕。特别是现在，阴谋的策划者和杀人凶手都死了，得到了报应，孟老师可以安息了，她心里的怨气已经宣泄了，完全没有必要为了所谓的真相，葬送掉如今拥有的一切。隐瞒真相，向命运妥协，反而是一种明智的选择。

顾小白处理过一些打拐案，那些可怜的妇女在被拐多年后，其实都有逃脱的机会。但很多妇女放弃了逃跑，因为她们知道，即使逃回去也不能拥有以前的生活了。从身体到心理，她们都变了。即使原生家庭还能够接受她们，那也是出于血缘关系的一种包容。尤其是有了孩子之后，她们更加认命。所以顾小白特别痛恨人贩子，他们比撒旦还邪恶，把一个个具有丰富情感的高等生命，变成了没有自由意志的驯服工具。难道江蓝也是这样，她认命了？不，顾小白不相信，以他对江蓝的了解，她不是一个轻易屈服的人。在十八岁以前，顾小白也经常向生活妥协，但十八岁以后，他就学会坚强了。警校的老师在课堂上敦敦教导，刑警以破案为天职。破案就是一个不断追寻真相的过程，只有真相大白于天下，才能把隐藏在暗处的罪犯绳之以法，才能维护社会的公平和正义。但老师也说，揭露真相不一定会带来美好的结果，有时恰恰相反，会造成受害人更大的痛苦。但即使如此，也必须追寻真相，因为真相本身比结果更重要。

顾小白往咖啡里加了一块糖，边搅拌边看着这个恬静的女人。高二那年，萤火虫乐队在防空洞里探险时迷路，四个桀骜不驯的少年都慌了，江蓝却比他们都淡定。她领着大伙唱歌，她就是黑暗中的萤火虫，最终照亮了大家的迷途。这十三年来，顾小白坚信江蓝一直在探寻孟老师被害真相。就像那次乐队被困防空洞一样，自始至终，她都没有哭泣，也没有放弃，她一直在执着地寻找光明的出口。为了那些现实的利益，向生活妥协，与黑暗和解，那不是她的风格。隐瞒真相更是对不起惨死的孟海老师，对不起她曾经被侮辱的青春。生活可以欺骗她，但她不能欺骗自己的良心，确切地说，是灵魂。

顾小白没有回答江蓝，他又问了一个问题，你是怎么知道这些秘密的？这次江蓝回答得很干脆，大年告诉我的，一年前。顾小白克制住惊诧，问道，他告诉你的，是秘密的哪一部分？江蓝说，剔除掉乐乐说的那些，所有。顾小白忘了给烟点火，目光锐利地追问江蓝，他怎么会知道这么多？江蓝拿起桌上的打火机，咔嗒一声，打着了火，递到顾小白面前。顾小白意识到自己有些急躁，他的目光柔和了一些，说，谢谢。江蓝解释说，我和小军结婚后，大年很懊悔，好几次他喝多了跟我说，他恨自己当初怯懦，没有勇气娶我。他还说，他既然跟我做不了爱人，就要跟我做亲人，所以他和马小燕结了婚。

顾小白突然觉得舌尖上有点醋意，酸酸的，他问，你被感动了？江蓝说，没有，大年是陷入了自己的独角戏，不能自拔。去年三月下旬的一个晚上，我这里正要打烊，他突然醉醺醺地进来，要我给他泡杯浓茶醒酒。就是那晚，他在半醉半醒中，把他跟浩子和巍子误杀孟老师的事，还有马小燕冒名顶替我上大学的秘密，包括马金龙、周云鹏和丁保国的阴谋，全都告诉了我。顾小白还是没能按捺住震惊，一口烟呛到了气管里，火辣辣的疼，江蓝起身倒了杯柠檬水给他，说，我知道你想什么——大年是怎么知道那些事的，对吗？顾小白点点头，他喝了几口柠檬水才慢慢缓过劲来。江蓝说，是马小燕亲口告诉他的。

顾小白一愣，马小燕给他讲述这个秘密时，从没有提及曾把秘密透露给了彭大年。顾小白望向窗外，东湖的水面波平如镜，阳光闪耀。他突然有一种奇异的感觉，昨天看见的马小燕，并非本体，而是镜中人。江蓝继续说，可能是酒后吐真言吧，大年很坦诚，把他匿名敲诈的那些事，全说了出来。他说他恨浩子和巍子，当年误杀孟老师后，要不是两个人极力阻止他报警，我就不会坐牢。他也恨马小燕，要不是她冒名顶替我上大学，孟老师就不会死，我的人生也不会改写。大年说他敲诈他们三个，就是要他们赎罪。他还说，等他的公司发展壮大了，挣了钱，就离婚娶我。

顾小白把目光从湖面转向江蓝，她的眸子清澈如湖水，里面似乎还有幽蓝的水草在摇曳，他问，马小燕为什么会把这个秘密告诉大年？江蓝说，马小燕猜得没错，大年就是在那次去湘雅医院看病时，无意中发现了她冒名顶替我上大学的秘密。不过，马小燕最初确实不知道是大年在敲诈她，被连续敲诈了几次后，她再也拿不出钱了，走投无路之际，就哭着把这个秘密告诉了大年，希望大年能帮帮她。顾小白问，这是什么时候发生的事？江蓝托着腮想了想说，好像是二〇一四年秋天。当时大年假装原谅了马小燕，但他说自己也没钱，要马小燕去找这个悲剧的总导演周云鹏借。马小燕别无选择，只好同意。

顾小白眉头轻蹙，他记得很清楚，昨天马小燕说，她一直不敢找周云鹏借钱，是因为害怕周云鹏知道这件事后，将她灭口。但在江蓝的讲述中，却是另外一个版本。江蓝换了一盒童安格的磁带，接着说，周云鹏不仅心狠手辣，也很狡诈。听马小燕讲完被敲诈的整个过程后，他马上猜到彭大年就是那个敲诈者，于是起了杀心。为了不留下和马小燕有经济来往的证据，周云鹏指使马小燕去找一直暗恋她的戴飞借钱。在大年用那张建行卡取款时，被丁保国偷拍了照片。哦，丁保国也是受周云鹏指使。马小燕本来还不相信大年会敲诈她，看了照片彻底信了。为了自保，她决定杀夫灭口，并且找了她老爸马金龙做帮手，这父女俩本来就是一条船上的。从二〇一四年秋天，一直到去年春天，马小燕伙同马金龙、周云鹏和丁保国，采取车祸、高空抛物、下毒、触电等各种方式，试图谋杀彭大年，但都被大年躲过了。

跟十三年前的那个夏天一样，又是一场充满血腥味的谋杀行动。此刻，顾小白浑身感到一阵寒意，他说，大年次次都能死里逃生，应该不是走了狗屎运，而是事先就得知有人要杀他，对吗？江蓝颔首道，没错，他在马小燕的手机里装了木马软件，周云鹏一伙的行动计划他了如指掌。顾小白没有问江蓝，大年为什么不报警——这是一个弱智的问题，如果大年报警，他自己敲诈勒索的事也会曝光，等于是同归于尽，他不会这么傻。

江蓝沏了一壶龙井，继续说，大年知道自己势单力孤，他没有反击。他也发现了马小燕出轨戴飞的秘密，但他并没有戳穿。因为他从手机里窃听到，周云鹏向马小燕承诺，她找戴飞借的所有钱，以后都会由他来偿还。所以，大年很清楚，自己敲诈马小燕，其实就是在敲诈周云鹏。钝刀子杀人更痛苦，大年故意把这个敲诈过程拉得很长，足足延续了五年。他亲眼看到马小燕的精神一点点崩溃，亲眼看到马金龙、周云鹏和丁保国一伙急得团团转，那种想干掉他又拿他没办法的样子，让他充满快感。

顾小白叹气，马小燕本来也是受害者，如果不是大年步步紧逼，应该也不至于铤而走险。江蓝冷笑一声，她是受害者？当初提出冒名顶替我上大学的，不是周云鹏，也不是马金龙，而是马小燕自己！顾小白瞠目结舌，在这一点上，江蓝的说法再次跟马小燕迥异。按照马小燕的讲述，在这场悲剧中，她一直是身不由己的，脚本都是周云鹏和马金龙替她写好，她只是被动地演绎顶包的角色。

顾小白起身把吊扇的风挡调大，加速旋转的气流让他冷静了一些。江蓝抿了一口茶说，当年马小燕知道自己考不上大学，就在家里闹自杀，逼着她爸找关系，让她顶包上大学。而且，她特意选择我来当这个牺牲品。顾小白说，因为你是学霸。江蓝说，还有一个更重要的原因——她一直恨我。顾小白挺纳闷，她为什么恨你？江蓝说，因为我比她优秀，而且，她暗恋的男神彭大年又在暗恋我。

如果我上了大学，她落榜了，大年就更不会喜欢她了。只有把我踩到脚底下，大年才会属于她。

顾小白顿时脊背生凉，江蓝说，她在家里以死要挟，马金龙只好去找周云鹏商量这件事，这才有了后面的悲剧。她偷走了我的人生，也断送了孟老师的性命，你还觉得她是受害者吗？顾小白没有回答，而是问，这些细节，你是怎么知道的？江蓝说，马小燕第一次去找周云鹏借钱时，两个人曾发生争吵，互相推卸责任，大年在手机里窃听到了他们的谈话内容。

读犯罪心理学时，顾小白记得有一种病叫雷普利症候群——即一个人对成就有强烈的欲望，但实现欲望的能力不足，因而受到自卑和焦虑的折磨。为了获取身份地位、名望财富，就不断编造谎言，以至于最后自己都分不清真假。顾小白感觉马小燕和彭大年都是典型的雷普利症候群患者，为了满足欲望，他们都迷失在自己用谎言搭建的幻想世界里。

蹲在咖啡屋门口的那只野猫溜进来，跃上窗台，懒洋洋地打着哈欠。江蓝说，可能是老天爷都看不下去了，把马金龙和丁保国收走了，但周云鹏和马小燕还是不死心。今年立夏那天，大年还跟我透露了一个秘密，他月底要陪马小燕去鹅形山露营。这是马小燕和周云鹏密谋好的计划，准备趁他不注意时，将他推下悬崖，然后谎称他失足坠亡。而大年也打算利用这个机会，以其人之道还治其人之身，反杀马小燕。真是人算不如天算，周云鹏突然死了，大年也死了。

顾小白的汗毛全都像钢针一样竖了起来，小时候，他觉得防空洞比夜晚黑。上了物理课后，他才知道黑洞是宇宙中最暗的地方。但现在，他发现人性的阴暗远甚于黑洞，它不仅能吞噬一切光，还能吞噬灵魂。

顾小白问江蓝，听大年说了这些秘密后，你作何感想？江蓝把野猫抱到怀里,她的声音跟她撸猫的动作一样温柔:去年春天的那个晚上,大年喝了我煮的茶,酒醒了。我喝干了一整瓶二锅头,醉了。但今年立夏这次,我滴酒未沾,只是弹了一首曲子。顾小白好奇地问,什么曲子?江蓝说,《第十三双眼睛》。

顾小白下意识地看向江蓝,却和那只野猫的视线碰了个正着,他不由得打了个寒噤。据说第十三双眼睛是充满诅咒的眼睛,凡是与之对视的人都会投入死神的怀抱,无一幸免。也正因为如此,很多音乐家都对这首诡异的曲子避之唯恐不及,甚至连乐谱都不敢多看一眼。

顾小白使劲吸了一口烟,问江蓝,你就是那第十三双眼睛,对吗?

三

江蓝从小就是学霸,在纸厂子弟学校那种低端的教学环境中,她能考上医科大学,有孟老师的功劳,但主要还是因为她智商足够高,学习这种事是要天赋的。二〇一八年夏天的那个上午,窗外阳光摇晃,街上车来车往,童安格坐在阁楼里唱歌,空气中飘浮着一股淡淡的猫尿味。当顾小白提出那个看似无厘头的问题时,江蓝立即就明白了他的意思。她边撸猫边问,你怀疑是我杀了周云鹏?顾小白说,还有马金龙和丁保国。江蓝一点都没慌,她说,他们三个合伙欺负过我,我的确有复仇的动机。可我一个弱女子,有能力有胆量对一个大男人下死手吗?说实话,坐了几年牢,我学会了放弃,有些坚守是没有意义的,只会碰得头破血流。放弃自尊,放弃梦想,放弃仇恨,甚至,放弃爱,活着才没有那么多痛苦。顾小白摇摇头,那不是你!江蓝问,那你觉得我是什么样子的?顾小白的眼神在烟圈中变得迷离,他缓缓地说,跟十三年前一样。

江蓝笑了，顾小白同学，我倒觉得你还跟从前一样。

在某种程度上，人到中年的顾小白确实还带着一份少年意气，跟同龄人相比，他城府没那么深。这是孟老师被害案带给他的后遗症，在那个夏天的血色密码没有完全破译前，他的意识有一部分还停留在十三年前，还游荡在漆黑的防空洞里。

录音机就在这个时候卡带了，两个人都没有起身去换带。顾小白说，我推理一下作案过程，如果你不认可，就当是玩杀人游戏。江蓝点头说，好吧，很久没玩这种游戏了，我看看你的水平下降了没有。顾小白说，先从马金龙的案子说起——二〇一七年中秋节，马家人在一起吃晚饭，你家的保姆唐甜也在。席间，你不断给马金龙敬酒，或许，大年也配合了你。在你俩的轮番敬酒下，马金龙喝醉了，提前进卧室睡觉。马金龙有严重的糖尿病，平时睡觉前都会自己注射胰岛素。那天晚上，他处在不清醒的状态，可能注射了，也可能没有。饭后，大年和马小燕回自己家了，你和小军因为就住在对门，没有马上回去。趁无人注意，你悄悄溜进卧室，戴上手套，给不省人事的马金龙注射了大剂量的胰岛素。之后你把注射笔塞进马金龙的右手，留下了他的指纹，然后把注射笔放回原处。半夜时分，小军他妈发现丈夫情况不对，赶紧打了120，但为时已晚。你就这样制造了马金龙酒后意识模糊，注射过量胰岛素猝死的假象。但百密一疏，你忘了马金龙是左撇子，如果最后一次是他本人注射胰岛素，握笔处留下的应该是他左手的指纹，而非右手。

那只野猫从江蓝的怀里跳离了，她说，马金龙猝死后，你们警方来调查过。当晚一起吃饭的人都可以证实，我自始至终没有进过马金龙的卧室。不信的话，你可以去看笔录。顾小白说，笔录我看过了，大年和马小燕回家后，你和小军，还有小军他妈，坐在客厅看电视，其间小军他妈去上了趟厕所。你很可能是利用这个空当潜入卧室作案，在小军他妈从厕所出来之前返回客厅。当时唐甜在厨房洗碗，只有小军知道你有没有离开过客厅。但他是智障，又是你丈夫，你完全可以左右他的心智。所以，他的证词可信度极低。江蓝笑着说，既然小军的证词不可靠，他就算说亲眼看见我进了他爸的卧室，你们警方也不能采信，对吧？顾小白凝视着江蓝嘴角那抹意味深长的笑，直到抽完了整根烟，他才回答，原则上是这样。

江蓝起身去洗了下撸猫的手，然后端了一盘水果沙拉过来。顾小白看见那只野猫又蹲在了咖啡屋门口，忠实履行着守护神的职责。一只翠鸟从湖面疾速掠过，街道上各色人等行色匆匆，穿梭不停的汽车反射着虚浮的光，偶尔有树叶以逆时针方向打着旋往下落。目光触及之处，跟往日并没有什么不同。但顾小白知道，这一天，在他的生命中是承前启后的一天，有些东西将会彻底结束，有些东西则会就此开始。

顾小白摩挲着手中的青花瓷茶杯，对江蓝说，现在说丁保国的案子吧。江蓝用叉子挑了一颗樱桃扔进嘴里，你说吧。顾小白说，在丁保国遇害的头一天傍晚，在水岸东湖小区，你制造了一次跟丁保国的偶遇，这个被监控拍到了。江蓝说，警方根据监控找过我，做了笔录。当时我下楼扔垃圾，丁保国从外面钓鱼回来。我们聊了几句家常，具体内容我现在不记得了，笔录里应该有。他就住我家对面，我想见他太容易了，没必要刻意制造碰面的机会。顾小白说，笔录里的内容应该是你编出来的，你其实是约他第二天上午去躲风亭钓鱼，准确地说，应该是要他教你钓鱼。你还叮嘱他，不要把这事告诉任何人，以免引来闲言碎语。丁保国可能认为，你长期跟一个傻子同床共枕，耐不住寂寞了，来主动勾搭他。虽然他生理残疾，但色心未泯，于是一口应允。在这之前，你偷了纸厂的老门卫肖师傅的电瓶车，藏在某个隐蔽的地方。对了，你应该还有个同伙。案发当天，你们戴上封闭式的头盔，穿着冲锋衣，把自己包裹得严严实实，然后骑车绕过监控，直奔躲风亭。到那里后，你们来到亭子旁的竹林里，锯断了一根竹竿。丁保国爱好摄影，跟你会合时，他看见满树桃花，情不自禁地按下了快门，你停在桃树下的电瓶车被他摄入镜头。你找了个借口，要过单反，趁他不备，删除了那张照片。

正说着，顾小白的手机响了，是段宏打来的。他按下接听键，嗯啊了几句就挂了，然后对江蓝说，马小燕已经回家了。江蓝说，多谢老同学关照，我跟小军他妈有个交代了。顾小白把手机放在桌面上，去了趟洗手间，回来后继续说，你把单反还给丁保国后，又用某种借口从他手里要走车钥匙。趁他拿着渔具寻找钓点时，你的同伙从藏身的竹林里钻出来，举起竹竿捅下了亭子上的马蜂窝，然后你俩迅速进入丁保国的车内躲避马蜂的攻击。丁保国被马蜂追杀，跑过来向你呼救，你无动于衷，锁死门窗，眼睁睁地看着他中毒昏迷。这时你和同伙才下车，因为事先做好了防护措施，马蜂无法伤害到你俩。丁保国的身上还背着单反，如果被你拿走，警方勘查时就会知道还有人到过现场，这起完美谋杀就会露出破绽。你猜测警方大概率不会注意单反里有多少照片，就算恢复了那张被删除的照片，也不能证明谋杀跟你有关，所以你很放心地把单反留在了现场。你还把车钥匙扔在地上，制造丁保国没来得及上车逃生的假象。之后，你和同伙骑着电瓶车，带上那根竹竿，离开了躲风亭。在路上某个不引人注意的地方，你扔掉了竹竿。丁保国被人发现时，因为中毒太深太久，不治身亡。

江蓝的嘴上又露出了那抹神秘的笑，她说，顾大神探，你改行去写推理小说，一定会很火的。不过，我要提醒老同学，你的推理中有一个很大的漏洞。顾小白问，什么漏洞？江蓝说，我和同伙在现场逗留了那么久，难道没留下鞋印？要知道，那是户外，不是室内，不是靠一个拖把一桶水就可以把鞋印清理干净的。顾小白说，对你这种高智商的天才来说，做到这一点并不难。你和同伙应该在现场穿上了泡沫底的鞋套,所以没有留下任何鞋印。江蓝说,你也把我想得太专业了,如果我真有这个本事,高考时,我就不会报考医科大学,而是公安大学了。对了,你还没说我那个同伙是谁,男的女的?顾小白说,这个我现在还不敢确定,有可能是周云鹏,也有可能是彭大年。

江蓝终于笑出了声,死无对证,你怎么查实?顾小白没有回答,他说,再来谈谈周云鹏的死。江蓝叉起一颗草莓递到顾小白面前,说,大神探,你成功唤起了我的好奇心,我都迫不及待了。嚼着草莓,顾小白瞬间神迷,从认识那天起,江蓝就没有对他这么亲昵过。当然,她对其他男性也如此,总是保持一定距离。有时候他觉得江蓝只属于梦,与春天有关的那种梦,没有形状没有质量,只有回忆。江蓝问,怎么了,推理不下去了,要不要我帮你?顾小白意识到自己失态了,他吸了口烟,发现火已经熄灭,只好重新点燃。他努力把大脑沟回中刚刚冒出的那些杂草清除掉,然后说,周云鹏经常来你这里喝咖啡,我想不仅仅是跟客户谈业务,也是对你有所觊觎。或许,他还用言行挑逗过你。虽然你很厌恶他,但为了顺利实施复仇计划,你一直没有发作,可能还有所逢迎。周云鹏被害前,你要他帮你买一瓶散装汽油……

江蓝打断顾小白的推理,等等,汽油可是易燃的危险品,我以什么样的名义找他要这种东西?顾小白朝地板上斑驳的油漆努了努嘴,大概两个月前,咖啡屋做过一次装修。你跟周云鹏说,装修工人不小心把地板弄脏了,你想用汽油来清洗油漆。如果你自己去买散装汽油,是需要实名登记的,案发后很容易被警方查到。所以,你所谓的装修,应该是故意为之,以便有借口从周云鹏那里弄到汽油。江蓝点头说,这个解释虽然我不认可,但确实合情合理。

顾小白吃了一瓣橙子,以冲淡满嘴的烟味,他说,对了,我本来想查查你有没有治过蜇伤,却意外发现你在县人民医院看过皮肤病。江蓝问，我有点皮肤过敏，身上起了一些疹子，这跟周云鹏的死有关系吗？顾小白说，你做了过敏原检测，发现是苯过敏，汽油中就含有苯。江蓝说，油漆里面也有苯。顾小白说，为了治疗皮肤过敏，你近期去过两次医院。一次是咖啡屋装修后，过敏原就是那次检测的，一次是周云鹏被害前一天。这说明油漆引起的皮肤过敏本来已经好了，因为你又接触了汽油，所以再次出现过敏反应。江蓝说，你的结论太武断了，很多疾病都不能根治，会反复发作，比如鼻炎。

顾小白没有跟她争辩，继续说，案发那天上午，周云鹏又来你这里喝咖啡，跟客户黄先生一起来的。你趁黄先生没注意，约周云鹏午饭后去洋杉湖打猎。美女主动相邀，色迷心窍的他肯定是满口答应。江蓝再次打断顾小白的推理，那天客人比较多，我一直在咖啡屋内，晚上才回家，有监控为证。顾小白说，我查过监控了，案发当天你的确没有作案时间，但你那个同伙有。为了方便叙述，我姑且把他当成彭大年吧，也许是他，也许不是。江蓝有些无奈地说，随便，反正大年不会从骨灰盒里跳起来骂你。顾小白说，那天周云鹏驱车来到洋杉湖，等你期间，他用猎枪射杀了几只野鸭。事先躲在芦苇丛里的大年突然钻出来，用石灰迷瞎了周云鹏的眼睛。然后，大年拿着装满汽油的可乐瓶，把汽油泼洒在周云鹏四周，封死了他的逃生路。火燃起来后，失明的周云鹏成了无头苍蝇，最终葬身火海。江蓝一脸认真地说，顾小白同学，你玩杀人游戏的水平还是那么高超，不过，游戏终究是游戏，不是事实。顾小白说，有时候人生如戏，甚至剧情更玛丽苏。

江蓝脸上认真的表情消失了，她凝视着窗棂上雕刻的花鸟虫鱼，在阳光的照射下显得活灵活现。顾小白突然一把抓住江蓝放在桌面上的胳膊，恳求道，江蓝，自首吧，别再一条路走到黑了。十三年了，你该走出那条防空洞了！江蓝挣脱他的手，面无表情地说，顾队,我该营业了。

顾小白缓缓起身,走出了萤火虫咖啡屋。这栋爬满青藤的阁楼就像一个秘密,被掩埋在古老的时光中。上车后,他又听见了童安格的歌声,《明天你是否依然爱我》,熟悉的旋律让他恍若隔世。他想起了玩杀人游戏的日子,青春期的诡计并不比成人世界少,但他总能找到那个隐藏身份的匿名者,而江蓝似乎从来没有在游戏中输过。恍惚了很久,顾小白才发动车子,一路上他脑袋还有些迷糊。往事如蛹,他经常不由自主地被困在里面,难以挣脱。

回到湘江宾馆长包房,顾小白补了个觉,下午两点才去队里。他主持召开了案情分析会,把从黎乐乐和江蓝那里了解到的情况讲述了一遍,还说了自己的推理,听得大家目瞪口呆又唏嘘不已。杜耀文问,要不要把江蓝控制起来?段宏说,搞什么取保候审,干脆把马小燕羁押起来慢慢审。顾小白摇头说,新出现的这些情况只是黎乐乐和江蓝的个人说法,并没有证据。我的推理也仅供参考,说得不好听,是有罪推定,只能当作破案的一个思路,不能据此抓人。

会议室里就沉默了,谁都知道顾小白跟江蓝和马小燕的特殊关系,说他完全没有私心是假的,说他徇私也是假的,现在要的是真凭实据。十三年前的孟海被害案,证据算是够充分了,说反转就反转,现在每个人都变得很谨慎。

刘凤娟打破僵局,她说,顾队,我觉得彭大年不是江蓝的同伙。顾小白问,理由呢?刘凤娟说,我有个闺蜜,六月七日在天香园举行婚礼。男方家长是外地的,因为堵车,到得有点晚,中午两点才开席。这个婚礼就是彭大年的公司策划的,他亲自当司仪。我看过婚礼视频,彭大年一直在现场主持。周云海被害正是在同一天,根据报案人描述,芦苇丛里的火是中午两点左右烧起来的,彭大年根本没有作案时间。段宏也说,我刚刚登录了花好月圆婚庆公司的网站,四月十八日,就是丁保国被害那天上午九点半,彭大年在主持潇湘豪庭的开盘仪式。网站有视频,他没有作案时间。

顾小白心里咯噔一下,如果这个同伙不是彭大年,那又会是谁呢?杜耀文问段宏,开盘仪式进行到几点?丁保国是上午十一点左右死亡的,从潇湘豪庭楼盘到躲风亭,需要半小时车程。段宏说,仪式进行到十点五十分,十分钟内彭大年不可能赶到躲风亭。而且,他接下来去了时代国际影城,在筹备一个活动——半导体乐队当天下午在那里举行演唱会。

仿佛某段休眠的记忆被唤醒,顾小白梦呓般地自言自语,半导体乐队?刘凤娟在旁边解释,这是本地的一个摇滚乐队,小有名气,上过省里的春晚。顾小白对段宏说,马上给我查,马金龙猝死那天,县里有没有大型演出!顾小白平常嗓门不高,但这句话声音很大,而且有一种金属的质感,窗玻璃似乎都被震得嗡嗡作响。众人都有些讶异,但谁都没有多问,段宏正要去查,杜耀文说,不用查了,二〇一七年中秋节,马金龙猝死那天下午,省里的新星艺术团来我县湖区慰问,演出地点在青山岛。我老婆去看了演出,还跟几个明星合了影,美得她一晚上都没睡着,这事我印象很深刻。

顾小白突然觉得身体无比虚弱,他靠着椅背,像是陷入了一个密不透风的蛹中,四周都是黏稠的丝状物。他口腔溃疡,支气管似乎出现了炎症,肺部隐隐作痛,呼吸都变得有些困难。他挣扎着起身,打开会议室的每一扇窗户,让空气流通,这才觉得好受了一点。

所有人都惊讶地看着顾小白的怪异行为,刘凤娟忍不住问,顾队,您没事吧?顾小白重新落座,深深吸了几口烟,说,我没事。段宏问,您刚才为什么要我查去年中秋节本县有没有演出?顾小白说,周云鹏被害那天,晚上有雪狼乐队的演唱会,在时代国际影城。杜耀文问,顾队的意思是,这三个人死亡当天,我县都有大型演出活动?顾小白点点头,说,这不是巧合,是凶手刻意选择的日子。段宏说,妈的,不会吧,凶手这么变态,杀人前后还要看演出庆祝？顾小白说，不是庆祝，是雇凶。杜耀文一头雾水，雇凶？什么意思？顾小白说，只要能看到演出，有人愿意做任何事，也许，包括杀人。刘凤娟满脸不可思议，居然还有这种人，这不是疯子吗？顾小白说，他智力本来就有问题。杜耀文急忙问，他是谁？顾小白侧了侧耳朵，似乎听到了一口纯正的英语，从十三年前那个夏天飘过来，他缓缓地说，马——小——军。

所有人都震惊了，谁都知道，马小军是本县著名的傻子，还是江蓝的丈夫。

黎乐乐突然给顾小白发来信息，顾队，下午本来想请您去萤火虫喝咖啡，但江蓝姐没营业，换个地方请您喝茶如何？

顾小白似乎被蝎子蜇了一下，浑身一震，他来不及回复，猛然起身冲所有人吼道，定位马小燕的手机，她有危险！找到江蓝和马小军，要快！

不到十分钟，已经发动猎豹的顾小白收到了反馈——马小燕的的手机可能处于信号盲区，联系不上，也无法定位。其母王妍在康复医院休养，说不知道女儿在哪儿。马家的保姆唐甜甜说，江蓝早晨去咖啡屋后就再没回来。半小时前，马小军也出门了，背着一个包，不知道要去哪儿。段宏问，顾队，要不查查监控再行动？杜耀文急了，说，那得查到什么时候？等找到人，黄花菜都凉了！

顾小白大声说，都别他妈废话了，跟我的车走！

一队警车跟在猎豹后面直奔豪森纸业有限公司，在路上，顾小白终于知道马金龙猝死时，胰岛素注射笔为什么会留下其右手指纹了——那一针不是江蓝，而是马小军打的。注射前，江蓝应该叮嘱过马小军，注射后一定要把笔塞到他父亲的左手上。当时父子俩面对面，因为有智障，马小军错把父亲的右手当成了左手。正是这个纰漏，暴露了马金龙的真正死因。

车队到了豪森公司大门口，顾小白问肖师傅，有没有看见江蓝和马家兄妹过来？肖师傅说没有。这其实在顾小白的意料当中，防空洞四通八达，江蓝如果要作案，肯定会选择一个隐蔽的口子进入。看着呼啸而来的警车，肖师傅惊疑地问顾小白，出了什么事？顾小白没有回答，径直带领车队驶入地下停车场，然后领着众人，从上次发现的那个入口钻进了防空洞。

一行人都没来得及带手电筒，只能拿着手机照明。顾小白对这种黑暗的适应能力超乎常人，他在前面小跑，脚下水花四溅，黑色在他眼里仿佛是一种透明的液体。跟在后面的人可就苦不堪言，不断有人因为踩到湿滑的青苔摔倒。还有人在洞壁上碰得鼻青脸肿，甚至头破血流，但谁也不敢掉队。

顾小白并不知道该往哪个方向跑，他完全是凭着一种直觉，一种本能。他生命中似乎有某些东西遗忘在防空洞内，跟这个失落的地下世界融为了一体，里面的任何动静都能让他产生一种心灵感应。他脚步不停，耳旁生风，似乎是在跑向十三年前，跑向那个阳光破碎的夏天。跑着跑着，前面拐弯处突然传来一声尖叫，同时出现了一束光。顾小白气喘吁吁地停下来，他发现马小燕和一个男子正站在莲花井旁边。马小燕拿着手电筒，男子拿着枪。虽然黑暗中看不清男子的脸，但熟悉的白衬衣和香水味，让顾小白一下就认出了是马小军——他手里的枪管闪烁着幽光，是一支五连发，枪口正对准马小燕。

顾小白回头打了个手势，后面的人都安静下来。在手电光中，顾小白看见马小燕穿着一条低胸吊带裙，酥胸半露。在这个阴暗的地穴里，她就像一朵妖魅而性感的黑玫瑰。马小燕一脸惊魂甫定，她问，哥，吓死我了，你怎么也在这里？马小军一脸少年的纯真，他说，蓝蓝要我和你玩一个游戏。马小燕说，别胡闹了，蓝蓝在咖啡屋里呢，玩什么游戏！对了，你哪来的枪？马小军说，蓝蓝给我的。马小燕说，你又胡说，蓝蓝怎么会有枪？马小军说，这是秘密。

马小燕说，哥，赶紧回去吧，记得吃药，我还有事，不陪你玩了。说着，马小燕就准备离开，但马小军大喝一声，别动！马小燕惊疑地问，哥，你要干什么？马小军说，游戏还没玩呢，蓝蓝会生气的。马小燕说，哥，快把枪放下，当心走火。马小军说，蓝蓝说了，这是道具枪，子弹打在身上不疼。你在游戏中扮演的是坏人，等枪一响，你就赶紧躺地上装死。马小燕似乎意识到了什么，她紧张地说，哥，蓝蓝在骗你，枪里面是真子弹，开枪会死人的！马小军笑嘻嘻地说，你说的台词，跟蓝蓝念给我听的一模一样，蓝蓝真聪明。马小燕越发慌了，说，哥，别听蓝蓝的，我是你妹，是你最亲的人，你千万不能朝我开枪。马小军憨憨地说，小燕，你别怕，这只是个游戏。玩好了，蓝蓝今晚会带我去看演唱会。马小燕歇斯底里地叫起来，哥，你被骗了，这不是游戏，蓝蓝是在借枪杀人！

马小军沉浸在游戏的快感中，对妹妹的话置若罔闻，他正要扣动扳机，顾小白在黑暗中大喝一声，别开枪！马小军回头张望，马小燕趁机躲到深邃的黑暗中。马小军认出了慢慢朝他靠近的顾小白，惊讶地问，你怎么来了？顾小白说，我是来陪你玩游戏的。马小军枪口一摆，站住！顾小白停下脚步，身后跟着的警察纷纷朝马小军举起手枪，如临大敌。顾小白说，都别开枪，他脑子有问题，是无辜的。马小军问，你后面都是什么人，怎么都穿着警服，还有枪？顾小白说，他们也是来玩游戏的，是蓝蓝邀请来扮演警察的。马小军半信半疑，真的？那我们对一下暗号。顾小白哭笑不得，居然还有暗号，不会是天龙盖地虎，宝塔镇河妖吧？他灵机一动，说，小军，你过来，我悄悄告诉你，不能被别人偷听到了。

马小军傻乎乎地点头，就在他凑到跟前时，顾小白一个漂亮的擒拿，将他摔在地上。他的脑袋撞到了坚硬的地砖，当即昏了过去，五连发脱手而出。就在这时，一个人影像狸猫一样快速跑过来，捡起地上的猎枪，对准了藏身在黑暗中的马小燕，叫道，别乱动！顾小白听出来了，是江蓝的声音。

在场的警察全都把手机电筒照向江蓝，她穿着一条蓝色马蹄莲的裙子，头上别着蝴蝶结，看上去完全不像成熟的少妇，倒像是一个情窦初开的少女。顾小白清楚地记得，江蓝转学到纸厂子弟学校的第一天，就是这副打扮。从此他那些与春天有关的梦不再模糊，而是有了具体的形象。马小燕在枪口的威逼下故作镇静，她问，江蓝，你怎么在这里？江蓝说，是我用小白的手机约你到这来的，说你只要跟我好，就保你平安无事，你果然上当，乖乖地过来了。顾小白这才想起，上午在萤火虫咖啡屋时，他曾经去过一趟洗手间，当时手机放在桌上，没有随身携带。江蓝应该就是利用这个机会，用他的手机给马小燕发了信息，事后又删除了已发的信息。马小燕眼睛里流露出怨毒，问道，你想干什么？江蓝说，当着小白的面，把你知道的都说出来。马小燕说，我不懂你的意思。旋即又冷笑道，哦，我懂了，是大年死了，你受了刺激，得妄想症了。别以为你偷我的男人我不知道，你这个贱货！江蓝厉声说，你再血口喷人，我马上让你和你爸团圆。

段宏等人连忙大喊，把枪放下！顾小白说，江蓝，别冲动，杀人游戏该结束了。江蓝说，不，还差最后一步。马小燕说，江蓝，我该说的都跟小白说了，顶包的事，是我对不起你。但那不是我的本意，是周云鹏和我爸一手安排的。江蓝说，你没有告诉小白全部真相。马小燕说，那就是真相！江蓝的脸上浮现出一股杀气，她说，马小燕，你要是再狡辩，我现在就开枪，让孟老师来问问你，到底有没有撒谎。段宏等人比马小燕还紧张，都把枪口瞄准了江蓝。顾小白说，都给老子沉住气，枪口压低两寸，当心走火！段宏等人面面相觑，然后压低了枪口。马小燕似乎感受到了江蓝身上的杀气，她不再淡定了，哭着说，江蓝，你可是我嫂子，看在我哥的分上，千万别杀我。江蓝冷冷地说，我已经等得太久了，不要让我再等了！马小燕彻底崩溃了，我说，我全都告诉你。

四周影影绰绰，孟老师、孙校长、马金龙、丁保国、周云鹏、彭大年似乎从一个神秘的空间走出来，和在场的所有人一起倾听马小燕的讲述。他们似乎从未离开过这里，而是溶解在黑暗中，可以随时分解聚合。其实马小燕交代的内容并无新意，跟江蓝上午在咖啡屋里叙述的版本如出一辙。说完后马小燕瘫坐在地，就像一朵迅速枯掉的玫瑰。她号啕大哭说，她冒名顶替江蓝上大学，都是为了爱情。她伙同父亲、周云鹏和丁保国谋杀彭大年，也是因为爱情破灭。直到此刻，她还不忘用爱情包装自己。就在所有人都以为危机解除时，众目睽睽之下，江蓝突然朝马小燕做了一个开枪的动作，用一种从地狱里传出来的声音说，去死吧！顾小白大惊，紧接着枪响了，但不是江蓝的枪，而是段宏等人的枪。

江蓝摇晃着身子朝后倒，但被顾小白冲过去扶住了。平时目测江蓝的体重也就一百斤左右，但此刻对顾小白而言，她倒下来就像一棵大树，不，像一座山，是他生命中不可承受之重，压得他的骨骼嘎嘎作响。他从灵魂深处爆发出一股洪荒之力，背着这座山就往外跑，边跑边撕心裂肺地喊，都他妈让开！滚！

无数蝙蝠狞笑着从顾小白头顶飞过，漫无边际的黑暗中，他听见杜耀文说，妈的，猎枪里压根儿就没子弹。刘凤娟问，她不会是自杀吧？十几分钟后，顾小白抱着江蓝坐在了段宏开的猎豹上，江蓝奄奄一息地说，小白，那条防空洞好长，好黑，我再也不要回去了。顾小白含泪说，我也不回去了，一辈子都不回去了。江蓝说，告诉你一个秘密，我根本，就没想杀马小燕，我只想让她体验一下，孟老师当年被杀的恐惧。顾小白吃惊地看着江蓝，她一张口就是满嘴的血沫，身上也都是血。江蓝说，枪是我以前找周云鹏要的，今天，真的只是个杀人游戏，这次我输了，你赢了。顾小白泣不成声，我没赢，我也输了。江蓝说，小白，还有一个秘密，是我最深的秘密。顾小白问,什么秘密?江蓝的声音越来越微弱,你去找乐乐,她会告诉你。顾小白说,坚持住,马上到医院了,我要你亲口把秘密告诉我。江蓝凝视着车窗外的天空,突然笑了,小白,你信不信,我看见萤火虫了,真的。顾小白说,我信,我信!

就在这一瞬间,江蓝的笑容凝固了。一起凝固的,还有她的声音,她的梦,她身上的猫尿味和咖啡香,以及她这十三年所有的爱恨情仇。有好几个钟头,顾小白感觉自己好像置身旷古的荒野,化作了一棵苍老的松树。在阳光猛烈的炙烤下,他痛得无法呼吸,眼泪大滴大滴地掉下来,掉在江蓝身上,把她完全淹没,然后迅速凝固。江蓝比以往任何时候更像一块琥珀,美得令人心碎。

同一天晚上,梁斌走了,是顾小白给他打完电话后才走的,当时谭局守在他身边。后来谭局告诉顾小白,梁斌临终前已经说不出话,不断示意护士拿来纸笔。然而,当护士把纸笔递到他手上时,他犹豫了很久,最后却把笔折断,扔到了地上,走了。没人知道他生命的最后一刻想说什么,谭局问顾小白知不知道。顾小白点点头,又摇摇头。

三天后,马小燕在接受审讯时突然又哭又笑,说话语无伦次,她被诊断为精神分裂,和马小军一起被送到长沙的一所精神病医院治疗。

一个月后,顾小白走进了萤火虫咖啡屋。江蓝那天去防空洞之前,在收银台留下了一份遗嘱,这间咖啡屋交给黎乐乐打理。那只野猫失踪不见了,同时从咖啡屋里失踪的,还有那些只有顾小白才能体察出来的细微的味道。老式录音机里唱着伤感的歌,唱着曾经迷失的青春和幻灭的梦想。还是那张临窗的卡座,顾小白和黎乐乐面对面坐着,桌上放着两杯热气腾腾的咖啡。黎乐乐手里拿着村上春树的一本书,《1973年的弹子球》,她说,丁俊把房子卖了。顾小白说,嗯,我知道。黎乐乐说,房款存在一张银行卡上,他要给我。

顾小白抽着烟，沉默得像凌晨四点的夜空。黎乐乐说，我没要。顾小白说，我不是来听这个的。黎乐乐摩挲着书的封面，说，嗯，我知道。顾小白看着不断旋转的吊扇叶片，说，告诉我吧，江蓝那个最深的秘密。

黎乐乐喝了口咖啡，放下书，慢悠悠地说，江蓝爱了你很多年。顾小白手一抖，裤腿上全是烟灰。黎乐乐说，十几年前她不敢说出口，怕初恋时不懂爱情，彼此辜负了光阴。十几年后她还是不敢说出口，她怕，怕耽误你。顾小白问，耽误我什么？黎乐乐说，你是警察，她是犯罪嫌疑人。顾小白问，她为什么要自杀？黎乐乐说，既然不能开始，那就选择告别，她说的，这是她唯一一次向命运妥协。顾小白听见自己胸腔里轰隆作响，像是有一场海啸席卷而来，他问，江蓝还说了什么？这时，楼下的那部老式录音机卡带了，发出怪异的尖叫，黎乐乐眼里闪烁着盈盈泪光，她说，江蓝姐一直记得你写的那句歌词——这个夏天，我想全世界轻而易举，我想你无能为力。

窗外没有下雨，顾小白却像是被浸泡在梅雨里，从头到脚，从里到外，乃至浑身每个细胞，全都是湿漉漉的。黎乐乐起身从楼上拿下来一把崭新的吉他，说，江蓝送给你的。她曾经告诉我，你是她见过的最棒的歌手，因为你是用灵魂在唱歌。她还告诉我，这辈子她最遗憾的事，就是没能跟你一起开演唱会。

顾小白抱起吉他，试了试音准，正好。他弹唱了赵传的一首歌，送别孟老师的时候，萤火虫乐队唱过，叫《我终于失去了你》。

他从上午一直弹唱到下午，手指磨出了血，声带也充满了血。

这不是他一个人的演唱会，江蓝、胡浩、许国巍和彭大年都在，孟老师、黎乐乐、马小军和马小燕兄妹俩也在。他们以各种形式出现在这个空间，有的穿花裙子，有的穿白衬衣，有的穿牛仔裤，有的留长发，有的洒香水，有的说英语。为了这场迟来的演唱会，所有人全身心地投入。他们跨越空间和时间,跨越生与死。他们在歌声中分享自己的悲喜,分享彼此的秘密。世界透明而纯净,空气里都是春天的味道,爱情的味道。

夜幕降临时,顾小白突然惊喜地对黎乐乐说,我看见了萤火虫,成群结队的,在江边,在蓝蓝的月亮下面,提着小灯笼,到处飞呀飞,真美啊!

黎乐乐哭了。

她知道,那消失了十三年的萤火虫,又回来了。

后 记

完美谋杀背后的残酷青春

二〇二二年十二月母亲摔了一跤，我回去陪母亲看病，在湖南老家住了两个多月。我每天除了跟母亲闲聊，就没有别的事可做，闲极无聊就开始写悬疑小说。我记得那个冬季天寒地冻，母亲习惯烤火，家里没有暖气，除了火炉边，其他地方都是冷冰冰的。我裹着羽绒服，蜗居在一个小房间里写作，手指经常冻得僵硬。期间还阳了一次，高烧和肌肉酸痛折腾了我一周左右。

在冬天写一个夏天的故事，倒是有几分黑色幽默。在必须向生活妥协的时候，我经常这样自我解嘲。

我老家在湘江边上，那里有很多废弃的工厂，比如氮肥厂、纸厂、变压器厂、机械厂等等。我有许多同学都是工厂子弟，我太熟悉他们的日常了——旷课、打架、抽烟、看港台录像、钻防空洞……他们叛逆、迷惘、彷徨、桀骜不驯，但他们也有梦想和激情，他们的青春就跟那些曾经热火朝天的工厂一样生机勃勃。但似乎是一夜之间，工厂纷纷倒闭，他们成了被时代抛弃的孩子，开始了艰难的自救。后来他们有的成功了，有的失败了，有的甚至进了监狱，更多的人在过一种平庸的生活。

人到中年后，每次回老家，我几乎都会去那些废弃的工厂里溜达一圈。坍塌的厂房、破旧的机器、疯长的野草、摇摇欲坠的烟囱……置身其中，我时常有种无来由的怅惘。厂区当年的风光早已不再，一如我们那一代人的青春，如今已锈迹斑斑。对许多工厂子弟来说，这是一段不忍回首的记忆。

岳州窑、乌龙宝塔、躲风亭、文庙、漕溪港……这都是我少年时代经常光顾的地方。每一场完美谋杀的背后，都有一段残酷的青春。我试图用一个隐秘的故事来还原那段燃情岁月，还原曾经炽热的梦想——它们在阳光的照射下色彩斑斓，却如玻璃容器般脆弱不堪。

　　确切地说，湘江边的这座小县城只是我的第二故乡。我出生在湘鄂赣三省交界处的一座边城，也就是余光中先生说的"蓝墨水的上游"、屈原的流放地和杜甫的安葬处。楚人好巫，自古以来，那里就有许多神秘的文化习俗，当地方言被誉为中国古汉语的活化石。有些东西也许是与生俱来的，就浸染在水土中。我从小就喜欢探寻神秘的事物，比如考古、地质、航海、UFO。路过一座老旧的房子，别人关注的可能是房子外观，我关注的是里面曾经发生过什么，房主有着怎样的命运。

　　我老家的院子下面就有一条防空洞，里面黑咕隆咚，阴森潮湿，总有一股奇怪的味道，而且弯弯绕绕，不知通向何方。我经常去洞内探险，但从没走到过尽头，那种黑暗和幽闭造成的强烈恐惧屡屡让我半路折返。但越是逃遁，我越是对那个未知的空间充满了好奇。《谋杀夏天》开篇的第一个故事，就是在防空洞里发生的。我相信小说是作家潜意识在文字中的投射，至少我是如此。

　　我的父亲是气象工程师，那时候发送天气预报还用无线电台。我经常看父亲发报，就跟潜伏在敌占区的地下党一样，父亲敲击着电键，嘀嘀嗒，嗒嗒嘀。那些神奇的摩尔斯电码组成了一个谜一样的世界，给了我无限想象的空间。

　　所有这些，都成了我热爱解密，热爱悬疑小说的理由。

　　我特别要申明一点，这是一部献给父亲的小说。创作《谋杀夏天》时，远在温哥华的父亲正身染重疾，我想写一部书给他看，让他跟着文字回到故乡。我二月底完成小说，父亲三月九日就永远离开了我。父亲弥留之际，我告诉他，这部长篇小说即将在《收获》发表，而且要改编成悬疑剧。那时父亲已虚弱得不能说话，但我看见了他欣慰的笑容。于我而言，父亲传奇的一生就是一部悬疑小说。遗憾的是，有些谜我再也解不开了。

  时间是最狡猾的凶手，它谋杀了我们的青春，也谋杀了世间每一个鲜活的生命，却始终逍遥法外。这或许就是人生，充满了不确定性，以及无数难以破译的悬疑。人类只能无限接近真相，却永远不能抵达真相。

  包括生与死、罪与罚，我们看到的都不是结果，而是过程。

赵小赵

二〇二三年八月二日